澁澤龍彥論コレクションⅡ

澁澤龍彥の時空
エロティシズムと旅

巖谷國士

勉誠出版

澁澤龍彦論コレクションⅡ

澁澤龍彦の時空／エロティシズムと旅

目次

澁澤龍彦の時空

I

II

III

エロティシズムと旅　増補エッセー集

写真撮影　巖谷國士

澁澤龍彥論コレクションⅡ

澁澤龍彥の時空／エロティシズムと旅

装幀　櫻井久（櫻井事務所）

澁澤龍彦の時空

I

広州（中国）の鎮氏書院

家について

高輪に生まれる

「昭和三年（一九二八）五月八日、東京市芝区（現在は港区）高輪車町三五番地に生まれる。本名は澁澤龍雄。父武《たけし》、母節子の長男。父は埼玉県のいわゆる澁澤一族の出で、武州銀行（のちの埼玉銀行）に勤務。」（「澁澤龍彥自作年譜」より、『澁澤龍彥全集12』補遺）

ここにいう高輪車町三五番地（現・高輪二丁目一五の三五）の家というのは、母・節子の実家であった。いまはあとかたもない。のちに日本鋼管の土地になり、鉄筋コンクリートのビルが建てられた。二、三年前までは同社経営の料亭「高輪クラブ」がそのビルのなかにあって、春なら白魚のオドりなど特色ある料理を供していたが、現在は「ホテルエース高輪」と名をあらためている。

筆者も高輪（南町五三番地）に生まれ育った縁があるので、このあたりの土地柄にはなじんでいる。都営浅草線の地下鉄駅からすこし坂をのぼった左手の高台の中腹で、忠臣蔵・四十七士の泉岳寺はつい目と鼻の先だ。いまではビルが林立し、ホテルやマンションや会社の寮の多いところだが、この名刹の周辺にはまだほんのすこし、昔の木造家屋や古木などものこっている。十二月十四日の討入りの日には、あたり一面に線香のけむりと匂いがただよい、一種独特の情緒をかもしだしもする。

そんな同郷のよしみ（？）ということもあって、生前の母堂から何度か思い出ばなしを聞いた。母堂の父君は磯部得次といい、茨城県笠間から東京に出て慶應義塾を卒業し、ガス会社などを興して財を築いた立志伝中の人物だったらしい。実業界で成功してから政界にも出て、政友会の代議士として六期ほどつとめた。母堂は明治三十九年（一九〇六年）に芝の増上寺の近くで生まれたが、幼いころにこの高輪の大きな家に引っこしてきたのだという。

近くの高輪（現・高輪台）小学校を出てから、白金三光町の聖心女学院に進んだ。十九歳で卒業して花嫁修行。兄君の顧問弁護士だったある埼玉県人にすすめられて、川越市在住の澁澤武氏と見合をする。生粋の東京育ちで田舎へ行くのはいやだったというが、昭和二年二月二十二日に数えの二十二歳で結婚。武氏のほうは当時三十三歳で、武州銀行の入間川支店長という固い職業人だったが、芝居好き、競馬好き、花札好き、また登山やカメラなど多方面に趣味をもつ自由人としての人柄にひかれたのでもあろう。

長男・龍雄が生まれたのはその翌年の五月八日である。実家にもどって出産というのはよくあることで、龍雄はしばらくのあいだ高輪で育てられたにすぎず、もとよりそのころの思い出があるわけでもない。だがその後によくつれてゆかれもしたはずだから、家そのものの記憶はのこっただろう。それかあらぬか、のちの澁澤龍彥は「芝の生まれ」を強調することがしばしばだった。たとえば一九六八年のエッセー「肉体のなかの危機――土方巽の舞踊について」(『澁澤龍彥集成Ⅳ』)には次のようなくだりが見える。

「一九二八年、土方巽は東北地方の秋田市で生まれている。私も同年生まれだが、私は東京の芝で生まれた。こういう地域差は、場合によっては決定的だと思う。」

実際にはその後の四年間を川越市ですごし、「埼玉県のいわゆる澁澤一族」のひとりとして育ったわけだが、のちの滝野川時代もふくめて、東京人としての自覚のほうが強かったということだろう。それも出身は芝の高輪。澁澤さんが晩年まで、戦前の東京市市街地図を大事に持ちつづけ、ときどきそれをとりだして見せていたことを思いおこす。

母堂は一九九一年の十一月十六日に亡くなった。信じられないことだった。文字どおり矍鑠《かくしゃく》としており、美しく、鎌倉彫に精を出すなど、とても八十五歳とは思えないほどだったからだ。前日もひとりで元気に外出したが、北鎌倉の駅のホームでたおれ、入院後しばらくして息を引きとったのだという。一九五五年に夫君・武氏に先立たれてからも、三十二年間、長男・龍雄とともにくらしていたこの母堂が、作家・龍彥にとってどのような存在であったのか、彼自身はこの点については不思議に言葉少なだったが、いかにも興味ぶかいところではあろう。

川越の四年間

澁澤龍雄の生まれたところは東京・高輪の母の実家だったが、父の勤務先は埼玉県川越市にあったので、生後しばらくしてそこへもどり、幼時のほぼ四年間をすごしている。借家ずまいで、「最初は黒門町、次に志多町、それから御嶽下曲輪町に移る」と前出の「自作年譜」にある。

父・武はすでに見たように、同県の名家・澁澤一族の出である。明治二十八年（一八九五年）の生まれ。開成中学から金沢の旧制四高、さらに東京帝大の法学部に進み、卒業後は住友商事に入ったものの、いわゆるサラリーマンの出世コースが性にあわないと悟ってすぐに退社し、縁故のある武州（のち埼玉、現あさひ）銀行につとめていた。長男・龍雄が生まれたときには入間川支店長、ついで川越支店の副支店長に昇任している。

川越は「小江戸」と呼ばれることもある古い城下町だ。維新後も商業・交通の要地として発展し、このころにはすでに国鉄や西武、東武の各線が引かれていたから、東京への交通の便はよかった。もともと遊び好きの都会人だった両親は、よく龍雄を東京へつれていったらしい。とすれば、いわゆる地方都市育ちとはすこし違うにしても、四歳までのあいだに、ある種の風土感覚が身についていたろうことは想像できる。たとえば関東中部の自然、城下町の風儀、近所づきあい、それに近郊からやってくる女中や「ばあや」たち。

はじめに住んだ黒門町というのは、旧市街の南部、現在では西武本川越駅の東側の新富町にあたるところで、八幡神社に近いやや古びた一郭だが、一年後に引っこしているから記憶にはなかったらしい。ただ、一歳の年の八月にドイツの世界一周飛行船ツェッペリン号が飛来したとき、その雄姿を「眺めたような気がしてならない」(『玩物草紙』)と書いているのがおもしろい。

引っこし先の志多町は北のほうで、十七世紀に松平信綱の定めた川越十ヶ町のひとつに数えられる。新河岸川にかかる東明寺橋周辺をいい、いまはなんの変哲もない住宅地だが、むかしは職人や商人が多く住んでいたという。ここの借家は広い庭つきで、苺畑、稲荷があった。となりの大家さんは雑貨屋を兼業し、近くに箱屋でチンドン屋の親分の「タッちゃん」(龍雄自身も「タッちゃん」と呼ばれていたのだが)なる人物がいたというから、なんとなく界隈の雰囲気も察せられる。

ただ、家のそばに沼があり、遊び友だちをそこへ突きおとしたという回想(同前)は、その沼がいまでは見あたらないこともあって、まさに夢幻めいている。家にいた粗忽者の女中「さくや」、はじめての映画をいっしょに見た年上のガールフレンド「リョウ子ちゃん」の思い出なども、どこかしら輪郭がぼやけていて、美しく切なく、『玩物草紙』や『狐のだんぶくろ』の著者にとって川越というところが、空間的にも時間的にも、遠い郷愁のスクリーンになっていたことを想像させる。

三歳になるころには御嶽《おんたけ》下曲輪《くるわ》町に移っていたが、これは現在の廓《くるわ》町だろう。川越城址の西にひろがる一帯で、土地に高低があり、丘の上の御嶽神社や三芳野《みよしの》神社など、古い文化財級のものがのこっているところだ。「その家は崖の下にあって」「付近にはお寺や雑木林があった」(『狐のだんぶくろ』)という記述にまちがいはない。いまでも古い樹木が多く、どこかしっとりとした趣のただよう住宅地だ。浸潤な低地もあるので、先の「沼」の思い出はここへ移ってからのことかもしれない。

現在の川越は観光都市でもある。そのため古い家並の保存につとめているようだが、それも中心部の幸町付辺にかぎってのことなので、澁澤家のあった区域についてはむかしのままというわけではない。ただ、父のつとめていた武州銀行の建物だけは、いまも仲町にのこっている。現在は商工会議所となっているクラシックな隅切りの石造洋式建築。旧・黒門町からも志多町からも曲輪町からも一キロ以内の位置である。副支店長の澁澤武がソフト帽に渋い背広に蝶ネクタイなどして、速足でここへかよっていた様子が目にうかんでくる。

この町には由緒正しい寺も多いが、澁澤龍彦が回想しているのは蓮馨寺《れんけいじ》だけである。前記の武州銀行のすぐ近くにあり、「毎月八日　安産子育呑龍上人縁日」の看板をかかげている。のちにドラコニア(龍の国、『ドラコニア綺譚集』参照)の主《ぬし》となる澁澤龍雄の「龍」の字と、晩年に思いついたという「呑珠庵」(どんじゅあん、『都心ノ病院ニテ幻覚ヲ見タルコト』参照)なる号を考えあわせるとき、この看板はなにやら意味ありげに見えてこないでもない。しかも龍雄は五月八日の生まれである。少なくとも、ここへよく子どもをつれてきたという母堂にとって、この符合には偶然以上のものがあったかもしれない。

もっとも当人は「自作年譜」で「蓮慶寺」という誤植（誤記？）を許しているくらいだから、そんなことには頓着していなかったのだろう。ただ、その寺の「おびんずる様をこわがって泣いた」という記述はおもしろい。お賓頭盧《びんずる》は十六羅漢の第一。日本ではその像の頭をなでると除病の功徳《くどく》があるといい、よく堂の前に置かれる。蓮馨寺にはいまでもこれがあって、赤いテカテカの木像が前掛をしてすわっている。なるほどすこし「こわい」。先日ここをおとずれたとき、筆者もまた、その大きな「珠」のような禿頭をおそるおそる撫でてみたものである。

血洗島の大きな屋敷

血洗島《ちあらいじま》は埼玉県の北部、群馬県との境をなす利根川の南側にある村（大字）で、現在は深谷市に編入されている。むかしの利根川は川幅がいまよりもずっと広く、水嵩が増せばこのあたりは島になった。戦国時代、どこやらの武将がここで刀の血を洗ったというので、こういう異様な地名が生まれたと伝えられている。

澁澤一族が当地に居を定めたのは十六世紀以来のことらしい。その本家からわかれた「東の家」というのが龍彦の祖先で、澁澤榮一や澁澤秀雄などの名士を輩出した系統はその分枝にあたる。当家は豪壮な屋敷をかまえ、維新後の四代目宗助の時代には養蚕などで大いに繁栄するようになったから、本家をしのぐ「大澁澤」の呼称を与えられた。しかし五代目は生来の遊び人で、先代の築いた大資産をほとんど使いはたしてしまったため、龍雄の生まれたころにはいわゆる斜陽ぎみだった。二階で自転車を乗りまわせたほどだという「馬鹿でかい家」(『玩物草紙』)だけが、昔日の栄華を偲ばせるようにそびえたっていた。

澁澤武はその五代目宗助の三男として当地に生まれたので、龍雄にとって血洗島は父の郷里ということになる。一九四五年に滝野川を焼けだされてからの数か月間、彼は一家とともにここで疎開生活をおくっている。

もっとも、幼いころから春夏の休みにはそこに逗留することが多かったので、すでになじみの家になってもいたのだろう。「馬鹿でかい家」とその広大な庭は絶好の遊び場だった。また離れの奥座敷には「頭のおかしくなった私の伯父」が住んでいて、たまに出てきては子どもたちの前で奇妙な演説をぶったりしたという。由来この家系には、勤勉の士と遊び人とが交互にあらわれていただけでなく、創造的な狂気の種も多少まじっていたのではないかと憶測されたりする。

その屋敷もいまはない。いや、正確には一九五五年の秋に買いとられて解体され、同県児玉郡神泉村の村長・貫井家のもとへ移築されたのである。父の死の直後におこったというこの「巨大な家の崩壊」は、「まぎれもなく一つの時代が終焉したのだという印象」(同前)を龍彦にのこした。それは日本の社会の変動期にあたっていたばかりか、ひとりの青年の大きな転機を象徴する事件でもあった。

筆者は過日その貫井家をおとずれた。堂々たる門構え、築山も池もそなわった広い庭園の奥に、木造総二階だて、間口は十間ほどもあろうかという家が建っている。屋根はかなり勾配のある切妻式で、いかにも骨太、単純だが力強い趣の純和式建築である。内部も大づくりで、高い床に天井に広い廊下、太い障子の桟、とっつきの茶の間だけでも十数畳、神棚だけでも一間四方ほどありそうに見えた。(ちなみに奥座敷には、筆者の曾祖父にあたる巖谷一六の書による大屏風が置かれていたこと、そして深谷の澁澤一族の墓所の古い墓碑の多くが、この一六居士の書だったことも申し添えておく。)

さて、その屋敷を失った血洗島の生活はいまどうなっているのか。ひろびろとした平原のなかに家々が点在し、野菜畑やビニールハウスがつらなっている。くだんの屋敷の跡地あたりにはブロイラーの小屋もあり、鶏たちが「コッコ、コッコ」と鳴いている。農業に従事する遠縁の「新屋敷」澁澤てふ氏のお宅でも、一族ゆかりの華蔵寺住職・管間利政氏のお宅でも、「大澁澤」にまつわる話の種はつきなかった。

澁澤龍彥自身、生前にたまたまここをおとずれた折、いずれなにか書きたいと思いはじめていたのだろう、そうした思い出ばなしに熱心に耳を傾けたとのことである。

滝野川の少年時代

一九三二年(昭和十二年)の後半、澁澤武の一家は東京の滝野川区(現・北区)中里町一一九番地の借家に移った。武州銀行の丸の内支店へと転任になったためである。駒込駅と田端駅のあいだ、山手線の内側の高台にあったこの家は、かなり大きな平屋だてで、庭も広く、門前には子どもたちの集い遊べる長い私道があったという。

龍雄少年は三年後に滝野川第七尋常小学校に入学した。一九四一年、太平洋戦争勃発の年には府立五中（現・都立小石川高校）に進学。そして一九四五年には旧制浦和高校の入試に合格したが、入学式前の四月十三日、東京山の手を襲った米軍の夜間大爆撃によって焼けだされ、以来、滝野川の地に戻ってくることはなかった。

同年の八月十五日に終戦を迎えたが、澁澤龍彥は『狐のだんぶくろ』のなかで、その日までの十七年間を自分の「黄金時代」だったという。他方、「根っからの東京育ち」だという言い方もしているから、この滝野川の十三年間こそが「黄金時代」として映っていたのだと見てもよいだろう。記憶の望遠鏡のかなたに霞む「川越」とくらべて、「滝野川」の思い出はくっきりとしたイメージをともなって語られ、ときにはきらきらと光り輝いているように感じられる。

事実、ひとりの色白でひよわで頭のよい少年が、線路を見おろす空き地で赤トンボを追いかけたり、女中から「狐のだんぶくろ」の歌を教えられたり、父のカフスボタンを呑みこんで病院へつれてゆかれたり、『のらくろ』や『万国の王城』に読みふけったり、ベルリン・オリンピックのラジオ放送に熱中したり、勤労動員先の工場で「ダイカスト」の作業にはげんだり、旧制高校のマントや白線帽や朴歯《ほうば》をそろえようと画策したりする場面を、私たちはありありと目にうかべることができる。ときには旧・両国国技館の大鉄傘《てっさん》を、ときには科学博物館のミイラや化石を、ときには後楽園に展示された映画『真珠湾攻撃』のセットを、自分が見たもののように思いおこすこともできる。

つまり澁澤龍彦はその独特な「記憶の遠近法」をあやつる文章によって、個の思い出をなにか普遍的なものに変え、私たちに共有させる術を知っていたかのようである。

それにしても、彼の自伝的な作品にしばしば語られるそうした事物、出来事、空間や時間の思い出は、それらがもはや実在せず、永久にもどってこないというかぎりにおいて光り輝いているのではないか、と思われもする。滝野川中里の家は大空襲で焼かれた。そればかりか周囲の一切が焼きはらわれ、復興後には道筋も、住む人々さえもすっかり変りはててしまった。

死の一年前に「あなたの住みたい町」を問われたとき、澁澤龍彦はしかし、「滝野川中里町」と答えている（『都心ノ病院ニテ幻覚ヲ見タルコト』参照）。その記事の取材のために、久方ぶりに当地を見て歩いてみたところ、むかしと変らなかったのは駅の土手に咲くツツジの花と、坂の途中のカラタチの垣根くらいのものだったという。そんなことを語るときの一抹の悲哀も、どこかすがすがしい諦観も、これまた澁澤龍彦に特有のものである。

実際、このあたりをいま歩きなおしてみても、とくに風情があるというほどではない。田端駅前には「田端文士村記念館」なるものができていて、明治初期から当地に移り住んだ小杉放庵、板谷波山のような芸術家たち、大正以後の芥川龍之介、室生犀星、萩原朔太郎といった文士たちにまつわる資料を展示しているが、そんな博物館が必要になったということ自体、町が変貌してしまったことの証左であろう。

ただ、起伏の多い地形はいまもおなじである。滝野川第七小学校も建てなおされはしたが元の位置にあるし、幼年期に遊んだという八幡神社や日枝神社も、そして大空襲の翌日に一泊したという円勝寺も、こんにちにのこっている。西南の神明町や動坂のほうへ足を向ければ、山の手と下町との境にひろがる入りくんだ土地柄を実感することができ、かつてそこに住んだ人々の生活のありさまが想像されてきたりする。

それにしても、澁澤家のあったところはどこなのだろうか。いまはブロック塀やコンクリート電柱やガードレールが幅をきかせてしまっている町並に、その正確な位置を見さだめることはむずかしい。ふと一軒、角をまがると軒先に植木鉢をならべた古い木造家屋があらわれたりすることもあるが、といって幻がたまさか現実化するわけでもない。筆者はあちこちうろついたすえに和菓子屋・中里に立ち寄って「南蛮焼」を買い、龍雄少年が好んだというその素朴な甘味をたのしみながら駒込駅にもどったのである。

鎌倉と「城」のはじまり

鎌倉は澁澤龍彥にとって幼いころから身近な町だった。滝野川時代、母方の祖母と伯父夫婦が雪ノ下に住んでいたので、よくそこへ遊びに行っていたからである。建長寺の裏山で見て「溜息が出るほど感動した」という満開の桜や、夏のカーニバルの折に駅前で見て驚いたという巨大なテルテル坊主の思い出は、のちの「騒然たる」観光地・鎌倉よりもはるかに愛着をもって語られる。

澁澤家は終戦後の一九四六年に仮ずまいの深谷から鎌倉に移っている。はじめは雪ノ下の母方の親戚・磯部家の離れにいたが、しばらくして小町四一〇番地の借家に入った。東勝寺橋のたもと、青砥藤綱がおとした銭十文を五十文使って探させたという伝説ののこる滑川《なめりがわ》ぞいの、小さな木造の二階屋である。

一家六人が和室四部屋ほどに住んでいたが、やがて二階の広い一部屋を龍雄ひとりが占領するようになる。東大の仏文科に入ったころから鎌倉在住の文学青年たちがおとずれはじめ、後年の「開かれた城」を予告するような小世界がここに生まれた。

筆者がこの家にはじめて招ばれて行ったのは一九六〇年代のなかばだから、北鎌倉へ転居するすこし前、母堂と矢川澄子氏と三人でくらすようになってからのことだろう。初夏の明るい光のなか、橋の手前にあらわれた古い和式の二階屋のたたずまいに、どこか質実な文人の家のイメージがあったのを憶えている。

格子戸を引くと暗い小さな玄関があり、右は厠《かわや》、左はすぐ二階へあがる急な階段になっていた。和服姿の主人にみちびかれて上へ通されると、不思議なレイアウトの八畳間がひろがった。奥には本棚が林立し、手前左に事務机が二つ。窓には黒いカーテンが張ってあり、これを開けはなつと匂うような樹々の新緑が目にとびこんできた。

　そんな部屋の中央に丸い小さな卓袱台《ちゃぶだい》が置かれるや、二日間にわたる酒宴がはじまる。そのときのありさまはすでに書いたことがあるので省くとして、ただ、書斎も居間も客間も区別なくひとつにしてしまうこの開放的な生活のありようが、じつはのちの新居にも持ちこされていることだけはいっておこう。澁澤龍彦はいわゆる応接間を必要としない人物のように思えた。はじめて自分で計画し、終《つい》のすみかとして建てた北鎌倉山ノ内三一一番地のハイカラな家でも、書斎と居間兼客間とのあいだに幅一間の開口部があり、だれもが自由に往き来できるようになっていたものである。

　私のおとずれた当時はすでにサド裁判の控訴審もおわり、主人は売れっ子になりはじめていたころだから、小町の家は文字どおりの「開かれた城」と化していた。三島由紀夫や土方巽、松山俊太郎や加藤郁乎、池田満寿夫や唐十郎をはじめとする当代の過激な人々との「神話的」交遊は、まさにこの飾り気のない、歩けばミシミシ音のする「倒れそうな」二階の部屋を一拠点としていたのである。

　そこがほかならぬ鎌倉の一角に位置を占めていたという事実にも、軽視できないところがあったはずだ。もともと東京人の自覚が強く、神奈川県民という意識などまるでないと自称してはいたが、一方でこの町の自然を好み、寺社のありかや由緒にも通じていた。おとずれる人々はしばしば散歩に同行させられもした。その散歩の習慣は後年にも失われることがなく、当地の古跡の伝説などとともに、一連の小説の世界をかたちづくるよすがとなっている。

　そういえば、唐突だが鉄道の横須賀線というのも、彼の風土の一要素かもしれない。東京へ出るときにはかならずこの電車に乗るわけだが、初期の小説『エピクロスの肋骨』以来、その青とクリーム色の涼しげな車体や、夜の車内のがらんとした感じなどが、彼の回想的な文章のどこかにちらついているような気がする。

だがそれよりも大きいのは海の存在だろう。子どものころから湘南の海岸はなじみだったので、のちにもよく出かけることがあった。といっても泳ぐわけではなく、打ちよせる波を眺めたり、岩場の小生物を愛《め》でたり、貝殻を拾ったりするためである。澁澤龍彦にとって、海岸は博物誌的夢想の宝庫であるばかりか、小説の旅、想像力の航海の出発点でもあったように思われる。

晩年の小説集『うつろ舟』の巻末を飾る名篇「ダイダロス」には、由比ヶ浜の波打際の、滑川の河口あたりに放置されている一隻の船が登場する。のちの高丘親王の唐船をも連想させるほど大きくて美しい、しかし旅立つことはありえない鎌倉時代の廃船なのだが、この船のイメージがどこかで幼年期の記憶に、たとえば材木座の海岸で見た「浦島丸」「乙姫丸」といった遊覧船の思い出につながっていると感じるのは、かならずしも私ひとりだけではないだろう。おそらく時間空間を自由に旅する小説世界をめざしつつあった晩年の澁澤龍彦にとって、船こそは、いわば「黄金時代」との往復を可能にする必須のモティーフであったにちがいない。

彼はこの海に近い湘南の一角で四十一年間、つまり生涯のほぼ三分の二をすごした。鎌倉は彼の城でもあり庭でもあったが、同時に外界への出口でもあったことを忘れてはならない。小町の朽ちかけた二階屋と同様、写真を通してだれもが知るようになった山ノ内の岩山の中腹にうかぶ洋館も、やはりどこかしら船に似ていたのである。

北鎌倉——最後の家

澁澤龍彥が鎌倉市の北部・山ノ内の新居に移ったのは、一九六六年八月のことである。二、三年前から小町の借家を出なければならない事情が生じて、いろいろ探しまわったすえに、円覚寺の裏山の中腹の、一枚岩が張りだしている不思議な土地（六十坪弱）を見つけ、一九六四年四月に借地契約を結んだ。さっそく友人の著名な建築家・有田和夫氏に設計をたのみ、相談の結果、建主の好みにぴったり合う、いかにも瀟洒な白い洋風の家ができあがった。木造二階だて二十七坪。その後一九七〇年に増築して三十八坪となった。

彼はこのはじめての自分の家に、当時の理想の住居像を托そうとしていたのかもしれない。有田氏の回想によると、最初は石造か煉瓦造のイメージで、「要するに城とか僧院みたいなものを建てたかったらしい」という。冗談じゃない、予算が足りやしない。それでやはり木造ということになり、いろいろプランを練るうちに、板を横に重ねて張って白ペンキを塗った外観がいいといいだした。これは友人の編集者・田村敦子氏の家をたまたまおとずれて、昭和初期のものらしい「南京下見」張りのその外壁に魅かれた結果ではないか、ともいわれている。

結局「城とか僧院みたいな」ごつい建物にはならなかったが、なにしろ崖の上の狭い土地に立つ孤高の一軒家なのだから、象徴的には城館のイメージとつながるところもなくはなかった。一九六五年中に着工し、半年以上かけてようやく完成した直後、それは夏のすこぶる暑い日であったが、筆者は他の七、八人の友人たちとともに招かれて、北鎌倉の駅を降り、細い路地を幾曲りし、急坂をのぼって白い洋館の外壁をやおら見あげたとき、あ、これはいかにも澁澤さんらしい家だな、と思ったことを憶えている。南欧ふうのアーチをくぐって玄関につくと、アロハ姿の澁澤さんが矢川澄子さんやご母堂とともに出迎え、まだほかの客人が来ていないからと、ひとつひとつ部屋を開けて見せてくれたものである。

吹きぬけの十畳ほどのサロンと、その向うの八畳ほどの書斎とは、いまもほとんど内装が変っておらず、幾人かの写真家たちの撮影しているとおりのものだが、ただ、あの空間の独特の居心地のよさについては、実際に行ってみなければ、しかも主人がそこにすわっていなければ、味わうことができないものだと思われもする。なるほど蒐集品はある。壁にはいろんな絵やオブジェ、凸面鏡やサーベルや兜蟹《かぶとがに》がかかっている。キャビネットには貝殻や石がおさまり、模造の頭蓋骨が睨みをきかせている。緑色の（のちに赤に変った）別珍のカーテンのあいだからは整然たる書棚がのぞかれ、周到に選ばれて分類された東西の書物がならんでいる。そして奥のクラシックな抽出《ひきだし》つきの仕事机には、パイプをくわえ、黒眼鏡をかけた「書斎のダンディー」が肘をついている。

けれども、この新居の完成以来すこしずつかたちづくられていったいわば神話的な「ビブリオテカ」（書斎、図書室）像は、一時は主人自身それを好んでいたにもせよ、この家の不思議な居心地のよさを説明するものではない。澁澤龍彦はたしかに万巻の書と珍奇な蒐集品にかこまれて日々を送っていたにしても、書斎自体はかならずしも「密室」ではなく、むしろ望めばだれにでも入ってゆけるような、あるいは反対にそこからどこへでも出てゆけるような、開かれた空間のイメージを保っていたように思われる。

澁澤さんの仕事机の左手には幅一間ほどの窓がある。窓というよりは戸口であって、出たいときにはそのまますぐ外の庭へ出られるようになっている。庭にはさまざまな植物が手を加えられずに繁茂している。春はツクシが芽ぐみタンポポやスミレが咲き、やがて八重桜が満開になれば芝生の上で花見の会もひらかれる。夏は草も木も生いしげって蟬《せみ》や郭公が鳴く。そのうえ、ここはなにぶんにも「天狗のこしかけ」よろしく張りだした岩盤の上の庭であるから、眼下には北鎌倉の家々や緑の樹々が、遠く霞む寺や山の景色が、ひろびろと見わたされる。

一九七〇年の秋、『澁澤龍彦集成』全七巻の刊行によってそれまでの仕事をまとめ、新しい伴侶の龍子さんとともにはじめてヨーロッパ旅行をした澁澤龍彦は、いわばこの書斎から庭へ出てそのまま西欧の、そして南欧の、町、文化、自然へと視野をひろげていった。以来二十年近く、この最後の家でどんな仕事をしつづけたかについては、あらためて紹介する要もないだろう。もちろんそれは純然たる「ビブリオテカ」内の仕事でもあった。彼は書斎派でありイメージの蒐集家であることをやめたわけではなかった。それにしても、しだいに身近なものとなっていった野生の自然や生起・変転する事象への好みは、やがて『高丘親王航海記』に見るような不定形の夢想境の旅のイメージを育てていったのだ。

一九八七年八月五日午後三時三十五分、慈恵医大病院耳鼻咽喉科の病室で、読書中に頸動脈が破裂し、澁澤龍彦は死去した。五十九歳だった。翌六日、この家で通夜。七日、東慶寺にて葬儀。十一月八日、百箇日。納骨。鎌倉五山第四位臨済宗浄智寺に眠る。戒名、文光院彩雲道龍居士。山ノ内の瀟洒な洋館の庭からは、眼下にひろがる家々と樹々のかなたに、浄智寺の側面が遠くのぞまれる。特別の望遠鏡でもあれば、墓石に刻まれている独特の丸っこい文字を読みとることもできるだろう。

一九九三年六月五日、一九九六年四月十七日

博物館について

澁澤龍彦の博物誌的生涯

澁澤龍彦には博物館という言葉がよく似あう。おそらく美術館という言葉以上に。とりわけて、自然三界のさまざまな事象を扱う自然史（英語でいえばナチュラル・ヒストリーだから、ずばり博物誌の意にもなる）博物館のイメージは、いつのころからか、澁澤龍彦の作家像にまつわりついてきたもののようである。

いうまでもなく、彼が一九六四年の『夢の宇宙誌』以来、そのまま博物誌と呼んでもおかしくないような一連のエッセー集を発表してきたことにもよるのだが、そればかりではない。博物誌的な傾向や方法は彼のどんな書物にもある程度まで潜在しており、その全テクストがどこかで一冊の厖大な博物誌と底を通じているのではないか、といったようなことを、すでに多くの読者が感じているはずだからでもある。

博物館という言葉を英語のミュージアムの訳語ととってしまうと、そこには美術館の概念もふくまれているので、いくぶん混同の余地が生まれるかもしれない。たとえばパリのミュゼ・デュ・ルーヴルはもちろんミュージアム（フランス語でミュゼ）だが、日本ではルーヴル美術館と訳されることが多い。そこでは周知のとおり、国別や地域別、年代別、ジャンル別といった美術史的秩序のもとに全作品が展示されている。ところが、澁澤龍彦的な博物館はそれとは違う。そこには美術作品が大量に収蔵されているにしても、展示の原則はどちらかというと古い博物誌の世界観にもとづいており、美術作品ならば国別や年代別などがほとんどなく、それぞれのテーマやモティーフに応じて分類され、展示されてゆくことになる。

つまり、ここで澁澤龍彦にふさわしいひとつの「博物館」を「空想」するというとき、それは文字どおり「博物」の「館」であり、彼の博物誌的世界の細部を目に見えるものにできるような空間であらねばならない、ということになるだろう。

★

といっても、そんな「博物館」はこちらが「空想」するかぎりのものなので、はじめから澁澤龍彦自身のうちに存在していたわけではない。それでも、彼の綴った文章のなかから、モデルになりうるものを探しだすことくらいはできるだろう。

たとえば一九七九年に出た『玩物草紙』のなかに、「美術館」と題する一章が見える。題名からして多少の混同があったようで、美術館のことを語っていたものが途中からミュージアム一般、つまり博物館をもふくむ論旨になってゆくエッセーなのだが、まず冒頭で、美術館には「まるで冷たい墓場のような感じ」があること、それをふくめて「私は美術館という、一種の閉ざされた空間が大そう好き」であること、また、美術館の窓から外を眺めたときには、

「ちょうど私たちが水族館のなかの魚になったようなもので、ガラス窓越しに現実の世界、しかも、現実の世界にいたままで眺めたのとはいくらか違った、現実の世界がそこから見えるのだ。」

ということを語ったあとに、つぎのような回想をはさんでいる。

「そもそも私のミューゼアム体験の最初のものは何だったろうか、と考えると、どうやらそれは上野公園の科学博物館らしい、ということに私は今、気がついた。

小学生のころ、夏の休暇になると、私は好きで科学博物館によく通ったものである。戦後には一度も行っていないから、現在はどんなふうに展示法が変っているか、一向に知らないけれども、当時は何だか薄暗くて、黴くさくて、たしかに屍体置場のような感じがしないこともなかった。

或る階には動物の剥製がいっぱい並んでいたが、そのなかでも圧巻というべきは、薄暗く細長い通路のような場所にある、気味が悪いほど巨大な海獣トドの剥製で、それを見るのがいつも楽しみだっ

た。」

それからエジプトやメキシコのミイラがあり、「女のミイラの股間に、四角い白布をかぶせてあるのが」気になったこと、また別の階には「江戸時代の田中久重の製作になる万年時計」があったこと、吹きぬけの空間には「地球の自転を示すフーコー振子」が設置されていたこと、などを回想したうえで、以下のような述懐へと移ってゆく。

「おそらく現在では、とくに天文学や宇宙工学の領域などは、昔とくらべてずっと充実していることであろう。地質学も古生物学も、ずっと進歩した新しい展示法にしたがっていることであろう。建物も増築されて、広くなっていることであろう。しかし私には、あの何やら雑然とした、昔の博覧会の面影をいくらか残したような、戦前の科学博物館の雰囲気がなつかしく思い出されるのである。

ミューゼアムとは、たしかに一種の迷宮であろう。」

ここには博物館というものの特徴、そしてその不思議な魅力がさりげなく語られている。ひっそりとした、ひんやりとした、薄暗くて黴くさい、まるで墓地や屍体置場を思わせるようなところ。窓外の現実世界をいくぶんか違うものに見せる、閉ざされた別世界のようなところ。異形の生物（しかも、すでに死んでいる）や奇妙な物体があちこちに配置され、なにやらわけのわからないスペクタクルを現出している迷宮のようなところ。

だれしも幼年時代にそんなところへ迷いこんで、これと似かよった感覚を味わったことがあるはずだ。そのかぎりではしごくまっとうな回想エッセーだともいえる。ただし肝心なのは、そうしたむかしの博物館の空間や展示品のありさまを、これほどあざやかに記憶し、これほどあざやかに再現することのできた作家が、澁澤龍彦のほかにはあまりいない、という事実である。

しかも興味ぶかいことに、引用した文章の後半部分では、最近の博物館の進歩した展示法よりも、「あの何やら雑然とした、昔の博覧会の面影をいくらか残したような、戦前の科学博物館の雰囲気」のほうを良しとしている。おそらくこの文章は、このくだりがあってはじめて、私たちの「空想」する「博物館」のモデルを提供するものとなりうるのではないか、という気がしてくる。

最近の科学博物館の展示法は、たしかにもっと系統立ったものであろう。もっと広くて明るい空間のなかに、現代科学の成果にもとづいた合理的なやりかたで、展示品が規則正しくならべられていることだろう。しかし、それではだめなのだ。なにやら雑然とした感じ、昔の博覧会のような見世物めいた感じがなければならない。そして最後の一行にあるとおり、その全体が一種の迷宮のように感じられるのでなければならない。

ここまでいえば、澁澤龍彦の著作全体を博物館に見立てることの意味も、ある程度まで明らかになっているだろう。最近の科学博物館というのは、現代の自然科学の方法にもとづくものである。ところが一方、戦前の科学博物館というのは、少なくとも澁澤龍彦の記憶によるかぎり、どちらかといえば、古きよき自然史（＝博物誌）の方法にもとづくものなのだ。そこではなにごとも見世物めいていて、雑然としていて、外界と違う空間の感じも、死のイメージも、いっそう強い。そしてなによりも、展示品のすべてが現実（現代科学をもふくむ）のしがらみをはなれて、ひんやりとした、謎めいた相貌のもとに眺められるような、一種の迷宮なのである。

もちろん戦前の博物館にしても、当時の自然科学の成果を動員して、それなりの系統化をおこなっていたはずである。どの展示品にもしかるべき意味づけがあったはずである。けれども子どもの目には、けっしてそんなふうには映らない。子どもの目を惹きつけるのはどれも、奇妙なもの、意味をうばわれた不思議なものばかりである。それは現在の博物館でもおなじことだろう。そして、あえていえば、多くの大人たちにとってもおなじことだろう。

博物館とは、ときには研究・教育上の目的をはなれて、もっぱらおもしろいもの、驚くべきものに出会える場所であるというかぎりにおいて、こんにちなお、大人たちの人気を博してもいる場所なのである。

そしてそれが澁澤龍彥の著作の一面とよく似ていること――これもまた、いうまでもないことではなかろうか。

★

澁澤龍彥自身、そういう博物館的な傾向をはっきりと打ちだした最初の書物として、前記の『夢の宇宙誌』があることは周知である。すでに発表していた連載エッセーを徹底的に構成しなおすことによって、「自分なりにエッセーを書くスタイルを発見した」（「文庫版あとがき」一九八四年）ものと回想されているこの本の最初の章「玩具について」には、自身の幼年時代の感覚が再現されるとともに、現在の彼のいわば理想的鏡像として、あの十六―十七世紀プラハの大コレクター、神聖ローマ皇帝ルドルフ二世の完成させた「妖異博物館」なるものが紹介されている。

「まことに面白いのは、ハプスブルク家の代々の皇帝が、王室内の一廓に設けていた一種の陳列室で、この鬼面ひとを驚かす態の博物館には、世界中から集められた、およそありとあらゆる奇妙きてれつなものが、所狭しとばかりに並べられていたらしいのである。珍妙な形をしたガラス器、宝石の壺、黒檀や雪花石膏《アラバスター》や蛇紋岩の小さな彫刻、古代の楽器、自動人形、各種の時計、砂時計、護符、動物のミイラ、太古の獣の骨、アルコール漬の畸形、植物の変態、南洋の貝殻、珊瑚、蜂雀の羽根のモザイク、鉱物の標本、各種の眼鏡、光学器械、天球儀、甲冑、燭台、刀剣、鏡、象牙細工、金銀細工、七宝、焼物、古代の貨幣、トランプ、魔法書、禱祷書、オルゴール、ピストル、髑髏、等々。」

ルドルフ二世によって拡大運営されるようになったこの有名な展示室は、本来ならば「ヴンダーカマー（驚異の部屋）」と称されるべきものだろうが、澁澤龍彥はこの本のなかで、それを「妖異博物館」といいかえている。「鬼面ひとを驚かす態の」「奇妙きてれつ」といった言葉同様、いささか誇張をふくむ表現であろう。そもそも「ヴンダーカマー」には当時の自然科学の裏づけも一応あって、それなりの系統化が意図されてもいたのだが、澁澤龍彥はそのなかでもことさらに妖しいもの、異なものばかりを選んで強調し、まさにその選別のわざによって当の博物館をわがものにしようとした、という気味がなくもない。

ついでに注意すべきは、この展示品の羅列のあとに、すぐさま以下のようなアナロジー（類推）の例がくりひろげられていることである。

「わたしたちもまた、子供の頃、役にも立たぬ壊れた時計の部分品だとか、長火鉢の抽斗から盗み出したお祖父さんの眼鏡の玉だとか、スポーツマンの従兄弟にもらったメダルだとか、練兵場で拾った真鍮の雷管だとか、色とりどりのビイ玉だとか、つやつやした大きなドングリの実だとか、〔……〕フィルムの切れっぱしだとか、短かくなったバヴァリアの色鉛筆だとかいったようなものを、ひそかに箱のなかに蒐集することに、得も言えぬ快楽を味わった記憶があるであろう。」

ここに示されているのは、どうやら澁澤龍彦自身の思い出の品々であり、幼年時代に好きだったものの、いまもかわらず好きなものばかりである。とすれば、主語が「わたしたち」となっているのは一種のトリックであり、ルドルフ二世だけでなく読者をも「得も言えぬ快楽」に誘いこもうとする、共謀の合図でもあったのだろうか。かならずしもそうとばかりはいえない。澁澤龍彦はこのとき、幼年時代というものが万人のトポス（共通の場所）でありうること、それを語る「私」になにかしら普遍性がそなわりうることを、すでに実感しつつあったからである。

いずれにしても、ルドルフ二世の「ヴンダーカマー」を自身の幼年時代の思い出に引きよせ、両者の融合の結果を「妖異博物館」と名づけることによって、澁澤龍彦はひとつの驚くべき書物世界をつくりあげた。すなわちこの章にはじまり、「天使について」「アンドロギュヌスについて」「世界の終りについて」、また「ホムンクルスについて」「怪物について」「貝殻について」「球形について」等々といった章と註とを経めぐる『夢の宇宙誌』は、それ自体が彼にとって、ほかならぬ最初の「空想博物館」の試みだったのである。

それはとりもなおさず、澁澤龍彦がその作家生涯の途上で、はじめてひとりのコレクターとしての自己を確立したということである。文庫版では削除されてしまった初版本の「あとがき」のなかで、彼が「視覚的なイメージによる思考の方法」を子どものころからの本領として挙げ、ついでにこんな告白をしていることに注目すべきだろう。

「しかし、わたしはこの方法に執着するあまり、近頃では、ある種のイメージの原型の、気違いじみた蒐集家になってしまったようである。〔……〕昆虫採集でもしている子供のような、物を書くというわたしの情熱の根源を、インファンティリズム（小児型性格）と評した友人がいる。もしかしたら、わたしは根っからのホモ・ルーデンスなのかもしれない。」

たしかにこのコレクターの情熱は、昆虫採集をする子どものそれに似ていたであろう。けれどもその蒐集の対象が、けっして昆虫や貝殻や玩具といった具体的な事物ではなく、あくまでも「ある種のイメージの原型」であったという点を忘れてはならない。インファンティリズムをつらぬいて幼年時代を再発見し、ホモ・ルーデンス（遊ぶ人）としての生き方を高らかに宣言したこの書物は、同時に、事物そのものよりも事物のイメージを、イメージそのものよりもイメージの原型を蒐集するという、独自の科学ならぬ博物誌の方法を手中にした記念碑的な作品であり、だからこそ、『夢の宇宙誌』と呼ばれるにいたったのである。

ルドルフ二世が蒐集したのはもっぱら具体的な事物だったが、澁澤龍彥が蒐集するのはもっぱらイメージの原型、あるいは原型的なイメージである。そのことによって彼は、たとえ無一物のままでも、より広い、はるかに広い、文字どおりの「博物（＝あまねく行きわたる事象たち）」の宇宙へと旅立つことができたのだ。

ただしそのような書物世界にしても、まだ「妖異博物館」なるものに固執しているというかぎりにおいて、私たちの「空想」する「博物館」にはほど遠い。「妖異」とは、同時代に向けたポーズでもある。「鬼面ひとを驚かす態の」「奇妙きてれつ」にしてもおなじ。そもそも壊れた時計や、お祖父さんの眼鏡の玉や、ドングリの実やトカゲの死骸といったものが——それどころか、太古の獣の骨や植物の変態や南洋の貝殻といったものさえもが、それら自体として「妖異」「奇妙きてれつ」なわけではない。これらの言葉は、いまや目の前にひらかれていた博物誌の領域を総称するものとしては、まだまだ狭すぎる概念だったというべきだろう。

もとより選別の必要はあった。「大人・労働・権力」が幅をきかせていた時代に、「子ども・遊び・ユートピア」をつらぬこうとしたイメージのコレクターにとっては、「鬼面ひとを驚かす態の」ポーズもまた不可欠だった。だがひとたび「ある種のイメージの原型の、気違いじみた蒐集家」を名のってしまった以上は、なんとしても、もうひとつ先の段階へ進んでゆかなければならなかった。

いまいちど、先ほどの「科学博物館」のありさまを思いおこしてみよう。ひんやりと冷たく、死の気配があり、外界を違うものに見せてしまうような、一種の閉ざされた場所。そこに雑然とならぶ事物は、どれも本来の意味や用途から解きはなたれており、魔術的なアナロジーやアレゴリーの方法によってのみ解読されうるといったような、迷宮を思わせるイメージの世界。そしてその中心には、もはや「妖異博物館」ではない私設自然史博物館の館長よろしく、子どものような顔をしたひとりのコレクターが立っている。

★

さかのぼって一九六二年、『神聖受胎』の書評のなかで、澁澤龍彥に「昆虫少年」の異名をプレゼントしたのは、ほかならぬ吉本隆明である。二年後の『夢の宇宙誌』の原形となった「白夜評論」誌の連載「エロティシズム断章」において、澁澤龍彥はこの異名を歓迎してみせているが、その後の改筆と再構成の過程で、当のくだりは削除されてしまった。そのかわりに、先に引いた初版本の「あとがき」のなかの、「昆虫採集でもしている子供のような」云々という言葉があらわれてきた。そう推理してみてもよいだろう。

澁澤龍彥が小中学校時代のある一時期に、正真の「昆虫少年」だったことはたしかなようだ。のちの『記憶の遠近法』（一九七八年）に収められた「玩物抄」のうち「昆虫」の項には、昆虫採集とその標本づくりに熱心だったころのことがこう回想されている。

「私は当時、チョウやトンボや甲虫からはじまって、ミズスマシ、ゲンゴロウ、マツモムシ、タガメ、タイコウチなどといった、水棲昆虫の標本まで作製しており、将来は動物学者になりたいな、な

ど と漠然と夢想していたのである。」

なるほど立派な「昆虫少年」だ。標本箱は小さな博物館になり、世界の雛型になる。死んだ昆虫たちの小宇宙を領有することで、少年は王者になる。『夢の宇宙誌』の原形がここにもあったことはたしかだろうが、ただ、少年の夢みる将来が昆虫学者ではなく、「動物学者」であったことに注意すべきかもしれない。そういえば先の『神聖受胎』の「あとがき」にも、なにやら唐突なかたちで、すでにこの夢想のことが語られていた。

「少年の頃、動物学者になることをひそかに夢みていた。動物図鑑のラテン語を呪文のように唱えたり、大島正満というひとの本に読み耽ったりした。

いま考えてみると、しかし、当時のわたしの頭にあった動物学者の漠然たるイメージは、どうやらロオマ白銀時代の文人プリーニウスのそれあたりに近かったようである。

プリーニウスは専門の学者でなく、あくまで素人であった。自然の熱烈な讃美者であり、世相の狷介な批判者であり、しかも古風な頑固な迷信家であった。——そういうひとでありたいものだ、と現在のわたしも思っている。

一日、ヴェスヴィオ山が爆発すると、プリーニウスは持ち前の好奇心に駆られて、どうしてもこの火の山に近づきたくてたまらず、ついにナポリ湾から付近に上陸したのであったが、そこで有毒なガズに包まれて窒息死した。——そういうひとでありたいものだ、と現在のわたしも思っている。」

動物学者になりたかったといっても、それは専門の学者ではなく、素人であり、自然讃美者としての文人であり、しかも世相批判者、迷信家、好奇心旺盛な旅行者、唐突な死をもおそれぬ作家であるという。ここにはなにかしら、『夢の宇宙誌』をとびこえて澁澤龍彥の晩年をすら連想させる、予見的な夢想が語られているのではなかろうか。

それにしてもプリニウス（この人名については後年の表記にしたがう）への言及は興味ぶかい。のちに澁澤龍彥のよき想像上の伴侶となる紀元一世紀の『博物誌』全三十七巻の作者への思いが、すでにこんなところに記されていたとは！　しかも『神聖受胎』が、一見して博物誌的世界からはほど遠い、サド裁判をめぐる論争の書であり、すこぶるアクチュアルかつイデオローギッシュな本であったことを考えれば、この記述はいっそう興味津々たるものに思えてくる。

もちろんその当時、彼はまだ『私のプリニウス』（一九八五年）を書くどころか、プリニウスの『博物誌』そのものをまともに読んでいたわけではなかった。おそらくマルセル・シュウォブやホルヘ・ルイス・ボルヘスの書物でその生涯の概略を知り、他の博物誌的書物を通じて作品の一部にふれていた程度であろう。にもかかわらず「現在のわたし」の理想像として、デビュー間もない時期にこんなふうに言及していたとは、いよいよもって驚くべきことのように感じられる。

ともあれこの件は、澁澤龍彥がやがて「昆虫少年」であることをきっぱりやめ、別の道を歩もうとした事情のほうを考えさせる。「昆虫少年」とは、実際に昆虫を採集し、標本を作製しつづけているような人間のことだ。長じて専門の動物学者になったとしても、昆虫少年はやはり現実の動物たちとのつきあいをつづけることになるだろう。ところがこちらは素人であり、かつ文人であることをめざした人間である。現実の動物にはもはやほとんど興味を示さず、もっぱら動物のイメージについてのみ——しばしば架空の動物をふくむそのイメージの原型についてのみ語るような、プリニウスふうの博物誌家であろうとした人間である。そんな人間が世にいう動物学者とはまったく違う種族になるということは、たとえば主として動物界を扱ったのちの典型的な書物のひとつ、『幻想博物誌』（一九七八年）を読んでみただけでも明らかだろう。

ところで、澁澤龍彦の『夢の宇宙誌』につづく第二の大きな博物誌的書物は、その『幻想博物誌』よりも四年ほど前、つまり『夢の宇宙誌』から数えればちょうど十年後に発表された、『胡桃の中の世界』（一九七四年）と題するものであった。

これが画期的な意味をもつ書物であり、澁澤龍彦の代表作のひとつにも数えられてよい著述であることは、すでに大方の読者が認めるところだろう。なによりもそこには、自己を探す旅の再出発点がある。新しい方法意識の自覚があり、新しい宇宙の把握形式への目ざめがある。

もっとも、その点についてはすでに『澁澤龍彦考』のなかで多くを論じているので、ここではそれをくりかえすことはしない。ただひとつ、いままでにほとんど触れられることのなかった重要な事実についてのみ、注意を喚起しておけば足りるだろう。

それはほかでもない、この書物こそは、澁澤龍彦がプリニウスの『博物誌』全三十七巻の羅仏対訳本を手に入れ、念願の本格的な繙読《はんどく》を愉しむようになってからの、最初の博物誌的な試みだったということである。

そして『夢の宇宙誌』の「妖異博物館」を脱けだした『胡桃の中の世界』の方法とは、おそらくそのプリニウスの影響下にかたちづくられたものではなかろうか、と思われるのである。

★

一九八四年に書きくわえた「文庫版あとがき」のなかで、澁澤龍彦はこの本のことを、「リヴレスクな博物誌のようなもの」だと形容している。リヴレスクな（ブッキッシュな、書物一辺倒の）という言葉が特徴的である。そういう傾向はもちろん彼の従来の著作にも見られたものだが、ここではまさにそれが本格化して一段階上のものになった――あるいはなんらかの解放と愉楽をもたらすものになった、ということなのである。

「エッセーを書く楽しみをみずから味わいつつ、自分の好みの領域を気ままに飛びまわって、好みの書物から好みのテーマのみを拾いあつめるという、いわば贅沢きわまりない方法によって出来あがったのが本書であるから、ここには埃っぽい現実の風はまったく吹いていない。七〇年代以後の私の仕事の、新しい出発点になったのが本書であるような気もしている。」

一見なにげない回顧的な文章だが、じつは読みすごせない述懐をふくんでいる。「好みの書物から好みのテーマのみを拾いあつめる」ことが「贅沢きわまりない方法」であり、それによって「エッセーを書く楽しみ」を味わえたとしている点である。

たとえば第一章「石の夢」を見ると、案の定、まずプリニウスへの言及からはじまる。

「今日の忙しい世の中で、プリニウスに付き合うほど無用の暇つぶしに似た読書はあるまい」といいつつ、「それが無用であればあるだけ、あえて言うならば、なにか秘密めいた読書の愉悦をおぼえしめる」こともたしかだという。まさに「埃っぽい現実の風」の吹かない閉ざされた小世界に閉じこもろうという意思表示だ。そしてそのあとに、プリニウスの『博物誌』最終巻の「宝石」の項を読んでいるときに「私の目にとまった」ものとして、まず「ピュロス王の宝石」のエピソードなるものが紹介される。

おもしろいのは「私の目にとまった」という表現である。というのは、このエピソードはすでに数年前、ユルギス・バルトルシャイティスの『錯視、形態の伝説』（のちに『アベラシオン――形態の伝説』として国書刊行会から邦訳が出る）の「絵のある石」の章で、澁澤龍彥の目にとまっていたにちがいないからである。

つまり、厖大なプリニウスの『博物誌』のなかで、そのエピソードをまず目にとめたのは澁澤龍彥自身ではなく、じつはバルトルシャイティスのほうである。前者は後者の書物からそれを知ったにすぎない。ところが前者は平然と、「私の目にとまった」としている。いわば澁澤龍彥がバルトルシャイティスの「目」を借りた、あるいはそれに乗りうつった、というような按配である。

それかあらぬか、そのあとの展開でも、澁澤龍彥はしばしば自分をバルトルシャイティスに同化させている。『アベラシオン――形態の伝説』を読んだ者にとってはもはや明らかだ。「絵のある石」についての事例や解釈は、ほとんどの場合、バルトルシャイティスから借りたもの、あるいはバルトルシャイティスに乗りうつった結果のものである。引用によって紹介されていることもあるが、そんなケースはむしろ少ない。澁澤龍彦のエッセーの地の文のなかに、自由自在に訳出・要約されてゆくというかたちで、バルトルシャイティスの文章、あるいは思考の過程が、そのまま生かされてしまっているのである。

もちろんそういう借用部分だけではない。澁澤龍彦はバルトルシャイティスの触れていない日本の事例やそれについての解釈もつぎつぎとくりだしているし、ところどころにあらわれる「私」という主語によって彼自身の思考の流れを跡づけてもいるのだから、これはいかにも興味津々たる読みものではある。そもそも、バルトルシャイティスの書のうちでもとくに光彩ある部分ばかりに乗りうつっているせいか、ときには原典よりもおもしろく読めたり、わかりやすく感じられたりする。

他の章についても同様だ。たとえば最終章「胡桃の中の世界」ではピエール＝マクシム・シュールの『想像力と驚異』(これものちに白水社から邦訳が出る)を下敷きにしつつ、他の事例も大幅に加えて、あざやかな「入れ子」宇宙論を展開している。もうひとつの重要な章「ユートピアとしての時計」では、ジル・ラプージュの『ユートピアと文明』(これものちに紀伊國屋書店出版部から邦訳が出る)を敷きうつしながら、なぜかその出典をあかさない。しかもラプージュという名前すらあかさずに「フランスの或る論者」としてただいちど登場させているだけなのだが、これはこれで、ラプージュの驚くべき発見と立論を自家薬籠中のものとし、首尾よく集中でも白眉の魅力的なエッセーになりおおせている。

そしてそんな場合、いわゆる独創性はほとんどない。むしろその独創性なるものをきっぱり断ち切ったところに、彼は「エッセーを書く楽しみ」を見いだしたということだろう。「好みの書物から好みのテーマのみを拾いあつめる」というのはほんとうのことで、むろん好みの書物から拾いあつめたものが「テーマ」ばかりではなかったにしても、そのテーマの選択と構成のしかたはまさに秀逸である。合計十三篇のエッセーは博物誌のポイントを巧みにおさえ、また同時に、自己探索の方向さえもあらわにするものとなっている。これは、いったい、何なのだろうか?

澁澤龍彥がそれまでにも、「好みの書物」の好みの部分をしばしば借用(盗用?)してきたことは周知である。だが『胡桃の中の世界』では、何かが違う。一部を借用するといったなまやさしいレヴェルではない。そのこと自体がまさに「贅沢きわまりない方法」として、いわば「胡桃の中の世界」そのものを体現してしまうかのように、自己と書物世界とを、小宇宙と大宇宙とを、「入れ子」状に自由に往き来するための方法として自覚されている。だからこそ、ここには「埃っぽい現実の風」など吹かず、やがて『思考の紋章学』(一九七七年)をへてから再話ふうの小説世界へと旅立ってゆくための、「新しい出発点」が獲得されたということなのである。

ところで話をプリニウスの『博物誌』にもどそう。

すでに見たとおり、『胡桃の中の世界』はほかならぬこの大著の引例からはじまっていた。そのことは偶然だとも思えない。なぜなら澁澤龍彥のこうしたリヴレスクな(それも極端な意味での)博物誌の方法と、その方法を「エッセーを書く楽しみ」の中心に据えようとする態度表明(あるいは居なおり）自体、この千九百年前の偉大な先人の書にうながされた結果のものではないだろうか、と考えられるからである。

澁澤龍彦は一九八六年にいたって、『私のプリニウス』という興味深い書物を発表することになる。これは一九七〇年代以後の彼の歩みを決定づけたこの守護神に対する、絶大なオマージュであるとともに、最終的な同化の試みでもあったといえるだろう。

たがいに相似た方法によるリヴレスクな博物誌を介しての、二十世紀の澁澤龍彦と、一世紀のプリニウスとの一体化――それはまさしく、『思考の紋章学』の「円環の渇き」にいうところの、「愛と、愛する者と、愛される対象との三位一体」の実現ではなかったろうか。

とまれ『私のプリニウス』からは、一節だけを引けば足りるだろう。どこでもよいが、『胡桃の中の世界』のリヴレスクな本性に対応するものとしては、冒頭の章で鰐《わに》に関するプリニウスの記述を引用したあとの、つぎのくだりが最適である。

「ところで、じつをいうと、プリニウスのこの部分の記述は、ほとんどそっくりそのままヘロドトス『歴史』第二巻第六十八章の敷きうつしなのである。ヘロドトスの記述にないのは、最後のマングースに関する奇想天外なエピソードぐらいのものである。動物学的に正しいとか正しくないとか、そんな段階の話ではない。結局のところ、ここでもプリニウスは先人の説を無批判にアレンジし、ちょっぴり自分の創作をつけ加え、自分なりに編集し直したにすぎないもののようである。独自の科学的な観察眼と私は書いたが、どうやらそんなものは薬にしたくも『博物誌』のなかにはないと思ったほうがよさそうだ。あきれてしまうくらい、プリニウスは独創的たらんとする近代の通弊から免れているのであった。」

それ自体がベル・レットル版の『博物誌』羅仏対訳本の「註」からの「敷きうつし」をふくんでいて、なんとも意味深長な文章だ。愛の実情とは、かくのごときものである。読者は最後の行のアナクロニズム（時代錯誤）にすでに気がついているだろう。すなわち、プリニウスはいまから千九百年以上も前の古代人なのだから、「近代の通弊」もくそもない。これはむしろ、澁澤龍彥自身の、「私」をうつす鏡として書かれた文章なのである。

ほかでもない。「あきれてしまうくらい」「独創的たらんとする近代の通弊から免れ」、しかも不思議に本質的な博物誌の世界を切りひらいていったというのは、澁澤龍彥自身のことなのである。

★

古今のさまざまな「好みの書物」に自分自身の鏡像を見いだして、その部分部分をつぎはぎしながら「編集し直して」ゆくこと。先人の文章の引用や要約の織物と化してゆくこと。これはあたかもアルチンボルドの「組みあわされた顔」を自画像として選ぶようなもので、「楽しみ」ではあるにしても、どこか不気味さをともなう。事実、それなりの決意を必要とする力業ではあったろう。少なくとも、自分というもののかけがえのない「体験」を断ち切り、過去の「生活」をも捨てさることによって、いわば具体よりも抽象を、事物よりも観念を、たえず追いつづけなければならないからである。

どんなときにも自己省察を忘れない作家だった澁澤龍彦は、『胡桃の中の世界』とおなじころに書いた『貝殻と頭蓋骨』（一九七五年）のなかの「過ぎにしかた恋しきもの」というエッセーで、自分の家にたまたま飾られている事物たちのコレクションを思いうかべながら、つぎのようなことを書き記している。

「イタリアのデザイナー、エンツォ・マーリ氏の制作になる透明なプラスティック製の球体。中西夏之氏の制作になる巨大な卵のオブジェ。テヘラン旅行で買ってきた小さな卵形の大理石。フランドル派の絵に出てくるような凸面鏡。同じくイギリス製の凹面鏡。ガラスのプリズムや厚ぼったいレンズ。旧式の時計。青銅製の天文観測機《アストロラーブ》。スペインの剣。模型の髑髏。鎌倉の海岸で拾った犬の頭蓋骨や魚の骨。チュイルリー公園で拾ったマロニエの実。バビロンの廃墟で拾った三千年前の煉瓦の砕片。カブトガニ。クジラの牙。海胆《うに》の殻。菊目石。ｅｔｃ。

これらのがらくたが、いずれもうっすらと埃をかぶって、古道具屋の店先のように、ごちゃごちゃ並んでいるのである。いずれも乾燥した硬質の物体で、私自身の過去の生活とはあまり関係がなく、とくに「過ぎにしかた」をしのばせるといったようなものではない。これらの収集は、いわば小さな自然博物館なのであって、個人的な思い出の品ではないのである。私はこれらの品々に囲まれつつ、私自身もまた、やがて死んで、からからの骨になる自然の子なのだということを、たえず意識するだけなのである。」

一九六六年に北鎌倉の新居に移って以来、そのサロンにこうしたコレクションが堆積しはじめ、それがまた『夢の宇宙誌』にいう「妖異博物館」のごときものとして喧伝されるようになったことは周知だろうが、澁澤龍彦自身がこの空間を、「いわば小さな自然博物館」のようなものと呼んでいたという点に注目しよう。蒐集品はいずれもたまたま買ったり贈られたり拾ってきたりしたものだから、「個人的な思い出の品」であるにはちがいないはずだが、それをあえてそうではないといいきってしまっているところに、彼の決意のほどがうかがわれる。

しかも、死の意識、自然の子の意識。ここにはまさに、やがて「プラスチックのように薄くて軽い骨」をのこして死んでゆくことになる、最後の作品『高丘親王航海記』（一九八七年）の主人公の運命が、あらかじめ書きこまれているように見えるだろう。

それにしても、このエッセーが「個人的な思い出」をすべて隠蔽しようとしているわけではなく、むしろそのすぐあとに、「永遠のノスタルジア」という概念を登場させていることにこそ目を向けるべきだろう。これまでとはいささか異なったトーンで語りだされる幼年時代の思い出。それは「なにか抽象的な、永遠を感じさせるようなものでなければならないような気がする」とはいうものの、ここには明らかに、事物にまつわる思い出の過去をきっぱり断ち切ったところに成立する引用や要約の織物としての博物誌とは違う、個人の記憶と直結する博物誌の新領域が予感されはじめているのではなかろうか。

やがて『記憶の遠近法』の「目の散歩」の項に、ずばり「ノスタルジアについて」と題されたエッセーがあらわれる。

「もしかしたら、ノスタルジアこそ、あらゆる芸術の源泉なのである。もしかしたら、あらゆる芸術が過去を向いているのである。」

『記憶の遠近法』という書名自体、すでに何かを語っている。一九七八年に出たこの本にしろ、またとくに翌年の『玩物草紙』や一九八三年の『狐のだんぶくろ――わたしの少年時代』のような書物にしろ、過去の記憶に取材したエッセー集というべきものだが、いずれも一種の博物誌を兼ねていたことを忘れてはならない。なるほど多かれ少なかれ観念的・抽象的ではあっても、なんら「リヴレスク」ではなく、個人的な、なにやらえもいわれぬノスタルジアの情緒をただよわす、記憶のなかの具体的な事物たちの世界。

この時期の澁澤龍彥はすでに、抽象的な観念と具体的な事物とのあいだで、また「リヴレスク」の博物誌と「ノスタルジア」の博物誌とのあいだで、ある振子運動をはじめていたように思える。回想を通じて遠いものと近いものとを共存させる方法、つまり「記憶の遠近法」の概念もまた、そんな行きつもどりつの産物だったのだろう。一九八〇年の『太陽王と月の王』に収められた「望遠鏡をさかさまに――『記憶の遠近法』について」というエッセーでは、その間のためらいがくっきりとうかびあがっている。

「ずばりと言えば、現在の私がしきりに求めているのは、何か具体的なものである。自己検証というより、物に対する感覚の飢餓だ。そのために、時には記憶をさかのぼるというような、過去追慕的な目を向けたりもするし、時には博物誌家のように、コレクションの真似事をしたりもする。

しかし具体的なものを求めれば求めるほど、ますます観念論者としての自分を深く意識しなければならなくなるのが、どうやら私という人間の宿命でもあるらしいので、この私の遠近法は、思わず知らず、具体的な個物の背後にイデアの形を透視する、あのプラトンの遠近法に近づいてしまうのではないか、とも思っている。」

澁澤龍彥は迷っている。あるいは、あの幼年時代の科学博物館で見たフーコー振子のように、回転しながら往復運動をくりかえしている。具体と観念との、アリストテレスとプラトンとのあいだで、体験と引用との、未知と既知とのあいだをたえず往復し、そのことを「宿命」と感じてさえいる。それにしても、彼の行く先が未知であったことだけはたしかだろう。もとより人生そのものが既知であり引用であるはずはない。ホルヘ・ルイス・ボルヘスの物語のように、人生があらかじめ書物のなかに書きこまれてしまっているなどということがあるはずはない。

そんなわけで、じつはそうした振子運動そのものが、晩年の彼に、さらに未知の自分をめざして進もうとする欲求を、ついにはヴェスヴィオ山の火口をすら覗きこみに行こうとするような旅心を、あらかじめ指し示していたのではないだろうか。

最後の数年間、澁澤龍彥が小説執筆のために書斎に閉じこもる一方で、むしろ積極的に各地を旅行したり、近所へハイキングに出かけたりしていたことが思いおこされる。彼はこれまで以上に具体的な事物と出会っていた。少なくとも、それを望んでいた。事物に対する感覚の飢餓をいやすためだったのか、それとも、ただ単に、自然の事物にふれる楽しみのためだったのか。

先に引いた『私のプリニウス』とほぼ同時期に、彼の生涯の最後を飾る博物誌的な書物としてあらわれたのが、あの美しい『フローラ逍遥』(一九八七年)である。東西の花々の図版にいろどられた優美にして閑雅な書物。そこにはそれまでの博物誌的な書物とはいささか違って、現実の花、具体的な花の思い出がしばしば語られている。しかもそのほとんどが北鎌倉の自宅の庭や、近辺の野山、また旅先で見かけた花々だ。もはや「妖異」でも「奇妙きてれつ」でもなんでもない、むしろ平凡な実在感をもった花々だ。

★

けれどもその「あとがき」にはふたたび、「根っからの観念的な人間だとしかいいようがない」自分自身についての、例のごとき述懐が記されている。

「ともすると書物の中で出会ったフローラ、記憶の中にゆらめくフローラが、現実のそれよりもさらに現実的に感じられる私の気質にとっては、あえていえば、個々のフローラに直接に手をふれることなどはどうでもいいのである。」

こんなくだりを読んで私たちは、ああ、またかと思う。だがこれとても、迷いを隠すポーズであったのかもしれない。そもそも私たちの目には、彼が庭のタンポポやツクシやシャガに手をふれて楽しむ姿や、南仏ラコストのサド侯爵の旧城の前の黄いろい野の花々を夢中になって摘む姿が、くっきりと焼きついてしまっている。いや、手でふれようが摘もうが、そんなことはたいして関係がない。それよりも彼が、もともと花を好んでいたということ、個々の実在の花にも心を惹かれていたということ、その事実だけでじゅうぶんである。古今の多くの博物誌家と同様、彼もまたそこから出発して、あの驚くべき博物誌的世界を築いていったのだ。

この「あとがき」を書いたころ、『高丘親王航海記』もまた完成に近づいていた。これをしも最後の博物誌的な書物と見ることはできる。しかし、かつて彼がかようことを好んでいたような、外界をいくらか異なったものに見せるという、あの閉ざされた空間としての「博物館」からは遠い。また『フローラ逍遥』のような、野外の「庭園」からも遠い。これはなにか壁も柵もない、解放された非限定の事物たちの時空を、かつてなく気ままにさまよう「航海」そのものとなった書物である。

ところでその後半の章「鏡湖」にあらわれる不思議な湖の水面には、もはや高丘親王の顔は映っていなかった。それは死を予告する現象なのだという。その先、澁澤龍彥自身は、もうひとつの別の顔を、少なくともアルチンボルドふうの寄せあつめではない未知の「私」の顔を探しもとめて、旅をつづけようとしていたはずである。そしてあたかも、プリニウスがあのヴェスヴィオ山の火口を見に行ったときのように、一九八七年の八月五日、読書中、頸動脈の爆発という現象に見まわれて、彼は世を去ったのである。

個別展示室

さて、『澁澤龍彥空想博物館』というこの書物（平凡社刊）は、澁澤龍彥の博物誌的世界を二十の大項目によって代表させ、それぞれに対応する彼自身のエッセーと、古今東西の美術作品や博物図鑑や写真などのカラー図版とを、あわせ収録しようとするものである。

項目を限定し、図版を選択するための原則については、同書巻頭の序を参照していただきたい。配列については、ほかならぬプリニウスの『博物誌』をモデルとしつつ、その配列を思いきって逆転させてみようと思う。また対応するテクストについては、内容と分量に応じて適当なものを選び、重複を避けるようにしたい。

この方式が同時に『胡桃の中の世界』の章立てにもとづく試みであり、しかもその書物自体を「博物館」の外へと大きく解きはなとうとする試みであるということは、解説にかえて草した前ページまでの「澁澤龍彥の博物誌的生涯」という文章から推しはかられるだろう。

石

プリニウスの『博物誌』では最後の二章のためにとっておかれている石の項を、むしろ出発点として巻頭に据えてしまうこと。これがこの空想博物館の発想である。

ゆらい石のなかには、宇宙の胚がひそんでいる。『高丘親王航海記』の第一章「儒艮」で藤原薬子のほうりなげる不思議な珠《たま》が、時空を超えて澁澤龍彦の喉《のど》に宿ったように、「石」はこの空想博物館の第一室にまず登場し、館内をぐるりとひとめぐりしたあと、最後の「宇宙」の部屋でふたたびめぐりあうことになる。

「幼時のころから珠玉をもてあそぶことを好んだ親王」とは、澁澤龍彦その人のことだろう。硬くて、丸っこくて、すべすべしていて、明るくて、冷たいもの。そんな物体に愛着を持ちつづけた彼の人柄にも作品にも、そういうところがあったことはたしかである。

そのうえ、石は創造の原点にもなる。石のなかに閉じこめられて眠っていた図像が、人間の目と手とによって目ざめさせられ、生長してゆく。自然石の石理《いしめ》にイメージを読む「幻視鉱石学」（アンドレ・ブルトン「石の言語」、『シュルレアリスムの箱』所収）のいとなみは、澁澤龍彦にとっても切実なものであった。

「自然と人工がかたみに遊ぶ」（ユルギス・バルトルシャイティス『アベラシオン――形態の伝説』）かのようなその種の作品の例として、ここではまず、第一室にふさわしい華やかな図版がほしいところだ。そして、宇宙を内蔵しているかに見えるヒエロニムス・ボッスの球体や、文中にあらわれるアタナシウス・キルヒャーの書の図版なども。ここでのテクストはもちろん、『胡桃の中の世界』巻頭の「石の夢」である。

貝

貝、とくに貝殻は、前項の石と似たところがある。硬い鉱物質の艶があり、丸っこく、すべすべしているところなど、それだけでもすでに澁澤龍彥の好みをみたしていたといえるかもしれない。ただし石とはっきり違うのは、貝そのものは生物であり、貝殻はそれの分泌する一種の住家だということである。生物と無生物との、あるいは生と死とのあわいにあるこの不思議なオブジェには、したがってときには精神的・倫理的な、ときにはエロティックな、種々さまざまの象徴的思考がまとわりついてくるという側面もある。

海岸の岩のくぼみに生命の花園を見いだす澁澤龍彥は、自分もそんな微小な動物に生まれかわってみたいものだと告白する。だがそれとともに、貝殻の示す単純な幾何学的形態そのものへの愛着が湧きおこり、同時に死のことが自覚されてくる。貝殻と頭蓋骨――彼のエッセー集の題名に登場し、また実際に自宅のキャビネットにならべて置かれていたこの一対をなす二種の物体は、じつはほとんどおなじものなのである。

貝殻をめぐるシンボリズムのなかでも、澁澤龍彥がもっとも心ひかれていたものといえば、おそらく螺旋《らせん》のそれであろう。『夢の宇宙誌』から『胡桃の中の世界』や『思考の紋章学』を経て晩年の小説やエッセーにいたるまで、螺旋をめぐって書かれた文章は、おそらく貝殻をめぐるものよりも多く、しかもときには「廻転」という、特異な運動のイメージをともなってあらわれていた。ただし螺旋の抽象的なイメージは、球や結晶構造やプラトン立体などの場合と同様、美術館を兼ねたこの博物館には展示しにくいところがあるので、ここではもっぱら貝殻や海辺の下等動物の図版によって、本来ならばより広い分野にわたっているべき一室をみたすことにする。

テクストとしては『ヨーロッパの乳房』にある「貝殻頌」と、『幻想博物誌』にある「貝」とが適当だろう。

魚

人間にとって「原初の存在」であり、「潜在意識の象徴」でもあるとされるこの魚なるものについて、澁澤龍彦は、とくに偏愛の対象として語ったことはめったにない。ところが彼の作品のなかに、これほどくりかえして、しかも印象的なかたちであらわれてくる生物のモティーフはめずらしかった。たとえば処女作「撲滅の賦」(『エピクロスの肋骨』)から晩年の名篇「魚鱗記」(『うつろ舟』)にいたるいくつかの小説を繙《ひもと》いてゆけば、魚がしばしば重要な役割をおびて登場しているという事実に気がつくだろう。

しかも、とくに「撲滅の賦」（一九五五年）の金魚と金魚鉢にまつわる物語の構想については、すでに数年前には芽ばえていたことが知られる。すなわち一九五二年、二十四歳になったばかりのころの「手帖」のページに、彼はこれから書くべき作品のタイトルあるいはテーマのひとつとして、「魚めづる少年」という言葉を記しているのである。

ざっと右のような事実からしても、澁澤龍彥にとって、魚はまさに「原初の存在」であったといってよいかもしれない。

澁澤龍彥のうちには、一種の魚コンプレックスのごときものが潜在していたのではないか、と考えることさえできるだろう。こうした興味ぶかいデータをめぐって、たとえばマリー・ボナパルトやガストン・バシュラールのような分析家ならば、はたして何といっただろうか。

いうまでもなく、私の選ぶテクストは「原初の魚」（『幻想博物誌』）である。

虫

前出の「澁澤龍彥自作年譜」の一九四一年（昭和十六年、中学一年生のとき）の項には、こんな記述がある。

「八月の夏休み中には、父の郷里である埼玉県大里郡八基村血洗島や、母方の伯父のいる鎌倉市西御門の家に滞在、昆虫採集や標本つくりに熱中する。このころ、動物図鑑が私の枕頭の書であった。」むかしは多くの子どもがこういう体験をしていたのではなかろうか。魚や鳥や獣などと違って、昆虫ならば子どもでも集められる。小さなものだし、乾燥すればかちっとしたきれいな物体になってくれるから。それらを箱のなかに固定すれば、小型の博物館にすることもできる。

といっても、澁澤龍彥はそんな子どものまま成長して、世間なみのコレクターになってしまったわけではない。むしろ物と向きあい、物について考え、夢想する大人へと変貌していったようである。おそらく、単なる「昆虫少年」であることをやめたときにこそ、澁澤龍彥の博物誌家ふうの人生がはじまったのだろう。

つまり具体的なひとつひとつの物ではなく、物のイメージやシンボルを蒐集すること。それもしかるべき選択眼と節度をそなえた頭のなかのコレクションだったから、いついかなるときでもバランスのとれた、独特の博物誌的エッセーをものすることができたのである。

虫については、『幻想博物誌』のなかに「虫のいろいろ」と「毛虫と蝶」が入っている。西方と東方の虫たち、古代と中世の虫たちを語って、これほどみごとにまとめられている文章はこの二篇以外にないだろう。

花

晩年の美しい書物『フローラ逍遥』の「あとがき」に、澁澤龍彦はこんなことを書いている。自分はあの林達夫のように、好みのままに庭づくりに専念しようとしたこともなければ、「植物のコレクションをしようとこころざしたこともない」けれども、二十四ものフローラ（花）について、連載エッセーをものしてしまった。それは自分が「根っからの観念的な人間」だからであって、「ともすると書物の中で出会ったフローラ、記憶の中にゆらめくフローラが、現実のそれよりもさらに現実的に感じられる私の気質にとっては、あえていえば、個々のフローラに直接に手をふれることなどはどうでもいいのである」と。

これはなるほど、多くの事物に対する澁澤龍彦の姿勢であり、彼の博物誌好きもまたじつはこのような「気質」に発している、といってよいかもしれない。それにしても、こと花に関するかぎり、彼がいつもかわらず「観念的」でありつづけていたかどうかは疑わしい。実際に花を見、花に手をふれ、花を愛でることも大好きだったように思われるからである。北鎌倉の家の庭に咲く柘榴《ざくろ》や合歓《ねむ》や紫陽花《あじさい》、シャガやスミレやクロッカスばかりではない。旅先で出あう時計草や金雀児《えにしだ》や仏桑華《ぶっそうげ》のような花々に、彼が興味と愛着を示すさまを私たちは見ている。また南仏ラコストのサド侯爵の旧城をおとずれたとき、あたりの空き地に乱れ咲く名も知らぬ小さな黄いろい花々を、彼がどんなに夢中になって摘みつづけたかということも知っている。

タンポポをめぐるエッセー「花」（『玩物草紙』）には、そんな彼の一面があらわれているように思える。博物誌ふうに手なれた「フローラ幻想」（『ヨーロッパの乳房』）のほかに、この目立たない一篇を選ぶことにしたのは、どちらもめずらしく「です、ます」調をとっている文章だからというばかりでなく、右のような事情を考えてのことである。

鳥

すでに見た「原初の魚」の冒頭で、澁澤龍彦は魚と鳥とを対比している。水（魚）は人間の原記憶と結びついているのに対して、天使が翼をそなえていることからもわかるように、空（鳥）は人間の上昇志向、未来志向と結びついている存在だというのである。

それだけではない。鳥は澁澤龍彦にとって、自意識にかかわる何ものかであったように思われる。ウッチェッロ（＝鳥）という別名をもつイタリア・ルネサンス期の画家を主人公とした小説「鳥と少女」（『唐草物語』）が、一種の自画像の試みであったことを見てもそれはわかる。「円環の渇き」（『思考の紋章学』）のなかで彼は、伝説の幻鳥シモルグとともに飛翔し、自分自身を追いもとめる旅に出る。そして高丘親王もまた、鳥人・迦陵頻伽《かりょうびんが》とめぐりあうことになる。

そんなわけだから、鳥について語った文章はかなりある。それも物語や小説のかたちをとることが多かったようだ。たとえば『ドラコニア綺譚集』の冒頭の「極楽鳥について」や、とくに徽宗皇帝とプラハのルドルフ二世との相似に思いをいたす「桃鳩図について」などは逸品であろう。

後者にいわく、澁澤龍彦は東京上野の国立博物館で、結局その名画「桃鳩図」を見られなかった。見られなかったということが、この一篇（後者）を秀逸なものにしている。そしてこの空想博物館の観客もまた、それを見ることができない。個人の秘蔵になる徽宗皇帝の傑作中の傑作は、図版を借用することさえ許されないのである。

そのかわりとして、徽宗皇帝の作品ならば、ボストン美術館蔵の「五色の鸚鵡」あたりでよしとすべきだろう。ほかに種々さまざまの極楽鳥や、ドードー鳥、そして仙鶴と語りあう迦陵頻迦の図なども配してみたい。

動物

動物の概念はきわめて広い。鉱物、植物とともに自然三界を構成している一領域だと考えれば、そこには貝や虫や鳥も、人間も、あるいはどうかすると、幻獣や怪物さえもふくまれてしまうことになりそうである。

だからといって、獣、四足獣といった項目を立てることは憚《はばか》られる。なぜなら澁澤龍彦の場合、動物を語りだせばたいてい話が鳥や幻獣にまでおよんでしまっていたし、他方、猫とか馬とかいった具体的な獣への興味はさほどなかったからである。

というわけで、この展示室は前後の鳥の部屋、怪物の部屋とも通じあっている。それどころか、およそ博物誌なるものの本質をあざやかに語りなしていたエッセー「動物誌への愛」(『胡桃の中の世界』)を収めるという点で、この空想美術館のどの部屋にも通じる原理的な一角である。

けっして「動物への愛」ではなく、「動物誌への愛」であったということ――そのことがおそらくすべてを語っている。事実、森羅万象を観念のアレゴリーと見る中世の博物誌の思考法こそ、澁澤龍彦の文学の拠りどころのひとつだった。そればかりではない。さまざまな現代的視点が加味されているにもせよ、少なくともこれほどみごとにその中世ふうの思考法を活用し、また解きあかしてみせてくれた日本の作家はまずほかにいないだろう。

怪物

怪物をヨーロッパの言葉でいえば、モンストル、モンスター、等々となる。畸型の意味もふくまれるが、澁澤龍彦は実在の畸型について書いたことはあまりない。つまりここでは、もっぱら想像上の怪物、比喩と擬人法によってつくりあげられてきた古今の怪異な、珍妙な、ときによると可愛げな存在たちのことである。

「ヨーロッパの妖怪」（『黄金時代』）というエッセーは、ある雑誌の「妖怪」特集のために書かれたものなので、やむをえずこういう題名になってしまったのではないかと思われる。ただしここでも問題はあくまで博物誌であったし、自然界の物語であったわけだから、なにやら心理的な妖しさのつきまといがちな「妖怪」という言葉を用いるよりも、ずばり「怪物」といいきってしまったほうがよかったはずである。

澁澤龍彦はここにいうような怪物の種族が大好きだったので、『夢の宇宙誌』以来、いくつかの書物のなかでそのリストをふやし、ときには怪物オンパレードのようなこともやってみせた。このテクストはそうした例のひとつにすぎないが、「ヨーロッパの」と題していながらもちゃんと日本の怪物に説きおよんで、器物の精霊＝付喪神《つくもがみ》をとりあげているところなど、さすがだというべきかもしれない。やがて『思考の紋章学』にいたって、「付喪神」という興味ぶかい一章が書かれることは周知のとおりである。

天使

天使は形状としては翼のある人間であり、一種の鳥人であるから、空想博物館のなかに登場させてもけっしておかしくない。宗教性や精神性にはあまりかかわらず、その形状と図像にのみ注目してしかるべき事例を考察してゆけば、一篇の「天使の博物学」を編むことだってできる。

「天使について」は『夢の宇宙誌』のなかの一章であり、ここに収めるテクストとしてはいちばん古い部類に属するが、その図像学的な解釈のおもしろさと、ビザンティン芸術などに目を向けている先見の明とによって、当時の読者を悦ばせたもののひとつである。

あのころ澁澤龍彥はまだ、ヨーロッパ旅行を経験していなかった。したがってまだ天使の絵や彫刻もほとんど実見していなかったころの文章なので、観念臭は強いが、それだけにかえって博物誌的な密度を増していると見てもよいだろう。

このエッセーのなかに、両性具有(アンドロギュヌス、ヘルマフロディトス)のテーマがちらついていることにも注意しよう。じつは当空想博物館ではそのための部屋もひとつほしかったところだ。だがおなじ本のつぎの章「アンドロギュヌスについて」はあまりにも長文すぎて、ここには収容しにくいという事情があった。天使の項がそのかわりになるというわけではないが、両性具有の図像として一点、ルーヴル(とローマのボルゲーゼ宮殿)所蔵の有名な「眠れるヘルマフロディトス」の図版をつけ加えておくべきだろう。のちに『裸婦の中の裸婦』のなかで、この奇怪かつ甘美な大理石像のために一章がささげられることになる。

ウェヌス

ウェヌス（ヴィーナス、アフロディーテー）の項は、女体、あるいは裸婦の観念やイメージにまでひろがりうるものとしよう。むろん女性そのものとは違う。ただし澁澤龍彥の場合、聖母や少女などをふくめて、女性もまた一種の物とみなされ、空想上のコレクションの対象になっていたという気味がないでもない。

ケネス・クラークを援用しつつ、ウェヌスの神話学からはじめて、やがてウェヌスの図像学へと移ってゆく悠揚せまらぬエッセー「ヴィーナス、処女にして娼婦」（『華やかな食物誌』）は、たしかに澁澤龍彥の「理想の女性」観に裏うちされているように見える。さまざまの有名なヴィーナス像をへめぐったあとで、いちばん好きだという「キュレネのヴィーナス」をやおら登場させる展開など、興味をそそられるところが多々ある。

ローマのテルメ美術館（国立考古学博物館のこと）をおとずれたとき、その顔のない（この点も重要だろう）ヴィーナス像の白い大理石の肌にこっそり触ってみたものだと、彼は別のところで告白していたりする。

自動人形

人形、とくに自動人形について語るとき、澁澤龍彥は博物誌家であるだけでなく、形而上学者でもある。自動人形は人間に似ている。自動人形をつくる技術者は、いわば、人間を創造した神のまねごとをする。しかも、自動人形はなんの役にも立たない。遊びそのものである。創造というものを、単なる遊戯として再体験する自動人形制作者は、「神の猿」あるいは「神の猿の猿」となって、神の特権をだましとろうとする。

このような見方は、『夢の宇宙誌』の冒頭を飾った「玩具について」のなかで、さまざまな無用の玩具にも当てはめられている。思えばこのエッセーこそ、のちのあらゆる博物誌的著作の出発点だったのである。『人形愛序説』に収められた「人形愛の形而上学」もまた、これとおなじ見方を前提にしている。

澁澤龍彥が「かつて一個のミクロコスモスを意味したオートマトン（自動人形）という言葉は、卑しい人工頭脳、電子計算機の同義語になってしまった」と述べるとき、現代のロボット工学などはあっさり斥けられている。ということは、生産もせず労働もせず、人間社会になんら奉仕することなく、遊びそのものとして、まったき偽物の世界を現出していた旧時代のオートマトンこそが、彼の愛する自動人形なのである。

したがって、自動人形は一種の玩物でもあるわけだが、おそらくは時計とならんで、そのうちでももっとも本質的な、ひとつの小宇宙を構成することのできる玩物である。とすれば、この空想博物館のなかでも中心に近い、大きな一室を用意しておくのでなければならない。

時計

フランス東部の都市ブザンソンには、高さ二・五メートルにおよぶ天文時計がある。上部にはマリアやキリスト、十二使徒、大天使ミカエルやガブリエルの自動人形が居ならび、十五分ごと、さらに一時間ごとに動作をするありさまは驚異だが、それよりもいっそう驚くべきは時計自体の構造である。文字盤が七十三もあり、計百二十二本の針をそなえている。それらを動かす部品の数はなんと三万個にも達し、刻一刻、一糸みだれぬ永久運動をくりひろげている。

まさしくユートピア都市さながらの構造体だ。ブザンソンはもともと精密科学工業のさかんなところで、こんな大仕掛の宇宙時計をつくりだす町に、近代最大のユートピア＝反ユートピア思想家シャルル・フーリエが生まれたことも偶然ではない、という気がするが、同時にここで思いおこされてくるのは、あのサド侯爵の小説世界だろう。たとえば『ソドム百二十日』などは巨大な天文時計そのものだ。それぞれの役割をになう精巧な部品、発条《ぜんまい》や分銅や歯車のような道具にされた人間たちが、そこでは悪の称揚のみを目的として、はてしれない欲望の運動をくりひろげ、一種の逆ユートピアを現出してゆくからである。

『胡桃の中の世界』の一章「ユートピアとしての時計」の発想そのものは、現代のさまよえる賢者ジル・ラプージュの大著『ユートピアと文明』から得ている。その立場を受けつぐことによって、澁澤龍彥がどれだけ自分の作品世界をゆたかにし、後年の旅と飛翔のバネにすることができたか知れない。このときいったん「死んだ時計」のなかに引きこもるふりをした彼は、長年にわたって親しんでいた十八世紀的機械学の、悪夢のような永久運動から逃れようとしていたのでもあろう。

玩物

玩物、もてあそびもの、おもちゃ。その世界はすこぶる広い。澁澤龍彥自身、その世界を渉猟して飽きず、たとえば『玩物草紙』という一書をものしているほどである。

この空想博物館では、すでに自動人形や時計という玩物の最たるものを展示しているので、ここではより身近で具体的なもの、つまり澁澤龍彥の家に置かれていたたぐいの品物のいくつかをとりあげることにする。独楽《こま》に髑髏《どくろ》にパイプ。アストロラーブ（天体儀）、卵のオブジェなど。

澁澤龍彥はこれらのオブジェを、ただいたずらにもてあそんでいたというわけではない。そもそもこれらの物たちの集積は、個人的な思い出のよすがではなくて、「いわば小さな自然博物館」だったのであり、「私はこれらの品々に囲まれつつ、私自身もまた、やがて死んで、からからの骨になる自然の子なのだということを、たえず意識するだけなのである」と述べていたことに注意しよう。『高丘親王航海記』の最終章を連想させるこの一行をふくんだ「過ぎにしかた恋しきもの」（『記憶の遠近法』）というエッセーは、「玩物喪志」（無用の物を愛玩しすぎて大切な志を失うこと）とは無縁だった彼の博物誌志向の一面を説きあかす、すこぶる興味ぶかい文章である。

そんなわけで、澁澤家の書斎や応接間にたまたま飾られていた品々を、ひとつひとつ彼の趣味や思い出に結びつけて詮索する必要などない。その「小さな自然博物館」にどんな玩物が展示されていたかは右のエッセーにも明らかなので、読者はそれらの特徴的なイメージと観念について夢想するだけでじゅうぶんだろう。

鏡

鏡は生活に必要な道具であり装飾であるばかりでなく、ときに魔術的な、ときに存在論的な価値をもつ物体である。鏡を前にして人間がまずつぶやく言葉のひとつは「私とは誰か?」だろう。こうして鏡は自己探索の出発点にもなるし、帰結にもなる。ボードレールはダンディーを定義して「日々鏡を見る人」といったが、澁澤龍彥もまたその意味におけるダンディーであった。

鏡の歴史は水の鏡から金属の鏡へ、ガラスの鏡へという道筋をたどってきた。その過程を要領よくまとめているエッセー「鏡について」(『ヨーロッパの乳房』)の向うに、『高丘親王航海記』の末尾に近い「鏡湖」の章を置いてみたくなる。そこで澁澤龍彥は、もはや湖の鏡面に映らなくなった自己の影を予見する。

ジャン・コクトーの映画『オルフェ』などにも見るように、鏡は別世界への出入口になるが、同時にこの世界を閉じこめてしまう不思議な器にもなる。あわせ鏡の遊戯は宇宙の観念にもつながる。したがってこの空想博物館では、最後の部屋にふたたび鏡が姿をあらわすことだろう。

タロッコ

タロッコ(タロー、タロット)の部屋といえば、そこだけ特殊な印象を与えるかもしれない。むしろ骨牌とかカルタとかのような広義の項目を設け、いろはかるたや百人一首から花札まで、タロッコやトランプからダイスまでといったぐあいに、古今東西の遊びや占いの図像をとりあげたほうがよかったと思われるかもしれない。なるほど澁澤龍彥は、それらのイメージのあれこれに魅かれていただけでなく、それらを用いて遊ぶことも好きだったからである。

だが、それらについて書く機会は意外なほど少なく、タロッコのことばかりを集中的に論じていたという感が強い。実際、タロッコの大小アルカナはいわば宇宙の縮図であり、図像そのものとしても他にはない魅力がある。澁澤龍彥が一九七四年のエッセー「タロッコの謎」(『記憶の遠近法』)のなかで、その起源からはじめ、魔術的・図像学的な意味、遊び方や占い方にまで説きおよぶとき、これはもはや一篇のタロッコ入門というにとどまらず、好個のカルタ文化史、カルタ博物誌の貴重な一章のように見えてくるから不思議である。

紋章

『思考の紋章学』という大部の著書をのこしているくらいだから、「紋章」の展示室は必須であろう。澁澤龍彥には個々の紋章についての図像学的関心もあった。たとえば『胡桃の中の世界』に収められた「紋章について」という文章にも、そうした関心がはっきりとあらわれている。だがとくに「思考の紋章学」といった場合、紋章はもっと広い意味を帯びており、むしろ目に見える思考のさまざまな分野に一種の紋章学を適用している本、と受けとったほうがよいだろう。

個々のイメージのなかに象徴やアレゴリーを読みとり、それらを気ままに組みたてなおしてゆくこと。それが同時に、博物誌の欠くべからざる方法であることはいうをまたない。タロッコや紋章のような図像体系にかぎらず、動物や植物についても、あるいは絵画や建築や庭園についても、この方法をしばしば用いてきたということが、澁澤龍彥の書物の特徴のひとつである。したがってこの項は、空想博物館の構成原理にかかわる一室でもある。

もうひとつ、紋章(ブラゾン)に別の重要な意味があることは、おなじエッセーの後半に見られるとおりである。すなわち十六世紀フランスの「女体の賦」のようなタイプの詩、およびそれに対応する種々の美術作品。こうした分野への関心を早くからいだいていたところにも、澁澤龍彦のイコノグラフィー嗜好があらわれているといってよい。

庭園

多くの博物館には庭園もある。もと法王の別荘だったローマのエトルリア博物館(ヴィッラ・ジューリア)のルネサンスふうの庭で、また、もと中世の修道院だったコルマールのウンテルリンデン博物館のクロワートル(回廊つきの中庭)で、澁澤龍彦がどんな愉楽の時をすごしたかは想像できる。庭園こそは彼にとって、もっとも好ましいタイプの空間だったろう。

庭園はそれ自体、構築された自然であり、宇宙の雛型である。したがって庭園にそなわっている各部分だけをとりあげても、すでに空想博物館に加わる資格がありそうに思える。洞窟や噴水をめぐるエッセー(『ヨーロッパの乳房』)を、彼のいわゆる「理想の庭園」(同)の前に配してみたくなるのはその観点からだ。ほかにたとえば城や宮殿、寺院や教会などの建築についてのエッセーもいろいろあるが、博物館自体がそれらに通じる建造物だともいえるので、あえてここに言及はしない。

ヨーロッパの庭園の歴史は、古代ローマ以後、東方から来たイスラーム式庭園、中世の修道院の閉ざされた中庭、斜面に壇を築くイタリア・ルネサンス式庭園、平地に幾何学的に造営するフランス式(古典主義、バロック)庭園、自然の不定形を重んじるイギリス式庭園(十八世紀以後)、といったふうに展開してきた。ヨーロッパ旅行の途上で澁澤龍彦が、グラナダのアランブラ(アルハンブラ)宮殿とヘネラリーフェ離宮にあるようなイスラーム式庭園に魅かれていること、また、人工よりも自然をしだいに好むようになっていったことは興味ぶかい。

終末図

終末図とは、世界の終りの光景のことである。一見想像上のものにすぎないように思えるが、かならずしもそうではない。人間はありとあらゆる大規模な天変地異——洪水や噴火や地震や津波、また疫病の流行や戦争といった現実の出来事を通じて、その光景をあらかじめ見つづけてきたのだともいえる。少なくとも絵画の領域では、終末図はすでに数かぎりなく描かれている。

そもそも澁澤龍彦自身、早くから「カタクリズム博物館、天変地異の美術館」(「ミューゼアム・オブ・カタクリズム」一九六九年、『黄金時代』)といったものを夢想していた以上、ここに専用の一室を設けないわけにはいかない。たとえばこれは終末図そのものではないが、ミュンヘンのアルテ・ピナコテーク（旧絵画館）にあるあのアルブレヒト・アルトドルファーの「アレクサンドロス大王の戦い（アルベラの戦い）」を一ページ大の美しいカラー図版として挿入して見せるためにも、この項はとっておかれるべきだった。

なお、このあとには「地獄」の部屋が用意されている。図像上の相互関連という点からしても、これら二室はつづけて見られるようにつくられている。

地獄

澁澤龍彦はエッセー集『地獄絵』のなかの「地獄絵と地獄観念」一篇を書くために、一九七三年十月二十九日からの四日間、京都・奈良への取材旅行をこころみている。このとき京都国立博物館にたまたま展示されていた聖衆来迎寺の「六道絵」をふくめて、日本特有の地獄絵の数々を、実地に集中的に見る機会を得たのである。

そこへ三年前にヨーロッパ各地で見た、キリスト教芸術における地獄図の記憶が重ねあわされ、おそらく余人の追随をゆるさないコンパクトな比較文化史的論考が生まれた。平凡社ギャラリーの一冊として出た澁澤龍彦編著による『地獄絵』は、本文はさほど長くないながらもすこぶる充実した、彼の著作のなかでも特異な位置を占める力作である。「地獄絵と地獄観念」という標題そのものがすでに興味ぶかく、期待をいだかせる。というのも、「絵」を「観念」に結びつけるわざにおいて、彼ほど卓越していた著述家はめったにいないからである。それがあればこそ、地獄という想像上の観念的世界は、この空想博物館のなかに確乎たる一室を見いだすことができた。

宇宙

プリニウスの『博物誌』は宇宙からはじまり、森羅万象を踏査した末に、石や宝石の項をもっておわる。反対にこの空想博物館は、石から出発して最後には宇宙に到達する。こうした構成は極大から極小へというプリニウスの配列に対抗して、極小から極大へという新機軸を出そうとしたものか。かならずしもそうではない。一種の望遠鏡を用いて大と小の秩序をくつがえし、小宇宙がすべて大宇宙の似姿であること、胡桃のなかにも世界があることを唱えていた『胡桃の中の世界』中の同名のエッセーからすれば、石はひとつの宇宙であり、宇宙はひとつの石であるともいえるからだ。すなわち「入れ子」としての宇宙。この非ユークリッド的な空間構造が、じつは澁澤龍彦の全著作にひそむ特徴のひとつだった。ある作品のなかに他の作品の胚があり、伏線的モティーフがひそみ、その逆もまた真であるといった様相を呈しているので、ちょうど彼が幼年期にメリーミルクの缶や「キンダーブック」の表紙を見たときのように、私たちも無限への眩暈《げんうん》を味わうことができる。
あるいはこの空想博物館自身が、そのような構造を獲得しはじめているかもしれない。つまりこの小世界もまた、澁澤龍彥の全作品という宇宙の雛型であり出発点でもあるような、一種の「入れ子」になろうとしているかもしれない。

一九九五年七月十九日

美術館について

澁澤龍彦空想美術館案内

澁澤龍彦の『滞欧日記』（一九九三年）という本を読んでいると、いろいろと興味ぶかい場面に出くわすことがある。これは彼のヨーロッパ旅行のあいだの日記をまとめたもので、あらかじめ発表を予定していたとは考えられない私的ドキュメントなのだが、それだけにいっそう、書き手の性向や嗜好があらわになりがちだからである。

彼は一九七〇年秋、一九七四年春、一九七七年初夏、一九八一年夏の四度にわたってヨーロッパ各地を旅した。当然のことだが、美術館めぐりが大きな目的のひとつだった。だからその日記の全篇を通してみると、彼の美術上の好みや美術史観が、ひとつひとつ、ある程度まで具体的にとらえられるのである。

どの町のどの美術館へ行ってどの絵を見ようとしていたのか、ということばかりではない。あらかじめ図版で知っていたどの絵を見ていっそうの感動をおぼえ、どの絵を見て意外な失望を味わったのか――そして、どんな未知の絵に出会い、あらたな関心をいだくようになったのか、といったこともわかってくる。事実、これくらい好き嫌いをそのつどはっきりと自覚しながら、美術作品を取捨してゆく旅行者というのもめずらしいのではあるまいか。

たとえば、おなじルネサンス初期の絵画でも、パドヴァで見たジョットなどにはさほど感銘をうけず、シエナでシモーネ・マルティーニに熱中している。フラ・アンジェリコやラファエッロなどはほぼ眼中に入らない。ヴェネツィア派ではカルパッチョやジョルジョーネはいいが、ティツィアーノやヴェロネーゼには「うんざり」だという。バロックのカラヴァッジョにはなぜか無反応。十七世紀ではスペイン絵画に魅かれる一方、オランダのレンブラントやフェルメールはだめ。ルーベンスの部屋などはさっさと通りすぎてしまう。近代になると、新古典主義や写実的自然主義にはいっかな心が動かず、印象派にいたっては見に行くことさえしない――。

さらに、以前から関心のあった画家の評価が変ったという場面や、新しい何かに遭遇したという場面もある。たとえばクラーナハやアルトドルファーやハンス・バルドゥング・グリーンは作品を実地に見ることで再認識。コルマールのグリューネヴァルトについては「やはり素晴しかった」という以外に言葉が出ない。他方、マントヴァのジュリオ・ロマーノには「ちょっと失望」し、「図版で見ているほうがいい」と判定。またプラハではルーラント・サヴェリーを、ミュンヘンではシュテファン・ロッホナーを、ストラスブールではセバスティアン・ストスコップフを、コルドバではロメロ・デ・トーレスを「大発見」している——等々。

ざっとこんなぐあいであるから、多少の微笑ましさも加わって、いかにも興味ぶかく読みすすめることができる。まだまだほかにも特徴のある取捨の例が見つかるにちがいない。もとよりたまたま出会う機会のなかった画家たちや、出会ってもたまたま日記に所見を記さなかった画家たちも多いだろう。それにしても、以上に列挙してみた具体的な反応のあれこれを追っているだけでも、いつのまにか私たちは次のようなことを考えたくなってくる。

つまり、澁澤龍彦は、このように美術館行脚《あんぎゃ》をくりかえすことによって、知らず識らずのうちに関心の対象となる時代の幅をひろげながら、彼自身の好みにもとづくひとつの美術史の系列（それはたとえば、彼の著書の題名をもじって「澁澤龍彦のいる美術史」とでも呼ぶべきものだろう）を編成しなおそうとしていたのではないか、というようなことである。

それはもちろん多分に空想的なものであろうから、さほど強い自覚をともなうにはいたらなかったかもしれない。そもそも彼は一九九七年に早世してしまったわけで、それを完成しようと考えるところまで行ってはいなかったはずだ。それでもある時期から、一種の私的な美術館のようなものを頭に描き、いわばその館主兼案内人として、読者の入場と観賞を誘うポーズをとっていたことはたしかだろうと思われる。

ところでそんなことを私たちに考えさせるのは、けっして『滞欧日記』のような書物ばかりではない。それはむしろこの場にひとつのきっかけを提供したものにすぎないだろう。じつをいうと、すでに澁澤龍彥の人物と作品の全体が、暗々裡に、そうした「空想美術館」のことを読者に「空想」させていたはずであるから。

つまり、澁澤龍彥とは、もともとそういうところのある作家だったのではないか——という問いが芽ばえてくる。

★

澁澤龍彥は美術を好んだ。とくに絵画が大好きで、古今の画家たちについて、その作品のあれこれについて、早くから多くのエッセーを書き綴っていた。

それらは『幻想の画廊から』（一九六七年）や『幻想の肖像』（一九七五年）や『幻想の彼方へ』（一九七六年）や、没後に出た『裸婦の中の裸婦』（一九九〇年）のような図版入りのいわゆる美術書ばかりでなく、各時期の単行本にすこしずつ加えられてゆき、全体としては、彼の仕事の重要な一領域をかたちづくるようになった。

それどころか、つねづね「視覚型の人間」を自認し、「視覚的なイメージによる思考の方法は、子供の頃からのわたしの最も好ましい思考方法であった」（『夢の宇宙誌』あとがき、一九六四年）と公言していたほどであるから、他のジャンルに属する文章のなかでも、絵画や絵画的イメージに言及することがしばしばだった。その結果、ともすれば澁澤龍彥ののこした書物のすべてが、なんらかの意味で、視覚芸術と接する文学世界をつくりあげていたといえそうなほどである。

ただしここでは、とりあえず画家たちとその作品とをめぐる文章のジャンルだけを念頭に置くことで、話をわかりやすくすることにしよう。それらの文章には、一見したところ、他の作家にはめったにない二、三の特徴がそなわっていたように思われる。

第一に、すでにだれの目にも明らかなことだろうが、もっぱら自分の好みをつらぬきとおしたという点である。「好きな対象についてしか語らない」という有名な信条は、この領域では一貫して守られていた。そのために澁澤龍彥の美術エッセーのほとんどは、いわゆる美術批評でもいわゆる美術史論でもない、画家たちとその作品へのオマージュのかたちをとったのである。

好きな対象が数を増すにつれて、おのずからいくつかの系列があらわになっていった。若いころには現代のシュルレアリスムと、それに先駆するマニエリスムの流れがその代表だった。最初の美術エッセー集『幻想の画廊から』の題名と内容とは、もちろんそうした系列を意識したものである。当時の澁澤龍彥はすこぶるブッキッシュであることを特徴としていた。つまり、たとえばアンドレ・ブルトンやグスタフ・ルネ・ホッケや、マルセル・ブリヨン、マリオ・プラーツ、ユルギス・バルトルシャイティスなどの通史的著述をはじめとする近着の美術書の図版のなかから、好みの作品をピックアップして一堂に集めることによって、私的な空想美術館の原形ともいうべき、「幻想の画廊」のイメージを用意していたわけである。

その画廊の展示作品は一見して偏ったものに思われたかもしれない。彼自身も一時期、「偏愛的」といった言葉を好んで用いたからなおさらだろう。それかあらぬか、彼はしばしば、いわゆる「幻想絵画」「異端美術」ばかりを好む主観的なエッセーの書き手として、ひろく同好の読者の熱い支持をうける一方、美術批評や美術史の専門家たちからは軽視される傾向があったほどである。

だがこんにちの目で見ると、「偏愛的」どころか「主観的」という形容さえ、澁澤龍彦にふさわしいものだったかどうか疑わしい。そもそも「偏愛的」といってみたところで、すべての愛は多かれ少なかれ特定の対象を偏って愛することなのだから、結局、澁澤龍彦は彼自身の愛の語り手であったということに帰着してしまう。また「主観的」という言葉についていえば、じつはこれほど澁澤龍彦の文章から遠いものはなかったのではないか、と思われてくる。

なるほど好きな対象ばかりをとりあげ、その好きである所以《ゆえん》について語りつづけたわけだから、主観に立脚していたといえばいえなくもない。ただしこの点で注意すべきは、その主観自体がすこぶる独特のもので、いわゆる個人的心情に還元されることがめったになく、たいていはなにかしら普遍的な――少なくとも一時代の多くの人間に共通するような、一般的素質と関連して客観的に語られていたということである。

澁澤龍彦の美術エッセーのもうひとつの特徴として、事実、この客観的な語り口ということを挙げておかなければならない。これは多分に自覚されていた傾向であって、たとえば作品を前にしたときの個人的な感動をあえて警戒するという、かなりストイックな態度に結びついてもいる。彼自身がしばしばこの点を強調していたので、典型的な例をひとつだけ引いておくことにしよう。

「バルデス・レアールの絵について、私はこれ以上、自分の印象をくどくど語るつもりはない。そもそも絵だの音楽だのについて、内心の感動を思い入れたっぷりに語るのは、私の趣味ではないのである。それならばいっそ、その絵なり音楽なりを成り立たせているところの外部の条件を語ったほうが、まだましである。そして外からことばの包囲網によって、内心の感動をいくらかでも限定することができれば、それで満足すべきではないかと思う。感動そのものには手をつけないのである。なぜならば、それはもともと、ことばにはなりようがないものだからだ。」（「スペインの絵について」一九八一年、『ドラコニア綺譚集』）

いかにも当時の澁澤龍彥らしい、思い切りのよい文章だ。このあとのくだりを読めば、おそらく小林秀雄とその影響下に長く蔓延していた、いわゆる印象批評への苦言をふくんでいることが明らかになるだろう。ある作品に接してとつぜん霊感に打たれたというような個人的体験の記述を嫌い、もっぱら「外から」感動を限定してゆこうとする客観的な態度は、たしかに澁澤龍彥の美術エッセーに通有のものだった。といって感動がないわけではない。ただその感動をけっして生《なま》のかたちでは表現せず、「ことばの包囲網」なるものによって客観化していったということである。

その客観化の過程は、ある意味では未知のものをもっぱら既知のもので説明し、デジャ－ヴュ（既視感）のうちに組織しなおしてゆく作業になる。独特のイコノグラフィー的な方法がこれに利するだろう。澁澤龍彥はもちろん絵画作品の印象を語らなかったわけではないが、それはとくに図像、図柄についてだった。そこに描かれている対象が何であるのか、何を意味し何を象徴しているのか、どんな効果を生みどんな感動を与えるのか、といった点を、図像解釈学や心理学や神話学などの知識を動員しつつ説明し、いったん一般的な主題に置きかえたうえで、それぞれの特殊性をうかびあがらせるという手続きをとろうとした。

もうひとつ、逸話的な記述をはさむ方法もこれに関連する。澁澤龍彥はしばしば画家たちの生涯を紹介し、それぞれの気質や性格をあざやかに浮彫することによって、作品の傾向を客観化してゆこうとする。結果として彼の好む二、三の人間タイプの系列が明らかになるだろう。事実、彼の思い描いていたろう「空想美術館」の出品者あるいは住民は、あるていど共通の気質や性格をもつ画家たちであり、その意味では、時代を超えていくつかのグループをなしていたように見えるほどである。

そのうえそれらの画家たちは、じつはいずれもどこか澁澤龍彥自身に似ている。しかも彼らの作品の図柄や色彩やマティエールや雰囲気のすべては、それを好む澁澤龍彥自身の性向の分析をともなって紹介されてゆく。そんなわけで、澁澤龍彥の美術エッセーを読んでいるとき、私たちはいつのまにか、澁澤龍彥自身を読んでいるような気分を味わうことがある。彼の好む画家たちやその絵画作品の細部は、しばしば彼自身を映しだす「鏡」を思わせる。つまり、彼はすこぶる客観的な態度で対象を語りながら、同時に彼自身の「私」をあらわにしてもいるということができる。

もっぱら主観的に好みを羅列しているようでいながら、じつはもっぱら客観的に語っているということ。しかも、もっぱら客観的に語っているようでいながら、じつはもっぱら「私」を表出しつづけているということ。なぜそんなことが可能になるのかといえば、澁澤龍彦が澁澤龍彦であるから、とでも答えておくほかはない。この点についてはすでに幾度か書いた（『澁澤龍彦考』など）ので、ここでは話を簡単にしてすませよう。つまり澁澤龍彦の「私」はもともと無私に近く、いわば器のように、あるいは館のように、開けはなたれた性質をそなえているということである。その「私」の主観自体が奇妙なまでに客観的であり、私たちの「私」をも引き入れてしまう——少なくとも私たち自身の「私」の再発見を促すところがある——というのは、そのためなのである。

このように不思議な「私」によって語られているという点にこそ、澁澤龍彦の美術エッセーの第三の、そして最大の特徴があるだろう。それはたしかに器に似ている。「私」が好きな対象について好きなように語れば語るほど、その記述は語り手の主観から解放され、読み手に憩いを与える安定した空間をつくってゆく。語り手の好みが知らず識らずのうちに読み手を支配するようになる。たとえ語り手がやんちゃな好事家としてふるまったり、「異端的」に過激な取捨をこころみたりしても、読み手はなぜかそのことに快感をおぼえ、ある種の共有地を、時代の核心にほど近いイメージの広場を、自分になじみのあるものとして予感しはじめる。

澁澤龍彦はどこかしら王者に似たところがある、といえるかもしれない。少なくとも美術館のような公共空間の主《ぬし》にふさわしいところがある、といえることはたしかだろう。いやむしろ、彼自身が美術館そのものに似ているのではあるまいか。思いのままに好みの画家たちとその作品を招き入れて、それらを内部に住まわせることのできる器、館。それは開けはなたれているがゆえに、私たちを誘い、読み手にとっての「空想美術館」の「空想」をも可能にするだろう。

★

さて、ここで話は冒頭にもどる。この澁澤龍彥自身に似た美術館には、どんな画家たちのどんな作品が入り、どんな系列をなして展示されるかということになる。

すでに見たように、初期の彼はすこぶるブッキッシュなところがあったので、「幻想の画廊」の段階では海彼《かいひ》の美術書のなかで見た作品が大半を占め、マニエリスム、およびその現代的形態とみなされたシュルレアリスムの系列が中心になっていた。ところがくだんのヨーロッパ旅行以後、各地の美術館で作品を実地に見る体験をかさねるにつれて、その視野はどんどんひろがっていった。美術エッセーのテーマそのものがしだいに時代をさかのぼり、やがて、初期ルネサンス以来のイタリアをひとつの炉床とするような、新しい見取図がかたちづくられはじめたのである。

くりかえしいうが、『幻想の肖像』以後の彼の美術史観はもはや「異端的」なところがほとんどなく、「幻想」という言葉でさえ符牒の役割しかもたなくなっていった。その場合、おなじこのきまり文句を冠した三冊目の書物のタイトル『幻想の彼方へ』が、ある意味で象徴的だろう。つまり、澁澤龍彥の「空想美術館」の所蔵作品の傾向は、すでに幻想絵画の彼方へとひろがりつつあったということである。

ざっと以上のことを述べたうえで、そろそろ概要を示しはじめよう。画家たちはあらかじめ三十人と限定されているのだが、この数はけっして多くはないにしても、不充分というほどではない。それらに対応するエッセーはいずれも澁澤龍彦の特徴をよくあらわしているものを選ぶので、これによって彼の美術観や美術史観と、彼の「私」の魅力的な本性とを同時に読みとり、美術館見学に特有の多様な感動を味わうこともできるだろう。

以下、便宜上おおまかな時代区分を設けながら、各項・各エッセーについて簡単な解説をこころみてゆくことにする。

三十人の画家——美術エッセーから

イタリア・ルネサンス

この領域（十四世紀—十六世紀はじめ）では五人の画家たちをとりあげるが、澁澤龍彦の愛好していた作品はもちろんその五人のものにとどまらない。すでに『夢の宇宙誌』に登場していたレオナルド・ダ＝ヴィンチを別格として、『幻想の肖像』にも、中世末期のピエトロ・カヴァルニーニをはじめコーズメ・トゥーラ、ジョヴァンニ・ベッリーニ、ボッティッチェッリ、シニョレッリなどの作品が扱われている。最初のヨーロッパ旅行以来、澁澤龍彦は計四度にわたってイタリアを訪問し、この国の美術そのものをまるごと「発見」しつつあったともいえるほどなので、好みの作品をいちいち挙げてゆけば切りがなくなるだろう。

なかでひとり、ピエロ・デッラ・フランチェスカについてだけは、ここに特記しておくべきかもしれない。この十五世紀の大画家についての言及はすでに、一九六二年の「ルネサンス・アラベスク」（「白夜評論」一九六二年十月号に掲載——このエッセーはその後のどんな単行本にも入らず、『澁澤龍彦全集3』にはじめて収録された）のなかの、リミニの邪悪な傭兵隊長シジスモンド・マラテスタをめぐるくだりにあらわれていた。のちに澁澤龍彦は当地のマラテスティアーノ聖堂をたずね、ピエロの描いたシジスモンドの肖像と感動的な対面をするのだが、残念ながらその折の回想記以外にまとまったエッセーをのこしていないので、この画家をここに登場させることはしない。

シモーネ・マルティーニ——

すでに見たように、澁澤龍彦はシエナ派を愛していた。そしてシエナの町を。一九七四年五月二十六日、このトスカーナ地方の古都をはじめておとずれてからの三日間にわたる記述は、『滞欧日記』のなかでもとくに悦びにみちたくだりのひとつだろう。パラッツォ・プッブリコで眷恋《けんれん》の「グイドリッチョ騎馬像」に見入り、ついで隣室のアンブロージョ・ロレンゼッティに注目してから、彼はつぎのようにめずらしい、決定的といってもよさそうな一行を書き記している。

「なにか稚拙さとモダーンさが一緒になったような傾向を、とくに好む私。」

十四世紀からルネサンスにかけて栄えたシエナ派の絵画は、同時期のフィレンツェ派のそれとくらべて中世的な神秘と情感を色濃くとどめており、合理主義に染まらない典雅な装飾性をまもる傾向があって、それゆえにこそかえって「モダーン」でもあった。ドゥッチョ、ロレンゼッティ兄弟から十六世紀のソドマまで、どの画家も澁澤龍彥の心をとらえていたとおぼしいが、とくにシモーネ・マルティーニは別格ともいうべき存在だった。

「グイドリッチョ騎馬像」への関心は、すでに前記のエッセー「ルネサンス・アラベスク」に示されている。また『幻想の肖像』のなかには、「受胎告知」をめぐる一章がふくまれていた。

いずれにしても、彼が「文句なしに大好き」だというこの作品を、まず最初に登場させられることはよろこばしい。「シモーネ・マルティーニ――グイドリッチオ騎馬像」(『澁澤龍彥　夢の博物館』)と題するエッセーは晩年のもので、初期に見られた気負いも観念臭もそっくり消え、素直に「感動」を吐露している部分さえあることは興味ぶかい。

パオロ・ウッチェッロ――

一九八一年刊の『唐草物語』にふくまれる「鳥と少女」という短篇小説は、澁澤龍彥の「私」をうつしだすもっとも典型的な文章のひとつであり、しかも、すぐれたウッチェッロ論として読むこともできる作品である。当時までこの画家のことを書く機会はあまりなかったのだが、それはまさにこの小説を書くときまでとっておいたためではないか、と思われるほどである。

実際、「事物から引き出された形の美しさをもっぱら愛し〔……〕事物そのものにはてんで関心がなかった」画家――「本物よりもその似すがたをこそ、つねづね現実的だと信じている」画家、つまり「根っからの形の画家」だったとされるこの主人公は、澁澤龍彥その人（彼もまた根っからの形の作家だったのではないか）の分身のように見える。野性の少女セルヴァッジャのためにウッチェッロの流す涙も暗示的だ。ほかならぬ「鳥＝ウッチェッロ」（本名はパオロ・ディ・ドーノ――なお澁澤龍彥自身にも鳥と自分を同一視する傾向があったように思える）の異名をもつこの特異な画家への共感と一抹の皮肉とは、作者がいわば鏡を見るようにしてこの作品を書いたことを想像させる。

同時に、ここには澁澤龍彥の絵画の見方が端的に語られてもいる。画家の行為よりも描かれたものの「形」を重んじ、実物よりもイメージを「現実的」だと見る特有の感覚は、彼の美術エッセーの随所にあらわれていたものである。

ウッチェッロの作品としては、まずオックスフォードのアシュモーリアン美術館にあるあの美しい「狩猟」を、『記憶の遠近法』（一九七八年）の表紙絵に用いていたことが思いおこされる。またくだんの小説に語られる「騎士と怪獣の図」「カッパドキアの王女のお話」に対応する作品――パリのジャクマール＝アンドレ美術館にある「聖ゲオルギウスと竜」と、ルーヴルとウフィーツィにある「サン・ロマーノの戦い」を、ヨーロッパ旅行中に見に行っていたことはいうまでもない。

カルロ・クリヴェッリ――

澁澤龍彦がヨーロッパに着いて最初に注目した絵画作品のひとつが、アムステルダムの王立美術館で見たクリヴェッリの「マグダラのマリア」だった。それについては『幻想の肖像』に一文を草しており、「細く通った鼻すじといい、その下の小さな唇といい、赤い珊瑚の頸飾りをつけて、やや突き出すようにした首といい、全体に何か芝居がかった、もったいぶった気取った感じが読み取れるだろう。私の好きなところだ」とある。

だが晩年になって「受胎告知」をとりあげたエッセー、「カルロ・クリヴェッリ――豪華な金のきらめき」(『澁澤龍彦　夢の博物館』)のほうがさらに味わいぶかい。まずゴシックふうの様式性を指摘することからはじめて、画面に見えるものをひとつひとつ、すみずみまで追って記述してゆくやりかたは独特のものであり、この短い文章を通して、クリヴェッリという画家の不思議な魅力を余すところなく伝えている。

ピエロ・ディ・コージモ――

「シモネッタ・ヴェスプッチの肖像」を語ったエッセー(『幻想の肖像』)も忘れがたいものだろう。ピエロ・ディ・コージモのこの絵については、すでに前出の「ルネサンス・アラベスク」にオマージュがあり、「いかにもラテン的に端正な、しかも教養ありげな、ふしぎな魅力をそなえた女性の横顔をあらわしたルネサンス絵画の傑作」と書かれている。

ところで、いまではかなり有名になっているものだが、首に蛇を巻いているこの美女のプロフィールを澁澤龍彥が実見したのは、一九七〇年十月三日、もちろんパリ北郊シャンティイー城のコンデ美術館を訪問したときのことである。

「なめらかな画面、落着いた色調、すばらしく美しい。」（『滞欧日記』）

この短いメモだけでじゅうぶんに、単なる「確認」を超えた「感動」が伝わってくるだろう。

ヴィットーレ・カルパッチョ――

澁澤龍彥はヴェネツィアを二度おとずれた。一九八一年七月九日、二度目の訪問の際の、「ヴェネツィアへ来たことの満足感。昂揚を感じる」（『滞欧日記』）という記述が、すでに何ごとかを語っている。

カルパッチョの「二人の娼婦」（コレール美術館蔵）をはじめて見たのもそのときである。前回は入れなかったスクオーラ・デッリ・スキャヴォーニにある「聖ゲオルギウス」や「聖ヒエロニムス」とも、おなじ日にはじめて対面した。他にジョヴァンニ・ベッリーニやジョルジョーネなども好んではいたが、彼にとってヴェネツィアを代表する画家といえばやはりカルパッチョだったろう。アッカデーミア美術館にある連作「聖ウルスラ」なども念頭に置いてみたい。

なお「二人の娼婦」を論じたエッセーのつぎのくだりに、彼の「絵画鑑賞の仕方」の一面が端的に表現されている。

「私たちが昔のヨーロッパの絵を眺める楽しみの一つは、このように新鮮な驚きとともに、画面のなかに当時の風俗を反映した、いろんな小道具を発見することであったとしても、それはそれで一向に差支えないはずだと私は考えている。」（『幻想の肖像』）

そのあとにあらわれる「現代人の美意識に直接訴えかけてくる力」云々のくだりも彼らしい。澁澤龍彥はしばしば時代の枠を超えて、ルネサンス絵画のなかに「モダーンさ」を見るのである。

北方ルネサンスからマニエリスムまで

『滞欧日記』を参照してみると、最初のヨーロッパ旅行はまず北方から入り、しだいに南欧へくだっていったことがわかる。アムステルダム、ハンブルク、ベルリン、プラハ、ウィーン、ミュンヘン、ブリュッセルなどを経由してパリへ。その後ストラスブールやコルマール、バーゼルやベルンにも立ち寄って、オランダ、ドイツ、フランドル、スイスの作品をかなり系統的に見ている。

マイスター・フランケやシュテファン・ロッホナーなどの十五世紀「国際ゴシック様式」の画家たち、ヴァン・エイク兄弟やペトルス・クリストスやメムリンクやボッスやブリューゲル父をはじめとするフランドル派、デューラーやクラーナハ父やアルトドルファーやグリューネヴァルトなどのドイツ派、コンラート・ヴィッツからニクラウス・マーヌエルやホルバイン子にいたるスイス派。これらが澁澤龍彦を魅きつけた画家たちであり、事実、国際ゴシック（シエナ派を受けついだアヴィニョン派もふくむ）と北方ルネサンスは、彼の「空想美術館」の大きな一室を占める領域だった。

そして十六世紀は、狭義のマニエリスムの時代である。イタリアのポントルモやパルミジャニーノやブロンズィーノ、ドッソ・ドッシやジューリオ・ロマーノのほか、プラハの宮廷へ行ったアルチンボルド、それにフォンテーヌブロー派やアントワーヌ・カロンのようなフランスの画家たちも、ここにリストアップしておかなければならない。

ただ、このようなマニエリスム期の画家たちについては、ヨーロッパ旅行中にもどちらかといえば「確認」して歩いたという傾向が強く、さほど大きな「発見」はなかったように思える。すでにブルトンやホッケの書でおなじみになっていたからで、どの画家をとくに好んだか、どの作品にとくに感動したかということがかえってわかりにくい。パルミジャニーノとアルチンボルドを別格としてまず選び、ブロンズィーノとホルバインを絡ませてよしとすることにしよう。

さて、問題ははじめに列挙した北方ルネサンスの画家たちである。とくにドイツ派。クラーナハ父は欠かせないとして、グリューネヴァルト、アルトドルファー、デューラー、パルドゥング・グリーンのうちからひとりを選ぶのはむずかしい。結局、それぞれを扱ったエッセーを比較して、もっとも一般性のある内容をもつものをとることにする。

残念なのは十五世紀のフランドル画派からひとりも選べなくなることで、「幻想の肖像」にもペトルス・クリストス、ハンス・メムリンク、ヒエロニムス・ボッスなどの作品を扱うエッセーが入っているのだが、どれも内容が部分的にすぎなかったり、他と重複していたりするために、結局は通りすぎてしまうことになる。たとえば強く心を惹かれていたヴァン・エイク兄弟について、澁澤龍彥がなにか本格的なエッセーを書いていてくれたらどんなによかったろうか、と思われたりする。

ルーカス・クラーナハ、アーニョロ・ブロンズィーノ――

『澁澤龍彥集成Ⅲ』と『機械仕掛のエロス』に収録されている「造形美術とエロティシズム」（一九六九年）は、おそらく最愛の画家のひとりであったろうクラーナハ父の裸体画から説きおこして、ひろく絵画のエロティシズムを論じた典型的なエッセーである。啓蒙的な傾向の強いものだが、マニエリスムとシュルレアリスムについての端的な見方や、ピカソを除外しようとする立場などを興味ぶかく読みとることができる。

クラーナハ父以外の画家では、ピエロ・ディ・コージモ、ベラスケス、ボッティチェッリ、ブロンズィーノなどが「私がとくに好むエロティックな絵画」の作者として出てくるが、ここではマニエリスム期の代表的な肖像画家ブロンツィーノ（本名アーニョロ・トッリ）をとりあげよう。澁澤龍彥はかつてみずからの編集する雑誌「血と薔薇」三号の表紙にこの画家の肖像作品を用いたことがあるし、また問題の「愛と時のアレゴリー」（「ヴィーナスとキューピッド」）については、『裸婦の中の裸婦』のなかにあらためて一章を割《さ》いている。

ハンス・バルドゥング・グリーン――

ハンス・バルドゥング・グリーンも澁澤龍彥の好んだ画家のひとりだ。クラーナハやアルトドルファーなどの場合と同様、ヨーロッパで実地に見て、その怪異な主題やモティーフだけでなく、マティエールの質そのものにも魅かれていたことに注目したい。『滞欧日記』に語られるマドリードのプラド美術館訪問の項（一九七〇年十月七日）には、「ハンス・バルドゥンクのクリーム色の傑作二点」とあるが、もちろんあの「三美神」と「人生の三段階」のことである。前者について、彼はのちに『幻想の肖像』にオマージュを書くことになる。

ハンス・ホルバイン、パルミジャニーノ――

一九六五年に書かれた美術エッセー「だまし絵・ひずみ絵――ホルバインその他」（『幻想の画廊から』）は、ユルギス・バルトルシャイティスの『アナモルフォーズ』などの書物から想を得ていた。澁澤龍彥がもっぱら写真図版を拠りどころにして書いていることは、文章の調子からも感じとれるところだろう。

ハンス・ホルバイン子は彼にとって、当時はまだあの有名な「大使たち」（ロンドン、ナショナル・ギャラリー蔵）の画家にすぎなかったように見える。ところがヨーロッパ旅行中、バーゼルなどで多くの作品に接して再認識することになった。ローマのバルベリーニ美術館でも、「とくにホルバインの人物の衣裳の美しいのに感心する。画面は油のようにつやつやしている」（『滞欧日記』）と記す。その「人物」とはもちろん「ヘンリー八世像」（一五四〇年）のことだろう。パルミジャニーノ（本名フランチェスコ・マッツォーラ）は十六世紀イタリアのマニエリスムを代表する画家である。「凸面鏡の自画像」をめぐるくだりは「澁澤龍彦の自画像」ふうにも読めておもしろい。ナルシシズムとオート・エロティシズム。それに「孤独で、傲岸で、つねに異常なもの、極端なものを好み、晦渋なメタフォア（隠喩）や、思わせぶりや、ソフィズム（詭弁）を愛するマニエリスティックな人間のタイプ」こそ、この時期の澁澤龍彦自身の「歪んだ鏡像」であり、芸術家の理想像のひとつでもあった。

ちなみに彼はその後、北鎌倉に新築した瀟洒な自宅のサロンの壁面に、これと似た凸面鏡を飾ったものである。

末尾にあらわれるサルバドール・ダリの絵への連想や、ルネ・ドーマルの詩の引用も注目にあたいする。当時の澁澤龍彦はジョルジュ・バタイユにならって、シュルレアリスムをマニエリスムの現代的形態としてとらえ、両者の間に時代を超えて共通する「気質」や「人間タイプ」を見ようとしていたからである。

ジュゼッペ・アルチンボルド――

「メタモルフォシス――アルチンボルドを中心に」（『幻想の画廊から』）というエッセーも、『夢の宇宙誌』のあとをうけた一九六〇年代のマニエリスム論の好例である。アルチンボルドは当時ヨーロッパでも再評価がさかんになっていた特異な画家で、ブルトン、ホッケ、バルトルシャイティスなどの書にも大きく紹介されていたから、澁澤龍彥がこれを見のがすはずはなかった。そして当然のように、彼は日本におけるアルチンボルドの、すなわち「組みあわされた顔」の画家の、最初の紹介者のひとりになった。

十七世紀

この時代は澁澤龍彥の私的美術史のなかではちょっとした空白を呈する。事実、彼は「偉大なる世紀」のフランス古典主義画派（プッサンなど）にはなんの興味も示さなかったし、ホセ・デ・リベラをのぞくカラヴァジェスキ（カラヴァッジョ様式）の画家たちにも、オランダ絵画の黄金時代を現出した巨匠たち（レンブラントなど）にも、フランドルの大画家（ルーベンス）にも、また当時から流行しはじめていた風景画や室内画の大家たち（クロード・ロラン、フェルメールなど）にも、ほとんど無関心でありつづけたといってよい。ただ、マニエリスムないしバロックの傾向をおびた幾人かの特異な画家たち（ルーラント・サヴェリーやジャック・カロなど）のほか、例外的に、スペインの巨匠たち（エル・グレコ、前述のホセ・デ・リベラ、ベラスケス、ムリーリョ、スルバランなど）に愛着をおぼえていた程度である。

そんなわけだから、この項は三本のエッセーを引くにとどめる。いずれおとらぬ不思議な画家たちを紹介した文章で、「偉大なる世紀」を構成するのがほかならぬこの三人のみ、というところが、いかにも澁澤龍彥の「空想美術館」らしくておもしろい。

セバスティアン・ストッスコップフ――

この知られざる画家の「発見」は最初のヨーロッパ旅行中の一事件だった。『滞欧日記』一九七〇年九月二十九日の項、ストラスブールのウーヴル・ド・ノートルダム美術館訪問のくだりを見よう。

「この美術館で、とくに注目すべきは Sébastian Stoskopff である。これは小生の大発見である。ちょっとスーラを思わせる。立体派風のところあり、非常に面白い。モノグラフィーとスライドおよび絵葉書を求む。」

澁澤龍彥はさらにこの画家を、「汎ヨーロッパ的なマニエリスム美術」の辺境における一例と認めて、フランドルの静物画やフォンテーヌブロー派との関連を見いだそうとする(『ヨーロッパの乳房』)のだが、実体験にもとづくこのような推論はたしかに、ヨーロッパ旅行以前にはまず考えられなかったことである。既出のシエナ派について書かれた「なにか稚拙さとモダーンさが一緒になったような傾向」云々という言葉もまた思いおこされ、その種の作品を好む審美観のうちに、澁澤龍彥という人物の秘密の一端がひそむのではないかと憶測されてくる。

モンスー・デジデーリオ――

最近ようやく正体のわかってきたこの異様なフランスの画家（本名フランソワ・ディディエ・ノメ）の作品をはじめて見たのは、やはりブルトンの『魔術的芸術』かホッケの『迷宮としての世界』の図版ページにおいてだったろう。澁澤龍彥は「崩壊の画家モンス・デシデリオ」（『幻想の画廊から』）でこの画家を扱ったとき、例によって画面に見えるものの描写からはじめ、作者の紹介と「気質」の分析をこころみたあとで、アントワーヌ・カロン、ジャック・カロ、ピラネージ、そして現代のシュルレアリスム周辺の画家たちとの類縁を指摘している。一九六〇年代の彼の典型的な美術エッセーのひとつだが、この未知の画家の紹介役をみごとにはたすものになった。

バルデス・レアール――

澁澤龍彥は十七世紀スペイン画派に強く魅かれていたが、個々の画家について書く機会は多くなかった。その頂点をなす宮廷画家ディエゴ・ベラスケスについてのみ、めずらしい裸体画「鏡の前のウェヌス」をめぐる文章を二篇（『幻想の肖像』と『裸婦の中の裸婦』に収録）のこしているが、それらにしても、この天才画家の正統性と偉大さに敬意を表してか、やや遠慮がちな書きぶりにとどまっている。

そこでこの場では、すでに見た「スペインの絵について」をとりあげたくなってくる。セビーリャに死臭をただよわすバロックの画家バルデス・レアールをめぐるエッセーだが、題名のとおり、スペイン画派についての彼の見方が端的にあらわれている。井上究一郎を介してモンテルランを引き、さらにブルトンやエンリコ・カステッリを援用しつつ筆を進めてゆく後半の展開は示唆にとんだもので、これは一九八〇年代はじめの美術エッセーのなかでもすぐれた一篇だろう。

十八世紀

この世紀の文化状況はある意味で澁澤龍彦の「庭」の一部だった。いうまでもなく彼はサドの研究者でもあったからである。美術上はまずロココに少なからぬ関心があった。それもとくにジャン・アントワーヌ・ヴァトーであって、ブーシェやフラゴナールになるとそれほどでもない。ティエーポロをはじめとするヴェネツィアのロココにもあまり食指が動かず、イタリア十八世紀ということならむしろピラネージあたり。イギリスの風景画や肖像画の系譜にはほとんど無反応。ただロマン主義を用意したスイス出身の幻視家フュスリ（フューズリ）についてのみ一篇のエッセー（『幻想の肖像』）をのこしているが、それとても作品一点のみの概括的な紹介におわっている。

あとはゴヤである。サドとほぼ同時代を生き、その後の近代絵画史を方向づけることになったこのスペインの巨匠について、彼はいくつかのエッセーをのこしている。いずれも自身の好みというよりは独特の十八世紀史観をあらわしたもので、準・専門家ふうの安定した筆致で書かれているように思われる。
結局、優美きわまりないヴァトーの雅宴から、大革命後のゴヤの暗黒の日々まで——十八世紀の初頭と末期を代表するこの二人の大画家のあいだに何を配するべきかが問題になるだろう。軽めのフュスリではちょっと物足りない。いっそのこと百科全書や博物誌の図版でも入れたいところだが、ふとした出来心から、同時代の日本の画家たちの作品を挿んでみることにする。ヴァトーとゴヤのあいだに展示される蕭白、若冲、抱一の名作群がどんな効果を生むか、また何を暗示するか、大いに興味ぶかいところである。

ジャン・アントワーヌ・ヴァトー——

最晩年の一九八六年に連載され、没後に出版されたエッセー集『裸婦の中の裸婦』は独特の対話体を用いた著作で、書き手の円熟ぶりを感じさせる軽妙かつ巧緻なものだが、そのなかで一篇だけを選ぶとすれば、めずらしくこのヴァトーを登場させた「ロココの女——パリスの審判」になるかもしれない。それほどみごとに書かれている。多少の距離をおいてこの画家特有の「みやび」と「メランコリー」をとらえ、ロココの本質をあやまたず示しながら、十八世紀という時代を感覚的に要約してみせている手並は事実、ただものではないと思わせる。作品としてはテーマになった「パリスの審判」のほかに、やはりあの謎めいた大作「シテール島への船出」を補って見るべきところだろう。

曾我蕭白、伊藤若冲――

澁澤龍彥の好みの対象はもちろんヨーロッパ美術だけではなかった。『夢の宇宙誌』のころからすでに、日本の美術作品のあれこれについての言及が見られる。中世末期の絵巻物にも関心があり、とくに「地獄絵」については一冊の画集（一九七四年）の解説をものしている。

だが日本美術を本格的に見なおすようになったのは、そのすこしあとからだろう。それはたとえば『思考の紋章学』（一九七七年）あたりで、日本の古典を主題とするエッセーや、むかしの日本を舞台とする小説を書くようになったことに対応する。同時に日本のあちこちを旅してまわるようになってもいた。それをいわゆる「日本回帰」とみなせるかどうかはともかく、少なくとも、古き日本文化・芸術一般への興味はいやましていたのである。

なかでも江戸時代の一群の画家たち。「蕭白推賞」（『澁澤龍彥　夢の博物館』）における曾我蕭白の再認識はちょっとした事件だった。しかも、「まことに奇妙」だという二人の画家の対照が正しく示されている以上、ここに伊藤若冲の作品も併せてとりあげないわけにはいかない。

酒井抱一――

酒井抱一はすばらしい。世界の美術史の広い視野のなかで見なおしたくなってくる画家のひとりである。少なくともその華麗で繊細で抒情的な花卉《かき》図を、博物学・博物誌や、イギリス・中国式庭園の時代の、ヨーロッパの植物画とくらべてみたくなるのは私だけではないだろう。この江戸琳派の画家の作品を「空想美術館」の十八世紀の部屋に置いて眺めてみるとき、不思議な感慨が湧いてくるのを抑えることができない。

澁澤龍彥はその抱一を「日本のマニエリスト」と見る。それも京風琳派初期のバロックが消えさったあとにあらわれた、繊細優美な感覚の洗練にのみ支配されるマニエリストだというのである。はじめにふれたシモーネ・マルティーニ論もそうだったが、晩年の美術エッセーには以前のような気負いや固さがなくなり、いいたいことを率直にいっているという印象がのこる。ごく部分的にではあるが、武装しない「内心の感動」の吐露さえ見られるのである。

もともとヨーロッパ美術の渉猟者だった澁澤龍彥は、いくぶん外側から抱一を眺めている。晩年にものした「マニエリスト抱一——空前の植物画家」(『澁澤龍彥　夢の博物館』)は、それでいて不思議に地についた自然の感覚のただよう好エッセーである。だから「夏秋草図」屏風の美しい図版とともに、「空想美術館」に引用してもいっこうにさしつかえない。

フランシスコ・デ・ゴヤ——

澁澤龍彥がゴヤを扱ったエッセーはいくつかあるが、ヨーロッパ旅行の体験にもとづいて書かれた「優雅なスペイン、優雅なゴヤ」(一九七一年、のちに『ヨーロッパの乳房』文庫本に収録)がもっともこなれている。この一篇はやや軽いもので、テーマを肖像画(これは彼の好みのジャンルのひとつでもあった)にしぼっているせいか、要点がくっきり示される。時代への目くばりもきいている。

そういえば、スペインという国の名を冠している文章はこれで二つ目である。澁澤龍彦のエッセーの題名としてはめずらしい例かもしれない。スペインには一度しか行ったことがなかったけれども、それだけにかえって印象が一貫しており、美術の特徴もまた風土と関連してとらえられていたように見える。

十九世紀

澁澤龍彦の十九世紀美術史は十七世紀のそれと同様（かつて彼はこの二つの奇数世紀を「政治的時代」と呼び、十六世紀、十八世紀、二十世紀という偶数世紀を「性的時代」と呼んで対比していたことがある）、あちこちに大きな欠落がある。アングル以外のフランスの新古典派とロマン派、クールベ以外の写実派、バルビゾン派や印象派、スーラ以外の後期印象派、等々にはほとんど関心を示さなかったからである。

そこで話は簡単になる。十九世紀の部屋には北方ロマン派からラファエル前派をへて、象徴派やアール・ヌーヴォーや世紀末美術にいたるいくつかのコーナーがあればすんでしまう。あとは例外的にアングルなどのための小さな壁面があればいいだろう。

ドイツではカスパー・ダーフィト・フリートリヒ、イギリスではバーン・ジョーンズやオーブリ・

ビアズリー、オーストリアではグスタフ・クリムト、スイスではフェリックス・ヴァロトン、ベルギーではフェルナン・クノップフやジェームズ・アンソール、さらにフランスのアリ・ルナンやシャルル・フィリジェあたりも、ここに招び入れられる資格があるかもしれない。だがアントワーヌ・ヴィールツのやや曖昧な例はともかく、ギュスターヴ・モロー以下の四人についてはやはり動かしがたい。この項もまた定員が少なすぎるようである。

アントワーヌ・ヴィールツ——

このベルギーの奇矯な画家の有名な作品「美しいロジーヌ」の写真図版をはじめて見たのは、マルセル・ブリヨンの『幻想美術』のなかでだったろう。澁澤龍彦は中世以来の典型的な「死と少女」の寓意（ハンス・バルドゥング・グリーンなどを参照）に心ひかれていたようで、はじめてのヨーロッパ旅行でブリュッセルに赴いた際に、郊外のイクセルまで足をのばしてヴィールツ美術館を訪問した。それでいっそうの感動をおぼえたというほどではなかったが、旧・画家邸の広大な壁を埋めつくしている一種病的な大作群に接し、帰国後にエッセー一篇をものしたのである。

かつて澁澤龍彦が偏愛を自称している領域のひとつに見えた怪奇趣味の客観的な表出の例として、ここに「美しきロジーヌ」論（『ヨーロッパの乳房』および『幻想の肖像』）をとりあげることはやはり必須だろう。

ギュスターヴ・モロー――

「ビザンティンの薄明あるいはギュスターヴ・モローの偏執」(『貝殻と頭蓋骨』および『幻想の彼方へ』)は、澁澤龍彦がこの画家について書いた二つ目の本格的なエッセーである(最初のものは『幻想の画廊から』に所収)。モローはいうまでもなく日本でとくに人気のある画家なので、ヨーロッパ旅行以前にも二、三の展覧会で実物を見る機会があった。

だがこの一篇のほうはパリのギュスターヴ・モロー美術館をおとずれたあとに書かれたもので、前作よりもいっそう説得力のある紹介文になっている。ビザンティン芸術との類縁を語るくだりがとくに興味ぶかい。

オディロン・ルドン――

澁澤龍彦のものした最初の美術エッセーのひとつは、一九六三年六月の「みづゑ」誌に載った「ルドンの『聖アントワヌの誘惑』」で、これはその後のどんな単行本にも再録されていない。標題中にある石版画集の何点かを、もっぱら原典にそって解説している文学研究者らしい一篇だった。

さらに十二年をへて発表されたエッセー「ルドンの黒」(『幻想の彼方へ』)のほうは、論旨も多様化し、ユイスマンスなどの紹介者にふさわしい本格的なものになっている。後半、オディロン・ルドンの版画の継承者として、意外にもパウル・クレーを顕揚しているところがユニークである。

アルノールト・ベックリーン、マックス・クリンガー――

北方ヨーロッパの森－神秘－瞑想は、初期の澁澤龍彥の夢想の一方の極をなしていた。一九七〇年のヨーロッパ旅行の折にも、はじめはドイツとその周辺の国々をめぐり、しきりに北方美術の「確認」にいそしんでいたことが思いおこされる。その後フランスをへて南にくだり、スペイン、イタリアであらたに南方憧憬者としての素顔をあらわすことになるが、それでも「北」の要素が彼のトポロジーから消えたわけではなかった。ドイツやスイスのロマン派の絵画はそんな傾向にぴったり合うところがあり、フリートリヒやカールスなどもかなり好きだったはずだが、このベックリーンとクリンガーを併せ論じた初期エッセー「北欧の詩と夢」（『幻想の画廊から』）のうちに、よりいっそう明確な「北」へのオマージュが読みとれるだろう。

そのエッセーの後半に、ジョルジョ・デ・キリコが姿をあらわす。ベックリーンとクリンガーの両者から影響をうけていたこの「南」の画家こそが、澁澤龍彥にとっての二十世紀美術史の第一章を占めることになる。

二十世紀

ここではシュルレアリスムとその周辺が中心になる。初期の澁澤龍彥はこの芸術運動の一側面を紹介する役割をはたしていた。デ・キリコやエルンスト、マグリットやダリばかりでなく、ベルメールやバルテュスやフィニやトルイユなど、どちらかというと傍系の、極端なところのあるシュルレアリストたちを好み、彼らについてのエッセーを書き綴っていた。そのおかげで日本には、澁澤龍彦系シュルレアリスム＝現代の異端的幻想画派、といった紋切型が定着しそうになったほどである。

　要するに澁澤龍彦は、もちろん彼としては当然のことだったろうが、シュルレアリスムのなかでもとくに好みの側面だけを選び、私的美術史の最後の部屋に私蔵しようとしていた気味がある。たとえばジョアン・ミロやマン・レイ、マッタやパーレンなどはそのなかに加えにくい。そうした独特の偏りのあるシュルレアリスム観は、つぎの文章にも端的にあらわれている。

「ありていに言えば、シュルレアリストたちは、新ら《〔ママ〕》しい絵画空間の創造にはなんら寄与せず、ただ既知の絵画空間的世界の現象や物体の序列を狂わせるということ、すなわちアンドレ・ブルトンが『百頭女』の序文で適切にも定義づけたように、「デペイズマン」の理念のみを忠実に守ったのである。進歩的歴史観に対応する近代絵画の正統的な空間意識の探求を拒否し、造形至上主義的な一切のメチエをみずから拋棄して、彼らは古くてしかも新らしい、自然の永遠のヴィジョンがあたえる情緒的効果をもっぱら大事にしたのであった。」（「マックス・エルンスト論」一九七〇年、後出）

　したがって澁澤龍彦がシュルレアリスム美術から選びとったのは、その理論の核心にあったオートマティスムを起点とする流れではなく、「古くてしかも新しい」具象絵画としての流れである。ブルトンのいう「デペイズマン」はまた澁澤龍彦のエッセーの方法にふくまれてもいた。その点だけを見れば、美術について語る澁澤龍彦は一個のシュルレアリストであり、ブルトンの特異な後継者のひとりであったともいってよいほどだ。

そんなわけで、彼の空想上の美術史の二十世紀の部に加えられていたのは、多かれ少なかれ「デペイズマン」の傾向をもつ具象絵画ばかりである。さらにオブジェ性、客観性も重要な条件だろう。したがってアブストラクト芸術はいっさい受けつけない。表現主義もだめ。第二次大戦後のアメリカ美術（アクション・ペインティングからポップアートあたりまで）にも関心がなく、かえってアンドリュー・ワイエスのような一見反動的な画家のほうに食指が動く、といったありさまである。

シュルレアリスム以外の画家でも、たとえばロメーン・ブルックスにしろ、エッシャーにしろ、ロメロ・デ・トーレスにしろ、フリートリヒ・シュレーダー＝ゾンネンシュターンにしろ、また現代日本のアーティストたちにしろ、いずれも広義の具象の域にとどまり、どこかしら「自然の永遠のヴィジョンがあたえる情緒的効果」に頼ってきた人々ばかりを好む。パントル（画家）よりもイマジエ（絵師）。この選別の方式はかなり一貫している。彼の本領がじつは他の広い次元へとひろがりつつあったにもせよ。

そこでこの項にならぶ画家たちは、すべてシュルレアリスム系の具象画家ということになる。それだけでもかなり数が多いので、ピカビアやデュシャン、マグリットやタンギー、ブローネルやクレパン、フィニやモリニエが抜けおちてしまうのもやむをえない。澁澤龍彦の好みの軽重にしたがえば、デ・キリコからスワーンベリにいたる以下の六人を選ぶのが順当なところである。

ただ、サルバドール・ダリがここに登場してこないという点については、多少の反論がありうるかもしれない。この画家についての言及はすでに大学の卒業論文「サドの現代性」（一九五二年十二月二十五日提出）にあらわれているほどで、関心自体は生涯にわたって持続していたように見えるからだ。それでも彼がほんとうにダリを「偏愛」していたかどうかは疑わしい。むしろ二十世紀芸術の一種の症例として興味をひかれ、部分的に共感をおぼえていた程度なのではあるまいか。

ジョルジョ・デ・キリコ――

一九七三年の「キリコ、反近代主義の亡霊」（『貝殻と頭蓋骨』および『幻想の彼方へ』）はすぐれたエッセーである。たとえばこの画家に特有の「デジャ－ヴュ体験」のとらえかたなどには示唆的なところがある。なぜなら澁澤龍彦自身のうちにも、やはり彼特有のデジャ－ヴュ（既視感）を発動させる何かがあり、それがほかならぬ美術エッセーの書き方に作用してもいたからである（『澁澤龍彦考』中の「既知との遭遇」の章を参照）。

デ・キリコの自画像についての指摘もするどい。澁澤龍彦の語り口の客観性がいわゆる客観性ではなく、鏡をのぞきこむ人間のそれであったことを思いおこさせる。

マックス・エルンスト――

「マックス・エルンスト論」（『エルンスト』）は澁澤龍彦の美術エッセーとしては比較的に長いもの

で、「論」の名にあたいする充実した内容をもっている。マックス・エルンストとシュルレアリスム美術だけでなく、ヨーロッパ文化史をもさかのぼる広い視野をそなえた好篇だろう。

エルンストは事実、二十世紀の芸術家のなかでも、澁澤龍彦がもっとも長く気にかけていた人物のひとりである。北方的なものと南方的なものを併せそなえ、たえず変貌をつづけていたこの大画家について、彼は生涯の各時期に、それぞれ含蓄に富むエッセーを書いている。この一篇はそのうちの白眉といってよいものである。

ポール・デルヴォー、ハンス・ベルメール――

澁澤龍彦は一九六五年一月号からの一年間、雑誌「新婦人」に「幻想の画廊から」という総題をもつ連載エッセーを書きつづけ、それを単行本『幻想の画廊から』の骨子とした。日本ではまだあまり知られていないシュルレアリストたちを幾人も紹介する画期的なものだったが、「女の王国――デルヴォーとベルメエル」はそのなかでも代表的といってよい一篇である。ポール・デルヴォーとハンス・ベルメールの二人は、事実こんにちでも、日本では澁澤龍彦のフィルターを通して見られてしまいがちな存在だろう。

ところでアンドレ・ブルトンの言葉として引用されている標題中の「女の王国」は、実際にはつぎのように記されていた文章の一部である。

「デルヴォーは世界そのものを、心の広大な廓外地域を支配するつねにおなじひとりの女の帝国としており、そこではフランドルの古い風車たちが、鉱石の光沢のなかで真珠の首かざりを回転させている。」(「シュルレアリスム芸術の発生と展望」一九四一年、『シュルレアリスムと絵画』増補版所収)

つまり澁澤龍彥は文意をいくぶん曲解しているようにも見えるのだが、だからといって彼自身の論旨に破綻が生じているわけではない。

バルテュス――

すでに『幻想の画廊から』には「夢みる少女――バルテュスの場合」という文章がふくまれていたが、それは日本ではじめて本格的にバルテュス(本名バルタザール・クロソウスキー・ド・ローラ)を紹介したものだった。その数年後に書かれたエッセー「バルテュス、危険な伝統主義者」(『幻想の彼方へ』)のほうは、前者を巧みに換骨奪胎し、決定版として仕上げたものに見える。後半にあらわれる「バルテュスのダンディズム」についての指摘には、澁澤龍彥自身の初期の美術エッセーの一傾向をも説明するところがある。

マックス・ワルター・スワーンベリ――

一九六八年の「マックス・ワルター・スワンベルク――女に憑かれて」(『幻想の彼方へ』)は、愛する画家について、その愛する所以をみずから考察してみせた典型的なエッセーである。その語り口はすこぶる客観的で、しかも読者の共感や共鳴を誘う力をそなえている。ヨーロッパでかならずしも一般的になっていないスワーンベリ（スウェーデン語の発音による）の絵は、この一篇によって、遠い東の国に夢想のすみかを得たのである。

ともあれ、「文句なしに大好き」だというシモーネ・マルティーニの作品ではじまったこの「空想美術館」を、「現存する世界の画家のなかで、いちばん好き」だというマックス・ワルター・スワーンベリの作品によって閉じることができるのは、私にとって望外の悦びである。

そういえば、「稚拙さとモダーンさが一緒になったような傾向」をとくに好むという『滞欧日記』のなかの述懐が、スワーンベリの絵についても通用しそうに見えることは興味ぶかい。

一九九三年六月二十五日

II

グラナダ（スペイン）のヘネラリーフェ庭園からアランブラ宮殿をのぞむ

空間と時間

澁澤龍彦が亡くなってから、そろそろ七年がすぎようとしている。なにか信じがたいことのように思われもする。彼はまだ彼のやりかたで生きている——あるいは少なくとも、死後の新しい生き方を見いだしつつある——といった不思議な感覚が、いまだにつきまとっているせいかもしれない。

といっても、べつだん神秘めかして語ろうとしているわけではない。これはむしろ、ひとつには、彼の作品が生前にもまして広く読まれるようになり、多くの読者を獲得しつづけているという動向にかかわっている。ある程度は予測できたことでもあるが、旧著がつぎつぎに再刊され、いくつもの選文集が編まれ、文庫本の点数もふえてゆくにつれて、澁澤龍彦の作家像はいっそう身近なものになり、あえていえば、あらたな生気を帯びはじめたようにも思われる。

それとともに、さまざまな論評やオマージュが書かれ、描かれつづけている。たとえば「愉しい知識」の先導者であったとか、「オタクの神様」であったとか、あるいは「革命の王にして抑圧者」（中沢新一氏）であったとかいう多種多様な評価が、各所でそれぞれひとり歩きしている。他方では、いわゆる「生身の澁澤龍彥」（出口裕弘氏）像といったものも、さまざまに伝説化されながら語りつがれてきている。

それはそれでいい。澁澤龍彥という作家が、以前よくいわれていたように風変りな趣味人などではなく、戦後の日本に生じたひとつの出来事であり、私たちの心性に何かをもたらした大きな現象であったと考えるなら、それも当然の成行である。こんにちの多くの読者は事実、『澁澤龍彥』をこの時代にふさわしい鏡のようなものとしてとらえ、それぞれ自分の顔をそこに映し見ようとしている。あるいはその作品世界を、なにか公的な空間——城とか庭園とか博物館とか図書館のようなものとしてとらえ、そのなかで右往左往することを好んでいる。

この作家はいわば、たぐいまれな空間の提供者だったのである。写真でよく見る彼の家の書斎につながったサロンのように、それとも彼の著作でおなじみのあの空想博物館のように、その作品は外部にもひらかれており、そこへ踏みこめば一刻の快美を味わうことができる。それどころか、どうかすると迷宮のような構造を呈しもするその空間にとらわれたまま、無時間的なユートピア感覚に浸りつづけることだってできる。

より正確には、澁澤龍彥本人がすでに、ある種の公的な空間になっていたということだろう。「同心円状に描かれた宇宙図」（種村季弘氏）とはいいえて妙である。遠い星々の世界にかこまれたその内部には、庭園もあれば博物館もあり、中心を占める書斎のテーブルに、澁澤龍彥その人が坐している。そのうえその澁澤龍彥自身がまた、外側のすべてをたぐりこんで、魔術的な入れ子の構造を体現している。「胡桃の中の世界」と別称されるこの不思議な空間は、みごとなまでに自立した性格をもつ。しかも同時に、私たちの想像世界をも一挙にたぐりこんでしまいかねない、魅惑的な、あるいは危険な力を秘めている。

現在のいわゆる「ブーム」の核心にある「澁澤龍彥」像は、おそらくそういう空間の仕組をそなえたものだろう。入口はどこにでもあり、内部はさまざまな観念とイメージの誘いにみちているから、たいがいの読者はそこにしばらくとどまって、自分にふさわしい鏡を探しはじめる。そのようにして、いわば「澁澤龍彥の子供たち」(荒俣宏氏)になったある種の人々は、それぞれ自分なりの、ときにモデルとは似て非なる小さな世界の構築に向う。

ただ、こんなふうに書いているうちになんとなく頭をもたげてくるのは、そうした空間構造をもつ現今の「澁澤龍彥」像が、じつはまだ括弧つきのものにすぎないのではあるまいか、という感覚である。それは同時に、作家のほうが読者のために――またときには自分自身のために提示しつづけていた、表向きの「澁澤龍彥」像であったような気がしてくる。少なくともその空間が不変であり、無時間的な安逸を保証するといった点については、かなり意図的に企まれていたふしもある。実際には、そのたぐいまれな空間の内部はしばしば変化しており、時間によって徐々に浸蝕されつつあったのではなかろうか、と思われもするのである。

★

ところで現在、『澁澤龍彦全集』という大規模な出版物が刊行されつつある。彼の新人時代から没後にいたるまでの、あらゆる作品を網羅しようとする本格的なもので、正攻法の編年体をとり、しかも第一巻から順に配本してゆくという企画である。これによってはじめて全貌が眺めわたされ、あらたな澁澤龍彦像がとらえられるのではないかと期待される。おそらくこれを読みすすめるうちに、彼の作品の時間的な構造が、いやおうなくあらわになってくるはずである。

それればかりではない。彼が個々の書物を編む際にどのテクストを除外したか、初出のものにどんなふうに手を加えたか、といったことまでわかってくる。じつはその間のプロセスに、意外なほど作為的なところが見えるのだ。澁澤龍彦はなにやら、そのつど必要に応じた「澁澤龍彦」像を固定するために、自著の構成にある程度の操作をほどこしていたのではないか、とさえ思われたりする。

またそれと併行して、幼年期から晩年にいたるまでの彼の生活のありさまも、各方面から照らしだされつつある。多くは身近だった人々の証言によるものだから、そのまま客観的なデータになるとはかぎらないにしても、いままでのところ、右に述べたような印象を裏切るところはない。ひとことでいってしまえば、澁澤龍彦（本名・澁澤龍雄）とは「澁澤龍彦」になろうとしていた人間のことである、と考えたくなるほどである。

澁澤龍雄はその生涯のさまざまな時期に、すこしずつ趣を異にする「澁澤龍彦」像をつくろうとしていた。そしてそのたびに、多少の自己演出をまじえながら、首尾よく変貌をとげていった。先にふれた魔術的な構造をもつ空間のイメージもまた、生来の気質や性向に根ざす強固なものではあったとしても、彼自身、のちにある程度それを超え出ようとしていた形跡が見える。

実際、性向や気質が強固に根づいていればいるだけ、変貌への渇望も強かったのだろう。あるいはむしろ、変貌への渇望そのものがまた、気質や性向に属していたということか。いずれにしても、そういう点までふくむ動的な時空としての澁澤龍彥像が、今後、よりいっそう魅力的な姿で立ちあらわれてくるだろうことはまちがいない。

ところで没後七年にさしかかったいま、おそらく括弧のつかないかたちで自然に思いおこされてくるのは、あの写真でおなじみの北鎌倉の澁澤家のサロンにつづく書斎に、入口だけではなく出口もあったということである。

幅一間ほどのその大きなガラス戸は、仕事机のすぐ左側にひらかれていた。カーテンをあければ外の自然が見える。彼はときたま下駄ばきで庭に出た。私も誘われていっしょに歩いたことがある。そよぐ風、乱れ咲く花々、植物の香。季節の移りかわりがまざまざと感じとれた。それは澁澤龍彥の晩年の、ここちよい午後の一刻だった。

彼はそのまま道に降り、ぶらぶらと、時のたつのも忘れてさまよいつづけたものだった。

一九九四年三月二十三日

「澁澤龍彦」が誕生するまで

河出書房新社の『澁澤龍彦全集』が完結した。全二十二巻に別巻が二冊。生前の単行本には入っていなかった多くの作品を各巻の補遺に収め、別巻では未発表原稿、アンケート回答、サド裁判での発言、対談や座談会の筆記録、インタヴューや談話記事などまで網羅している本格的なものだから、これによってはじめて、この特異な作家の全貌が見わたせるようになったといってよい。

私は編集委員のひとりとして解題や年譜の執筆にたずさわっていたので、この二、三年間、さまざまな発見の場に居あわせることができた。なかでも興味ぶかかったのは、初期の習作や未発表原稿の数々と出会えたことで、それらを読みながら、以前はほとんど知らなかった若き日の澁澤龍彦と、あらためてつきあいなおしているような気分だった。

★

たとえば「澁澤龍彦」という独特の美的印象をよびおこす筆名について。これはもちろん本名の澁澤龍雄の一字だけを入れかえたもので、かつて愛読した山中峯太郎の冒険小説『万国の王城』の少年主人公・北條龍彦への思いをとどめていることを本人も述懐していたが、この筆名があらわれるのはさほど古くからではなく、初期には二、三、別のものが使われていることもわかってきた。

一九五〇年、二十二歳のとき、まだ東大仏文科の一年生だった澁澤龍雄は、一冊の手帖に「ペン・ネーム　澤薔之介　蔘之介」というメモをのこしている。芥川を連想させもするいくぶんキザな名前で、さすがにこの署名を入れた作品は発見されていないが、少なくともペンネームを考えていたくらいだから、すでに著述家をめざしていたことはたしかだろう。事実このころ、彼は現代フランスの詩や戯曲の翻訳や、エッセーなどの構想をメモしていたことが知られる。

つづいてあらわれるのは「TASSO・S」という横文字の筆名だ。本名の龍雄をひねったものらしく、十六世紀イタリアのバロック詩人タッソーを気どっているようだが、一九五二年、この名前で発表したのは軽いプロパガンダふうの詩、「三崎のサカナよ……」と題するものだった。ガリ版刷りの小冊子「反戦叢書1・闘う三崎」に掲載。彼はこのころ鎌倉在住の青年たちの文学・思想誌「新人評論」の同人として、おそらく遊び半分ながら反戦運動に加わっており、三崎町長選挙の際、共産党候補の応援に出かけたりしていたのである。

三つ目の筆名は「澁川龍児」という。一九五四年初頭、前記の同人誌に載った「革命家の金言――サン・ジュスト箴言集」という記事に用いているもので、あのフランス大革命の過激な指導者のひとり、恐怖政治のはてに二十七歳で断頭台にかけられたサン゠ジュストの文章を抄訳・紹介している。当時の澁澤龍雄はサドと同時代のこの夭折の革命家に入れあげていたようで、のちに「恐怖の大天使」(『異端の肖像』一九六七年)という小評伝をささげることになるが、そのなかでも鎌倉の家の自室を回想して、「机上には右にサド侯爵があり、左にサン゠ジュストがあった」と書いているほどである。

その抄訳・紹介記事が出てから二か月ののちに、最初の本格的な創作と見てよさそうな中篇小説を書き、こちらは「サド侯爵の幻想」と題している。澁澤龍雄はそれを「三田文学」などの雑誌に持ちこんだのだが、結局ボツにされたらしい。したがって長いあいだ埋もれていたものを、今回の『全集』がはじめて発掘・収録したのである。

獄中のサド侯爵のみる夢のなかにサン゠ジュストらしき美貌の青年があらわれ、奇妙な議論の末に昇天してゆくといったような幻想譚を、石川淳ふうの戯文調で綴っているこの作品については、『澁澤龍彦全集』の別巻1を見ていただければ足りるだろう。ここで特記すべきは、知られるかぎり、この原稿こそが「澁澤龍彦」の筆名で書かれた最初のものだということである。「澁川龍児」が去って「澁澤龍彦」が登場し、サン゠ジュストはサドの夢のなかへと遠のいた。

おそらく自信作だったのだろうこの小説が雑誌不掲載になったあと、彼は翻訳家・仏文学者としてデビューし、やがて一九五六年には、日本初の『サド選集』の第一巻を上梓するにいたった。

★

その後は二、三の小記事を除いて、すべて「澁澤龍彥」の筆名で通している。それにしてもそこにいたる数年間、いくつかのペンネームのあいだで揺れうごいていた澁澤龍雄の心境のほうに、このところ私は興味を惹きつけられがちである。

東大仏文科の学生時代から、作家の卵としてまだ苦労しつづけていた二十代なかばすぎまで、澁澤龍雄はひとりの多感な青年だった。好奇心旺盛で、恋愛もし、旅行もし、他者との交流もかなり活潑だった。のちにひろまるようになった密室の異端めいた作家像とは異なる活動的な若者の姿が、なにやらサン＝ジュストふうにうかびあがって見えはじめたというだけでも、『全集』の仕事は有意義であったにちがいない。

私はそういう若き日の澁澤龍彥について、もうすこしくわしく書いてみたいと思っている。

一九九五年七月十日

シュルレアリスムとの出会い　卒業論文を読む

最近、澁澤龍彥の「卒業論文」をはじめて読むことができた。

一九五二年十二月二十五日、東京大学文学部仏文学科に提出された、「サドの現代性」と題する、B4判の横書ノートブック一冊分の論文である。

じつはこんな古い文書が、いまもどこかに保管されているものかどうか、以前はかなり疑わしく思っていた。少なくとも東大文学部の事務室なんぞにはない。というのは澁澤龍彥自身、のちに「自作年譜」の一九五三年の項に、つぎのようなことを書いているからである。

「三月、東大を卒業。卒業論文は『サドの現代性』というタイトル。鈴木信太郎先生から、「もう少し論文らしく整理して書かなければいけません」とたしなめられる。論文を提出した日、そのまま悪友とともに浅草に赴き、翌朝まで飲んでいたのをおぼえている。後顧の憂いなからしむるために、この論文は卒業後いち早く、東大文学部の事務所から奪い返した。」

ところが、さすがにものもちのよい澁澤さんである。「奪い返した」物件は、ちゃんと書斎の奥ふかく保管されていたらしい。没後三年になろうとする一九九〇年の初夏、鎌倉の市立近代文学館で催された「澁澤龍彥展」の展示場に、じつに三十数年ぶりで姿をあらわしたのだった。

私はそれのコピーを一読して、心を打たれた。そのときの印象をすこしばかり書きとめておこうと思う。

もちろん卒業論文というようなものは、一般に、多くの人々に読まれることを意識していたり、期待していたりするものではない。たいていの場合、これはあらかじめ決められた制度内でのやむをえない作業でもあるわけだから、最低限ひとりの指導教授（ここでは鈴木信太郎）によって閲読されたあとは、「後顧の憂い」なきように奪いかえされ、どこやらに隠匿されてしまうというのが、むしろ当然の末路なのかもしれない。

とすれば澁澤龍彥も、いまから四十年近く前のこの作品を、他人には読まれたくなかったはずだと考えることもできる。にもかかわらず私は、彼の没後に、それを読んでしまった。しかもそのことをこんなふうに、大っぴらに書いてしまっている――。

だがそれはとりもなおさず、この論文がじつにおもしろいものであり、ここにその一部を紹介してもいっこうにさしつかえないのではないか、と思われるほどに、立派な作品であったことを意味している。そもそも「後顧の憂い」云々にしても、若者にありがちな恥じらいとは別の次元のことを、ひそかにいおうとしていた表現かもしれないのである。

だからこそ私は、この場を借りて、例外的にこんなことを書きはじめてしまったわけである。

★

それではなぜ私はこの卒業論文に心を打たれたのか。おそらく二面がある。

そのひとつは、多くの読者が知っている「あの澁澤龍彥」以前の、どこか初々《ういうい》しい、二十四歳の大学生・澁澤龍雄（本名）の素顔がかいまみられたからである。

まず、筆蹟がずいぶん違う。細いペン書きで、几帳面に、やや神経質に、字くばりを意識しながら、ノートブックの水平の罫《けい》の上に、昆虫めいた文字を這わせている。のちの澁澤さんの、あの丸っこい太字の書体を見なれている目には、別人かと思われたほどである。

といって、だれかに代筆させたものではないだろう。すでに随所に独特の書き癖があらわれているからだ。なめらかだが崩し字がほとんどなく、いくぶん図案化された感じの文字を、一行一行、きちんとならべている。斜めの線をちょっと装飾的にひねっている。そして全体に、なんとなく可愛く感じられるところがある。

その書体の印象は新鮮だった。プロとしてデビューする以前に、制度内のノルマをはたすべく、だが大いに意欲的に、一冊のノートブックを「作品」化しようとしている青年の心情が刻みこまれているからである。

そして内容とその展開ぶりもまた、すこぶる新鮮だった。案の定、もともと形式にも方法にもマニュアルがあるかのように思われがちな卒業論文というものの枠組を、澁澤龍雄は随所で突きやぶろうとしていた。

まず、フランス語によるレジュメ（Résumé＝要約）を付すべしという規則に反して、あるいはそれを逆手にとって、彼は第一ページ目に、こんなことを宣言している。

「サドは日本では殆ど知られていない作家である。故に、紹介の労を取ることなくして、これを論評することは出来ない。

私は Résumé を Introduction に書き代えて、先ず冒頭に、サド紹介の筆を執ることにした。」

そこから十七ページにわたって、フランス語による序文（Introduction）がくりひろげられる。引用が多い。ヴェルレーヌ、アポリネール、コクトー、エリュアール、ソーニエ、ポーランなどの観点を援用しつつ、知られざる作家の「紹介」につとめている。

そしてそのあとに、一ページ分だけ挿まれている日本語によるはしがきの部分には、つぎのような興味ぶかい告白があらわれる。

「しかし此処では、繰り返し述べて置くが、全体をサドの文学的価値〔……〕の問題に限って、むしろエッセイ風に書き流したのである。その理由は、勿論、限られた時間と限られた紙数のためで、それらの制限が私をしてこの短い小論で満足しなければならないような状態を強いられたのである。」

なるほど。これでようやく「本論」（日本語による）に入れる。その本論を繙くと、彼がこれを

「エッセイ風に書き流した」といっていることの本意が、すこしずつ明らかになってくる。それはけっして彼自身のいっているように、時間と紙数が足りなかったからばかりではないように思える。

つまり、サドという知られざる作家——まだアカデミックな研究の対象になっておらず、それどころか従来の文学史からはいつもはじきだされ、例外、異端、フリークとして闇の領域に追放されることの多かった人格を論じるためには、制度内の形式や方法など役に立たないであろうことを、この大学四年生はすでに熟知していたのである。

サドを卒業論文のテーマとすること自体が、当時、すでに逆説をはらんでいた。どのみちサドは例外であり、怪物であり、しかも「有罪」だったからである。

とすれば、選ぶべき方法はかぎられている。時間と紙数が足りないことを口実に、自由な立場をとり、ときにはノンシャランな態度で、ぐいぐいと、エッセー風に書き流す以外にはなかったのではなかろうか。

その点こそが新鮮に思われた。しかもその点こそが、私の心を打つ第二の局面を用意していた。

★

こちらの局面では、澁澤龍雄はすでに初々しくはなかった。ほとんど論文らしくないこの論文のなかで、彼はしたたかな戦略を弄してもいたのだ。

そもそも題名の示しているとおり、サドを既成の文学史のうちに位置づけるどころではなく、あえて「現代性」の観点から、ほとんど一個の現代人として、一九五〇年代の日本に蘇生させてみせようという大胆な意図が、几帳面なペン書きの文章のうちに隠されていたのである。

指導教授の鈴木信太郎から、「もう少し論文らしく整理して書かなければいけません」とたしなめられたという逸話は、むしろ予想されたこと、あるいは、澁澤龍雄の思うつぼであったということかもしれない。少なくとも、それでよかったのだ――と回顧してよいことだったように思われる。

数年後、彼は澁澤龍彥というペンネームを用いて、当時としても異例なほど若い、気鋭のフランス文学者・翻訳家としてデビューすることになる。

一九五四年、コクトー『大胯びらき』。

一九五五年、サド『恋の駈引』。

一九五六年、『マルキ・ド・サド選集』全三巻刊行開始。

一九五八年、デスノス『エロチシズム』、サド『悲惨物語』ほか。

そしてその前後にさまざまなサド論を書き、一九五九年には、最初のエッセー集『サド復活――自由と反抗思想の先駆者』を上梓するにいたる。

そんな道筋をたどりなおしてみるとき、くだんの卒業論文がじつは「澁澤龍彥」の出発点にほかならなかったことを、あらためて納得できるように思われてくる。

事実その後、彼は一度たりとも、「論文らしく整理」された文章など書きはしなかった。そして四十年間、「エッセイ風に書き流」すことをみずからの方法としつづけることになった。

卒業論文にはすでに、独特のノンシャランスと、ダンディズムと、アナーキーの気分が窺われた。それが一九六〇年代に入って強化され、多くの読者を魅了するようになる。

かつて見たことも聞いたこともないひろびろとした知識の領域が、このエッセー風に書き流された論文のうちに、すでに開かれはじめていたともいえる。

そんなふうに見てしまえば、澁澤龍彥のよき読者にとって、澁澤龍雄の卒業論文の中味は、多少とも想像しやすくなるだろう。同時にこのあたりで、アンソロジー『シュルレアリスムの箱』（筑摩書房）の「解説にかえて」書きはじめたこの小文もまた、そろそろ本論に入ることができるだろう。

問題の「サドの現代性」と呼ばれるエッセーの「本論」の書きだしの部分は、つぎのようになっていた。

「超現実主義者がサドをネルヴァル、ランボオ、ロートレアモン等と並べて、近代詩精神の祖と見做すのは、如何なる理由によるのであろうか？」

この問いかけそのものが、澁澤龍雄の――そして澁澤龍彥の――サド論の出発点を示していた。サドを「超現実主義者」（シュルレアリスト）の立場から読むこと、読みなおすこと。これがこの卒業論文の眼目であったといってもよい。

じつは私自身、彼がすでにこの時期にこれほど強くシュルレアリスムの感化をこうむり、自分もまたひとりのシュルレアリストであるかのようにしてサドと向いあっていようなどとは、想像もしていなかったほどである。

★

「私がかれこれ七八年前、はじめてサドの思想に接したのは、そう、かの一徹無垢な弁証法的精神アンドレ・ブルトン先生の手引によってであった。無差別な愛と無制限な自由の理念を説くブルトン先生は、サドと、フーリエと、フロイトと、マルクスとを直線で結ぶ独特な美しい体系を築きあげて、フランス文学史のみならず、世界の芸術の歴史を魔術的に転回せんとする一種の秘教団体をつくったのである。日本にも昭和初年にこの運動は流れ込んだが、残念ながら、肝心かなめのブルトン先生の思想は、その深遠さゆえに、すっかり敬遠されてしまった観があった。学生時代、私はブルトン先生に完全にいかれていたらしい。現在は必ずしもそうではない。しかしいずれにせよ、この先生の手引によって、私の二十代後半が決定的に方向づけられたことは事実であって、以来、サドは私の脳中から片時も離れることがなくなった。まあ、業みたいなものである。」（「発禁よ、こんにちは——サドと私」一九六〇年）

のちに第二エッセー集『神聖受胎』（一九六二年）に収録された文章の一節だが、「かれこれ七八年前」、つまり一九五二年ごろ、まさに例の卒業論文が書かれた時期の気分と心情をおそらく正確に再現しつつ、いわゆる「サド裁判」にいたるまでの活動を回顧している。

こんな文章が書きのこされていることからして、私は澁澤龍雄の初期作品のひとつである卒業論文の中身を、かねてから予想してはいた。ところが実際に読んでみると、まさかと思わざるをえないほどまでに、このとおりであったのだ。

とすれば、四十数年にわたって隠匿されていた問題の卒業論文の「本論」の内容を、あらためて細かく紹介する要はなくなる。先の引用文のなかで、「私の二十代後半が決定的に方向づけられた」要因とされている「ブルトン先生の思想」なるものが、学生・澁澤龍雄のうちにどのように根づいていたかを跡づけてゆけば足りるだろう。

「私は此処に、モラリストから心理主義・自然主義に至るオルトドックスなフランス文学の伝統に対して、円卓騎士の物語からシュールレアリスムに至るエテロドックスなフランス文学の伝統が厳として存在することを特に強調して置きたい。」

「ロマン派の抒情」は後者エテロドックス（非正統、異端）の系統のほうに属する、と澁澤龍雄はまず述べる。近代の黎明期にこの系譜がふたたび目ざめるころ、三人の先駆者があらわれた。ジャック・カゾット、レティフ・ド・ラ・ブルトンヌ、そしてサド侯爵。この三人によってひらかれた「秘密の道」に、ペトリュス・ボレル、シャルル・ノディエ、ジェラール・ド・ネルヴァルが加わる。ついで「この道は、以後アルフォンス・カルル、エルネスト・エロ、バルベー・ドオルヴィリ、ジョリ・カルル・ユイスマンス、ジャン・ロラン、オクターヴ・ミルボオ等の歩んだ細々とした小径となり、二十世紀の近代的な大道はアポリネールを待って始〔ママ〕めて修築し直された。（その間にあって、ロートレアモンの狂躁、リラダンの残酷、モーパッサンの執念或いはゴーティエのエレガンな磊落、メリメの冷い機才、等も無論忘れることは出来ない。）シュールレアリスムはこのエテロドックスな伝統の現代への延長である。」

これはどういうことか。サドの現代性を論じ、サドを現代人としてとらえなおすというこの卒業論文の意図は、同時に現代のシュルレアリスムにいたるまでの、「エテロドックスな伝統」を再確認することでもあったということだ。

「結論」を先に見てしまうと、つぎのようになっている。

「さて、サドの文学の特性は、今まで理解した所では、詮じ詰めれば、世界及び人間の不条理性を《黒いユーモア》の効果的な使用によって暴露する、その一種の緊張の中にある。そしてその方法は、偏執狂的な明識の批判の方法である。」

それならば「黒いユーモア」とは何か。すでにこの卒業論文の前半に、フロイトとブルトンの書にもとづく定義づけがある。ついでのことだから、いささか長くなるが、つぎのようなくだりも引用することにしよう。

「我々の問題にしているユーモアは、人間社会の既成概念を承諾することによって得られる安易な満足感を一挙にくつがえし、人をして虚無の深淵を覗かしむる態の、例えばシュールレアリスムの或る絵画が現わすような爆発的・眩暈的で一種の不吉な滑稽形式である。そして、歴史的にこの種の滑稽作家の系譜を尋ねるならば、『桶物語』『ガリヴァー』のジョナサン・スウィフト、『阿片吸飲者の告白』のトマス・ド・クインシイ、『ラプソディ』のペトリュス・ボレル、『黒猫』のエドガー・ポオ、

『不埒な硝子屋』のボオドレエル、『サンタルの小箱』のシャルル・クロス、『マルドロオル』のイジドオル・デュカス、『さかしま』のJ・K・ユイスマンス、『黄色い恋』のトリスタン・コルビエール、『ヴァランティヌ』『乞食の手帳』のジェルマン・ヌウヴォ、『地獄の季節』のアルテュル・ランボオ、『マアチン・バアネイ』のO・ヘンリイ、『鋳掛け屋の結婚』のジョン・ミリングトン・シング、『ユビュ王』のアルフレッド・ジャリ、『虐殺された詩人』のアポリネール、『変身』のフランツ・カフカ、『バチョオグ王』のジャック・リゴオ等々の名を挙げることが出来る。更にブルトン一派が発見するまで如何なる文学史にも現れなかった人々の名を引用すれば、ゲオルグ・クリストフ・リヒテンベルグ、クリスティアン・ディートリヒ・グラッペ、グザヴィエ・フォルヌレ、アルフォンス・アレ、ジャン・ピエール・ブリッセ、アルテュル・クラヴァン等がある。その属する時代と国々と作品の多様性にも拘らず、彼等に共通した態度は、我々の倫理的所有、社会組織、宗教的哲学的確信を打破しようという明白な意図である。」

こうなれば「ついで」のついでに、澁澤龍雄がさらにフーリエと、ニーチェと、ルイス・キャロルと、ピカソとデュシャンとアルプと、ジャック・プレヴェールの名を列挙したうえで、つぎのような一行を加えていることにも注意しよう。

「私がブルトンなら、この系統に更に二人の人物を加えるだろう。一人はテルミドールの詩人テロリスト、サン＝ジュスト（『オルガン』という詩篇がある）であり、もう一人はファランジストに虐殺されたスペインの抒情詩人ガルシア・ロルカ（『血の結婚』）である。しかし、ブルトンは狭義の政治性を好まない。」

もちろんこうした記述は澁澤龍雄の論文のごく一部にすぎない。しかし、サドという一作家を論じる過程で、このような「系譜」の羅列、「エテロドックスなフランス文学の伝統」の展開をくりかえし試みているということは、すでにこの大学生の「脳中」で、サドがひとつの「文学史」の磁極の位置を占めてしまっていたことを示している。

そしてもうひとつの磁極は、いうまでもなく、「ブルトン先生」その人である。

ここでのちの澁澤龍彥が、サドを論じる際にしばしばブルトンを引きあいに出し、「一種の秘教団体」なるもののイメージをそれにまとわりつかせようとしていたことの根拠を、たしかにとらえることができる。

「一種の秘教団体」といっても、それは二十世紀に誕生し、以来数十年の命脈を保ってきたいわゆるシュルレアリスム運動のメンバー、参加者たちの集団のことだけではないだろう。それ以上に、文学史の細部にわたる検証をへたうえで、ブルトンが巧みにしつらえた「黒いユーモア」の軸のまわりに集まっていたような、過去のさまざまな例外者たちの集合体のことなのである。

ブルトンの『黒いユーモア選集』の増補決定版がパリのサジテール書店から出版されたのは一九五〇年だった。大学生・澁澤龍雄はこの大著と向いあうことによって、はじめてサドの実体に触れたのであるらしい。

それかあらぬか、サドを語ることは、ブルトンという先人の書にならって、「もうひとつの文学史」

を思い描くことと同義になっていたのである。

この『黒いユーモア選集』が澁澤龍雄にとって、さらにのちの澁澤龍彥にとって、どれほど「特別の意味のある書物」となっていったのか。一九七六年の「シュルレアリスムと屍体解剖」(『洞窟の偶像』)のなかで、彼はこんなふうに書いている。

「根本的には、文学史というものの観念を変えさせられたのだ。文学史とは、おのずから作り出すものだという認識を得たのである。百人の文学者がいれば、百の文学史があってしかるべきだろう。——こういう考え方は、アカデミーではなかなか許容されにくい考え方であるかもしれない。しかしブルトンは、あえて正統文学史の流れを踏みはずして、十八世紀から二十世紀にいたる、ジャンルも立場も国籍も異なる諸作家のテキストを一堂のもとに集めたのである。」

論旨は一九五二年末に東京大学に提出された卒業論文以来、ほとんど変っていない。それはサド論であると同時に、ひとつのシュルレアリスム論でもあったといえるだろう。

そして澁澤龍雄・澁澤龍彥のシュルレアリスム論の特徴は、あくまでも、その中心に「ブルトン先生」のテクストを置くということだった。

もちろんエリュアールやデスノスやアルトーやドーマルや、エルンストやマグリットやベルメールやスワーンベリなども、彼の広い視野のなかに入ることは入る。それにしても、ひとたびブルトンのテクストに踏みこんでしまうと、「秘教団体」の構成メンバーは「運動」の枠外へとひろがる。澁澤龍彥はいつも、文学史や芸術史の「魔術的転回」のほうに目を向けてしまうのである。

サド自身、そのようにして、彼の視野に入ってきた作家のひとりなのだ。そのほか、フーリエやリヒテンベルクやグラッベやユイスマンスやキャロルを、こんなふうにしてできあがった「館」のなかに配置することがおもしろくなってきた。

こうして澁澤龍彥の出発点には、ブルトンのシュルレアリスムがあったことをたしかめられる。十二の「箱」の起源――生前に企画され、没後に実現されることになるこの『澁澤龍彥文学館』全十二巻（本書をふくむ）のはじまりもまた、まさしくここにあったのだ。

ただしそのことからして、澁澤龍彥のシュルレアリスムは所詮、一面的なものだったと見ることもできる。ひとつには、かつて一九一九年ごろ、二十四歳のブルトンをつきうごかしていた自動記述という「体験」の問題を、澁澤龍彥はほとんど視野に入れていなかったからである。彼にとってシュルレアリスムとは、「ブルトン先生」の手引によって獲得されたサド、およびその前後に点在する「エテロドックスな文学史」の構成者たちを一堂に集めることのできる「館」そのもの、「箱」そのものだったからである。

その一方で、さきの引用文にあらわれた「無差別な愛と無制限な自由の理念を説くブルトン先生」のイメージは、その後、しばらくのあいだ澁澤龍彥自身の似姿と化していたように思われる。

彼の処女エッセー集『サド復活』の冒頭に、「暗黒のユーモアあるいは文学的テロル」という過激な長文が収録されていたことを、多くの読者は思いおこすことだろう。私は以前、このエッセーが「書きおろし」であると推断したうえで、「『サド復活』のころ」と題する一文を著した（『澁澤龍彥考』)。そしてのちになぜか削除されてしまうこのエッセーこそ、じつは二十代の澁澤龍彦の総決算のような文章であったことを示そうとした。

そのことは、若き日の澁澤龍雄の卒業論文の論旨がそこにみごとに整理しなおされ、ひとつの「秘教団体」のイメージをともなって強引にまとめあげられているということからも、立証できるはずである。

「暗黒のユーモアあるいは文学的テロル」の一説を見よう。

「革命は事件となった絶対的自由であり、強烈な事件の外に成立する所有の王国である。そして暗黒のユーモアは、意識の革命を瞬間によって実現しようとするテロルにほかならず、ある面からすれば、それは古代から中世・現代に至るすべての魔術的思考の高度に自己批評的な機能をあらわすものと称して差支えないだろう。世界はすでに出来あがっているものではなく、何らかの手を加えられることを無限に要求する。普遍的理性の支配はないから、虚偽の制度を暴力的に顚覆破壊する必要がある。」

じつは六年後のこのような宣言をめざして、彼の卒業論文は書かれていたのだとも思われる。

要するに、「ブルトン先生」から受けついでいた独特の選別とコレクションの方法が、世界にも稀な、一九五〇年代の日本に芽ばえた「エテロドックスな文学史」をのちに収めるいくつかの「箱」の起源として、一種のシュルレアリスムをくりひろげていたのである。

★

澁澤龍彦はのちに、「私は当分、シュルレアリスムについて発言することをやめたいと思う。それが私の精神衛生法である」（「シュルレアリスムと屍体解剖」一九七六年、既出）と書く。

この文章にあの卒業論文の思い出が絡んでいるということはありうる。例によって例のごとく、プライヴェートな発言をよそおった意味深長な一行である。

その後も何度か彼と会うたびに、シュルレアリスムとその周辺のことが話題になったものだ。澁澤さんは、かつては自分から同化しようとしていたこともある「ブルトン先生」の難解無比の文章について、わからないよ、だけどやっぱりいいんだよ、と高い声で発言したりした。

そのしばらく前、一九七七年ごろのことだったが、澁澤さんは筑摩書房の要請に応じて、「もうひとつの文学史」と形容してもいいコレクションの企画を立てはじめていた。周知のように、筑摩書房側の事情によって、この「世界文学集成」のプランは宙ぶらりんになってしまった。

それがいま、彼の没後三年をへて、このとおり『澁澤龍彦文学館』全十二巻として、実現の運びとなったのである。

私が「解説にかえて」この文章を書いている『文学館』中の一巻『シュルレアリスムの箱』にしても、その企画のなかにはじめからふくまれていたものだった。

澁澤龍彦は幾度も案を練りなおした。自分の収録したいと思う作品を入れたり出したり、別の巻に動かしてみたり、事情あってあきらめざるをえなかったり、さまざまな経緯があった。

ところがなぜか、どの時期の「世界文学集成」試案（『澁澤龍彥全集』別巻1所収）を見ても、シュルレアリスムにあてられた巻の構成だけは、他の巻と違って、同一だったのである。つまり、アンドレ・ブルトンの『ナジャ』と、アンドレ・ピエール・ド・マンディアルグの『大理石』とを、一冊におさめること。

この二つの作品のつくりなすであろう特異な「磁場」を夢想しながら、私は一時、「結晶の箱」という命名も考えていたほどだ。あるいは「都市の箱」でもよかった。

ただし『ナジャ』と『大理石』とだけでは、この「箱」のために予定されている紙数を埋めることができない。他方、澁澤龍彥の腹案のどこを見ても、シュルレアリスムにかかわる現代の他の作品についての言及はほとんどなかった。そこでどうするか。

私は生前の澁澤さんと対話をくりかえすあいだに、よく彼の口にのぼっていたシュルレアリストたちの名前と、その作品の題名をいろいろ思いだしながら、十篇ほどの短いテクストを選んで加えることにした。

フィリップ・スーポーの「映画詩」、アントナン・アルトーの「鳥のポール」、ロベール・デスノスの「亡霊の日記」、ルイス・ブニュエルの「騏驎」、アンドレ・マッソンとジョルジュ・バタイユの「モンセラート」、ジゼール・プラシノスの「足のつらなり」、ジュリアン・グラックの「ある都市計画」、レオノーラ・カリントンの「最初の舞踏会」、ジョイス・マンスールの「肉腫」、そしてふたたび、アンドレ・ブルトンの「石の言語」。

こうして『ナジャ』と『大理石』とのあいだに、さまざまなタイプの「エテロドックス」な作品がならぶことになる。

それぞれが特異な結晶を思わせる。シュルレアリスムが何であったか、何であるかについては、それぞれの作品と、それぞれの作品のはじめに付した比較的くわしい解説とによって、感じとっていただけるはずだと思う。

私は澁澤龍彥と、そしてそれ以前に生きていた澁澤龍雄なる人物と、ともに浅草に赴いて朝まで飲みつづけるようにして、ノンシャランに、この「箱」シリーズの原形にもかかわりのある一巻のプランを、あっさりと決めてしまったのである。

一九九〇年十二月二十五日

はじめての訳書　コクトー『大胯びらき』

ジャン・コクトー著『大胯びらき』は、いうまでもなく澁澤龍彥にとって最初の訳書であり、翻訳家としてのデビュー作であった。それも注文仕事ではなく、五、六年も前から自発的に翻訳しはじめており、「毎日のようにコクトーのフランス語とたわむれ」ながら「全文を頭のなかにしっかりと刻みつけるほど」(「堀辰雄とコクトー」、『偏愛的作家論』)精読し、推敲に推敲をかさねたあげくに上梓した書物であったから、これを「幸福な」処女出版と呼ぶことができるだろう。当時まだ二十六歳。衒気と禁欲と修辞と苦悩にみちたコクトーの青春小説のこの翻訳には、澁澤龍雄(本名)自身の青春がうつしだされてもいたのである。

この訳書の成立事情については後年になってしばしば語られるところだが、とくに「一冊の本――コクトー『大胯びらき』」(『城と牢獄』)における回想が貴重である。いわく、旧制浦和高校に入学した大戦末期の一九四五年、フランス語を学ぶ文科丙類はしばらく廃止されていたが、やがて大戦がおわると、一年下の級からそれが復活したので、平岡昇教授の教室にもぐりこんで勉強しはじめた。野沢協たちと現代フランス文学を読む会をつくり、アポリネール以後の両大戦間の作品に親しむようになる。とくにシュルレアリスムの系列に没頭したが、他方、「性来の秩序感覚」あるいは「ナルシシズムの文学に対する趣好《〔ママ〕》」のために、ジャン・コクトーにも惹かれており、「高校を卒業し、二年浪人して大学の仏文科へ入るころには、すでにコクトーの『大胯びらき』の翻訳に手をつけていたように記憶している」という。

『大胯びらき』の原書を手に入れたのは、偶然のようなものだった。おぼえているひとがいるかもしれないが、昭和二十三年ごろ、有楽町の駅の銀座方面への出口の真ん前に、かなり間口のひろい古本屋があった。いまでは想像もつかないだろうが、そのころは銀座に数軒、古本屋があったのである。その有楽町の古本屋で、私は棚に並んでいるストック書店版の『大胯びらき』を買ったのである。むろん、それは古本であり、表紙にペンでMr. Kuroki Port Said《〔ママ〕》と書いてあった。スエズ運河のポートサイドの黒木さんが日本へ帰ってきて売った本かもしれなかった。

私は二年間の浪人中に『大胯びらき』を翻訳し、さらに大学のあいだ、これに徹底的に手を加え、大学卒業の翌年、これを白水社から刊行することができた。

鎌倉に住んでいた故岡田眞吉さんが、そのころ白水社編集部の第一線にいた泉川彊さんに、私を紹介してくれたのだった。私は厚かましくも、ひとりで訳稿をもって駿河台の坂の途中の白水社をたずねた。青二才の私であったが、泉川さんは鄭重に遇してくれて、訳稿を佐藤朔さんに見てもらうよう取りはからってくれた。そして佐藤さんが「まあ、いいだろう」と言ってくださったので、どうやら出版の運びになったのである。これらのひとたちに、私は重々感謝しなければならないと思っている。」

引用がやや長くなったが、本書の成立事情についてはこれで語りつくされている、と見てよいだろう。事実、有楽町の古本屋で見つけて買ったという『大胯びらき』の原書は、いまも澁澤家の書棚に保存されており、末尾には「1948. 8. 16 Tatsuo, S.」というペン書きのサインと、「TASSE」という手彫りの印がのこっている。仮綴本の赤い表紙の上端には、「Mr. T. Kuroki Port Saïd」。この原書はすでに裏表紙がとれ、背はこわれかけ、本文の紙面もしみだらけになっているのだが、書きこみは比較的少なく、おそらく丁寧に丁寧に、くりかえし繙かれていたものだろうと想像される。この一九二三年刊のストック書店版が、翻訳の底本であったことはまちがいない。

その原書を一九四八年八月十六日（当時二十歳）に入手し、「二年間の浪人中に」翻訳を試みていたという件については、『澁澤龍彦全集12』所収の「澁澤龍彦自作年譜」の記述とも一致する。澁澤龍雄は二年前から平岡昇教授の授業をうけていたばかりでなく、アテネ・フランセにも通い、どんどん上級に進んでいたというから、すでにこれを読みこなせるだけの実力はついていたのだろう。さらに、その訳稿に「徹底的に手を加え」たという大学時代の三年間（一九五〇―五四年）には、鎌倉在住の今日出海や岡田眞吉と会い、シムノンの『霧の港』やサドゥールの『世界映画史』の下訳をしていた（同『全集』別巻2所収「澁澤龍彦年譜」を参照）くらいだから、翻訳の修行もじゅうぶんに積んでいたと見てよいだろう。

他方、澁澤家に秘蔵されている大学時代のメモ帖（一九五〇―五一年）には、一箇所のみ「Grand Écart」と記したページがある。ついで一九五二年の手帖（日付入り）では、五月十一日に「岡田氏のコト」、六月六日に「白水社」、六月二十三日に「白水社（原稿、Pensée）論文届け」、七月二十一日に「岡田氏訪問」、同二十五日に「白水社」、八月二日に「白水社（泉川氏）」、十二月二日と十一日に「岡田氏」とあるので、この年までに出会っていた岡田眞吉によって白水社編集部の泉川彊を紹介され、『大胯びらき』出版の話が進んでいったという事実をたしかめられる。

一九五三年の手帖（日付なし）には、「オカダ氏」「岡田氏」といった文字が五回あらわれ、後半には「Cocteau白水社」というメモが見える。一九五四年の手帖（日付入り）になると、二月十三日に「Grand Écart」、三月十六日と二十日に「白水社」、四月十二日に「岡田氏」、同十三日に「Lettre à Jean Cocteau」（おそらく翻訳出版の件などでコクトーあてに手紙を出したのだろうが、返事は来なかったらしい）、五月十四日に「岡田氏」、同二十八日に「ジャン・コクトオ氏重体〔パリ九日発＝AFP〕」という新聞記事の切抜き（前述の手紙に返事がなかったのはここにいうコクトーの「心臓症」のせいかもしれない――もっとも、のちに持ちなおしたのだが）、五月三十一日あたりに「コクトオの本」云々、そしていよいよ刊行日の八月十五日には「白水社　本十冊」云々とあり、同十七日には「佐藤朔氏」、同二十八日には「白水　五冊」、同二十九日には「白水　三冊」、九月三日には「岡田氏」などの記述が見られ、はじめての訳書が予定どおり上梓されてから、白水社へ何度も本をとりにいったこと、校閲者の佐藤朔や紹介者の岡田眞吉に御礼に行った(あるいは礼状を書いた)こと、などがわかる。

興味ぶかいことに、同手帖の八月二十二日以下の欄には、おそらくこの本の贈呈先だと思われる作家・仏文学者たちのリストが記されている。すなわち、堀口大學、三島由紀夫、渡邊一夫、平岡昇、鈴木力衛、丸山熊雄、中村眞一郎、河盛好蔵、伊藤整(棒線で消されている)、石川淳、安部公房(同前)、寺田透、岡田眞吉、佐藤朔、今日出海、久生十蘭、小牧近江(同前)、神西清(同前)、川端康成(同前)、福永武彦、吉行淳之介の諸家である。

このうち五人が棒線で消されているということは、すでに贈ってあるという意味なのか、それとも贈るのをやめたという意味なのかはわからない。他方、ここには東大の仏文科で講義をうけたらしい渡邊、丸山といった「先生」諸家もふくまれている。それにしても、多くは面識のなかったこれら作家・学者たちの名前の列挙が、当時の澁澤龍雄(本名)の文学的興味と、視野、傾向、嗜好を多少ともあらわしていることはたしかだろう。

出版後の反響については、前記の「一冊の本――コクトー『大胯びらき』」に、「この本は申しわけなくも、白水社ではあまり売れなかったようである」とある。また「澁澤龍彥自作年譜」(既出)の一九五四年の項にも、「刊行当時、何の反響もなかったが」云々とある。たしかにこれが大規模な叢書中の一冊であり、しかものちに見るように既訳が存在したこと、訳者がまだ無名であったことなどを考えあわせれば、書評などが出なかったのもやむをえないだろう。ただ、当時ジャン・コクトーは「いまではもう信じられないくらいの人気詩人、人気作家だった」（出口裕弘「澁澤龍彥の翻訳について」、文庫版の巻末に所収）という見方もできるくらいで、たとえ部数はさほど伸びなかったにしても、一部の愛好者にとっては貴重な書物となり、愛読に耐えたものと想像される。

事実、このころには堀口大學をはじめとして、東郷青児や佐藤朔らによる他の作品の翻訳もひろく出まわっていたし、また「美女と野獣」（一九四五年）、「恐るべき親たち」（一九四八年）、「オルフェ」（一九五〇年）の上映によって映画作家コクトーの名声も高まっていたわけだから、二十六歳の青年によるこの青春小説の邦訳も、地味ながら小ブームの一角を占めるものではあったはずである。待望の「反響」はだいぶあとになってからあらわれた。九年後の一九六三年に原著者が亡くなったとき、「ジャン・コクトオの死——文学空談その七」（「文學界」十月号）という追悼を兼ねるエッセーを発表した河盛好蔵は、そのなかで『大胯びらき』の邦訳をとりあげ、「見事な邦訳」「実にうまい」云々と絶賛している。これには澁澤龍彥も「大いに気をよくした」（「澁澤龍彥自作年譜」既出）というのである。

★

さて、原著者ジャン・コクトーと原著『大胯びらき』そのものについては、すでに高名な作家であり作品であるから、ここで詳述するにはおよばないだろう。一八八九年にパリ近郊のブルジョワ家庭に生まれ、幼いころから上流社会に出入りしていた早熟で才気煥発な少年が、二十歳のときに処女詩集『アラジンのランプ』を出し、文学界、社交界の寵児となる。ディアギレフやストラヴィンスキーやピカソやアポリネールやサティらとも親交をむすび、バレエ台本『パレード』(一九一七年)や『雄鶏とアルルカン』(一九一八年)などで前衛的芸術観を披瀝する一方、『喜望峰』(一九一九年)以後の多くの詩集によって、さまざまな芸術ジャンルを「伝導体」とする新しいポエジーのありかたを示す。さらに『ポトマック』(一九一九年)を経て発表した自伝的小説『大胯びらき』(一九二三年)には、それまでの軽妙で優雅な作風とは一味ちがう、第一次大戦後の青年の心理と感情を繊細かつストイックに物語る新境地が示されていた――と、一般的には位置づけられるものである。

澁澤龍彥は先に引いた「一冊の本――コクトー『大胯びらき』」のなかで、「本の内容については、わざわざ説明する必要もあるまい。要するに少年期から青年期への危険な年齢における、主人公の愛の悲劇を扱ったもので、コクトーの自伝的な小説と言われているものであり、私のもっとも愛するフランスの恋愛小説の一つなのだ」と述べている。ところで興味ぶかいことに、「一九五四年梅雨の候」に書かれた初版の「あとがき」自体が、やはり「内容」についてはくだくだしい「説明」をしておらず、また最初の訳書のあとがきによく見られるたぐいのことごとしい作家論などもくりひろげておらず、なにやら原著者の精神が乗りうつったかのような、ストイックで気のきいた断章の形式で、標題の意味を、作品の独自性を、文体の特徴と美学・倫理のありかたを、また堀辰雄に与えた影響を、要領よく語っているのみである。

大胯びらき（グラン・テカール）という舞踊用語については、バレエやカンカンなどですでに周知だろう。両脚を大きくひらいてのばし、床に密着させてしまう所作のことだが、それがまた「少年期と青年期のあいだの《大きな距離》（原題 Le Grand Écart の本来の意味）を暗示している」ことを澁澤龍彦はまず述べる。「誰でも、この危険な年齢の峠越えにあたって、子供っぽい衒気と、孤独な愛の不安と焦燥とから、ちょっぴり悲壮な、はた目には滑稽な、大胯びらきをした経験があるはずだろう。ほとんど傷つくためかのように、彼等は旅行を、恋愛を、病気をこころみる、そして死は、青春の峠越えがいちばん精力を汲みつくすところに、いつもきまってあらわれる《女の顔をした天使》である。」（同前）

まことに単刀直入で、アフォリズムめいた風格さえある簡明な解説文だ。ついで「もっとも純粋な青春の消費の、宿命的な到達点」としての「死」を語り、主人公の自殺未遂とペシミスティックな蘇生、コクトーの作品として例外的な「苦悩のいろ」を指摘する「あとがき」の展開は、原著の前提にあったろうレーモン・ラディゲとの関係などにふれていない点が特徴的だが、それだけに一方で、澁澤龍彦自身の青春そのものをいくぶんか想起させるものになっている。

翻訳が「この年に終っていたはずである」（「澁澤龍彦自作年譜」既出）という一九五三年末、二十五歳の訳者は、実際に「旅行を、恋愛を、病気をこころみ」たばかりであった。最初期の小説「撲滅の賦」や「エピクロスの肋骨」（いずれも一九五五年ごろ）にも反映しているそうした体験が、翻訳の最中、多少とも主人公の言動や心理と重ねられていたことはまちがいない。

この訳書がのちに幾度か訳者の「二十五歳の青春」(『澁澤龍彦集成V』の「あとがき」)を記念するべきものとして、また「私のナルシシズム」(新版の「あとがき」)にかかわるものとして、回顧され、「私の青春時代のもっとも多くの時間を占めている」(「一冊の本――コクトー『大胯びらき』」)作品とみなされるようになったのは、おそらくそういう事情があってのことである。

だが、もちろん、そればかりではない。それよりもいっそう重要なのは、このような主人公を登場させ、このような体験をあざやかに描ききったこの小説に特有の文体、「大へんストイック」(初版の「あとがき」)な、「言語装飾が目的ではなく、言語に苦行をさせるための文体」(同、ロジェ・ランヌの引用)自体だろう。澁澤龍彦はその文体を「精神の体操」めいたものとみなし、「コクトオの美学がただちに倫理の面につながる好個の例証」だとしている。主人公のジャックはいつも傷ついている「ガラスの種族」だが、じつは「ダイヤモンドの種族」になりたいと願っていた。ところでコクトーの文章そのものは、そうしたジャックの「かなわぬ望み」を超えて、「ダイヤモンドの文体」を実現しようとしているのである。

一九四七年、十八歳か十九歳でコクトーをはじめて読んで以来、澁澤龍雄にとっては「倫理の問題とスタイルの問題とが、いつも頭のなかで一緒になっていた」(「澁澤龍彦自作年譜」)という。『大胯びらき』こそはまさにその「好個の例証」だった。倫理と文体とを結びつけること、書き方と生き方を一致させること――それこそが、この小説の訳稿をつくりなおしつづけた四年間、彼が追いもとめていたことではなかったろうか。

事実、『大膀びらき』の訳文はすこぶるストイックである。これが二十五歳の青年の作品だとは信じがたいまでに、無駄を排し、日本語の熟語・成句を選びぬき、一字一句を磨きあげようとしている文体である。ときには会話の部分などで下世話に傾いたり、くだけた調子に走っていたりするものの、けっして余計な修辞を用いたり、饒舌を許容したりすることがない。暢達ではあり、歯切れよくもあるが、同時に屈折を内に秘めている。「ダイヤモンドの種族」とはいわないまでも、光沢のある金属質の、禁欲的で湿りけのない、どちらかというとクラシックな硬い文体なのである。

原文と照らしあわせてみるとき、そうした特質はいっそう明らかになってくる。ここで注意すべきは、いわゆる逐語訳ではないということである。コクトーの文体そのものがアフォリズムふうであり散文詩ふうでもあり、いわば言葉の経済法則にのっとった、簡潔で速度のある事実提示と比喩の連続なのだが、澁澤龍彦はしばしばその語順を変え、原文にない語を補い、そのうえで簡潔かつ速度のある日本語をつくろうとしている。原文をそのままなぞるのではなく、その文体と表裏一体をなす倫理をわがものにすることによって、同時に新しい日本語の表現にいたろうとしている。

そのような意味でも、コクトーの原文との「共生」は単なる文章の模倣を超え、倫理の次元にまで達していたということができる。『大膀びらき』は主人公の青春に訳者自身の青春を重ねて見られる小説であるばかりではなかった。澁澤龍彦はこの長期にわたる翻訳体験を通じて、のちの文学者としての、作家としての生き方を探りつつあったのだ。そして、まさしくその点においてこそ、これは「幸福な」処女出版であったというべきである。

★

このようにして澁澤龍彦は出版界にデビューし、若い翻訳家・仏文学者として出発したものの、そう簡単に道がひらけたというわけではなかった。おそらく『大胯びらき』を脱稿したころ、ただちにおなじコクトーの初期作品『ポトマック』の翻訳にとりかかり、前者の刊行時にはある程度できあがっていたものと思われる（前出の手帖の八月十五日の項の「白水社　本十冊」という記述のすぐあとに、「ポトマックのこと」とあり、ふたたび出版の件を持ちだしたのではないかと想像される）が、こちらの話は結局まとまらなかった。十五年後の一九六九年に薔薇十字社からこの『ポトマック』がはじめて出たとき、「あとがき」のなかに、「しかし第二次大戦後、わが日本の読書界で、コクトオはあまり優遇されず、〔……〕私の訳稿は十五年間、篋底深く眠っていることを余儀なくされたのであった」と記している。すでに見たとおり、コクトーがけっして「優遇され」ていなかったわけではなく、また『ポトマック』にも既訳（戦前の春陽堂文庫版だが）が存在したというような事情はあったにせよ、澁澤龍彦はその後、「コクトーを続々と訳出」といった事態にはならなかったのである。

他方、同年の三月十三日には例の「サド侯爵の幻想」（『澁澤龍彦全集』別巻1）を書きあげていたし、七月二十二日にはおそらくサドの短篇小説の翻訳を講談社に持ちこんだりしていたから、研究あるいは興味の対象がすでに移りつつあったことも事実である。やがて翌一九五五年の六月にサド『恋の駈引』の訳書が出版されて以来、また新しい道筋が見えてくることになる。

コクトーをめぐる原稿の注文はおそらくそのあとに来た。同年二月三日にコクトーがアカデミー・フランセーズの会員に選ばれたというニュースがきっかけになったのかもしれない。おなじ白水社の雑誌「ふらんす」の同年十二月号と一九五六年一月号に、「文章家コクトー」「ジャン・コクトーのアカデミー・フランセーズ入会演説」という二つの記事を書いた。このうち前者は『大胯びらき』の原文を何箇所か引いて自作の訳文を併記し、細部にわたって語彙や文法に関する解説を加えているもので、翻訳論・文体論としてもなかなか興味ぶかい。そこに引用されるコクトーの言葉、「スタイルとは何か——多くの人にとって、それは単純なことを複雑にいう方法だ。が僕にとっては、それは複雑なことを単純にいう方法にすぎない」は、そのまま澁澤龍彦の翻訳文体、ひいてはエッセーの文体にもある程度あてはまるものだろう。

その後、コクトーの翻訳は戯曲を中心にいくつか試みているし、コクトーをめぐるエッセーも時をおいて少なからず発表しているが、『大胯びらき』の訳文に見られるような「共生」の状態からはしだいに遠ざかっていったようだ。一九六三年十月十一日、コクトーの没したあとに書いた「天使のジャンよ、瞑すべし」（『ホモ・エロティクス』）という追悼エッセーのなかで、「わたしの少年時代の「神」であった」、いや「恋人、と言った方がいいかもしれない」としてこの作家を称えながらも、「現在では、この昔の恋人に対するわたしの熱は、ほとんどすっかり冷めてしまっている」と述べているのが特徴的である。

「べつだん、わたしが浮気なのではなかったと思う。今にして思えば、罪の半分は、名訳者たる堀ロ大學さんや佐藤朔さんにあったのだ。少年は翻訳文学のレトリックに弱いものですから、つい……ともあれ、いつの頃からか、わたしはコクトオの、あまりにも小さな、気楽な、軽やかな、円環的な思考様式に不満をおぼえはじめ、もっと荒々しい、男性的な、混沌の闇のなかを手探りで行くような、一口に言えば、垂直的な思考様式に惹かれるようになったのである。コクトオの明るいラテン的な世界よりも、シュルレアリスムの暗い混沌の世界を好むようになったのである。」

シュルレアリスムのほうにも「円環」や「明るさ」がないわけではないのだが、それはひとまず措くとしよう。ここで注意を喚起したいのは、「いつの頃からか」というその時期が『大胯びらき』の訳了以後ではなく、たぶん一九五〇—五一年ごろ、つまり、大学一年生のころまでさかのぼるだろうということである。

「澁澤龍彥自作年譜」の一九五一年の項には、「シュルレアリスムに熱中し、やがてサドの存在の大きさを知り、自分の進むべき方向がぼんやり見えてきたように思う」とある。二十三歳の青年にいわば「垂直的な思考様式」を教え、「サドの存在の大きさ」を知らしめたとされるアンドレ・ブルトンの『黒いユーモア選集』増補版がパリで刊行されたのは、前年の六月のことである。しかも注目すべきことに、前述の手帖（一九五〇—五一年のもの）には、「コクトオ覚書」と題したあとに一ページを割き、つぎのような文章が記されていたのである。

「☆コクトオの詩（ポエジー）には論理がある。思ふに、詩には論理のある詩と論理のない詩とがある。シュールレアリスムなどは論理のない詩だ。そして、論理のある詩を謂はゞ古典的と称する。

だから、コクトオとシュールレアリストとは、その出発（発想法）に於て似てゐるとはいへ、その過程（詩作、精示《〔ママ〕》〔……〕）」

コクトーとシュルレアリスムとを対立的にとらえ、前者を古典的、後者を（おそらく）マニエリスム的とする見方が、すでにこのころに芽ばえていた。ここにいうシュルレアリストが誰々を指しているのかは明らかでなく、おなじころ愛読していたフィリップ・スーポーなどにはむしろコクトーに近いところもあったはずなのだが、その点もひとまず措くとしよう。肝心なのは澁澤龍彦のうちに、このような二分法がしばらく（少なくとも一九六〇年代までは）生きていたことである。そして『大胯びらき』や『ポトマック』を訳しおえてから、いよいよサドの翻訳にとりかかり、日本最初のサドの専門家になりおおせて以後は、シュルレアリスムの誘引のほうがはるかに強くなっていったということである。

一九七〇年代になってからも、コクトーをめぐるエッセーは二、三発表されている。前出の「堀辰雄とコクトー」（一九七七年――これは堀辰雄のいくつかの小説がコクトーを下敷きにしており、とくに『不器用な天使』は『大胯びらき』の「完全な模倣」であるという事実を暴きながら、けっしてそれを批判の種とはしていない興味津々たる文章で、彼自身「下敷き」をひとつの方法としてきた澁澤龍彦のものとして注目にあたいする）や、一九八〇年の邦訳『コクトー全集』刊行を機に書かれた「コクトーと現代」（『魔法のランプ』）、「コクトーの文体について」（同）などがそれだが、いずれも文体論に重きをおいている点で共通している。おなじように、いやそれ以上に強靭な倫理をもとめるシュルレアリスムやサドへの傾倒のせいで、コクトー熱はさめたにしても、作品を「モラルの汗」と呼び、「魂の訓練の結果」であるべきだとする晩年のコクトーの文章への言及のうちには、まだ少なからぬ共感がこもっているように思われる。

最後に、澁澤龍彦がコクトー関連のどんな原書を入手し、所蔵していたかについて調べてみると、いわゆるビブリオフィル（愛書家）ではなかった彼らしく、計三十三冊という数はかならずしも多くないが、いかにも精選されており、また晩年にいたっても関心がまったく失われていたわけではないことを窺わせる蔵書内容であった。

付記――

『大胯びらき』に既訳書があったことについてはすでに触れた。ただ、その本が実際にどんなものであるのかたしかめられなかったために、以上では詳述を避けておいたのだが、その後、閲読する機会を得られた。翻訳の場合、既訳が存在していたかどうか、それを参考にしたかどうかで評価が変ってくる可能性もあるので、以下に二、三の所見を記しておくことにしよう。

その既訳が出版されたのは、思いがけなくも、澁澤龍彦訳の出るほんの十か月前のことだった。しかもはじめから文庫版である。すなわち――

ジャン・コクトー著・山川篤訳『グラン・テカール』、一九五三年十月二十日、近代文庫、創藝社刊。定価六〇円。

むろんいまはなく、当時もさほど広く出まわっていたわけではなさそうな文庫だが、定価は澁澤龍彦訳の白水社世界名作選版（二〇〇円）の三分の一以下であるし、たぶん部数も多く、これにくらべて後発の『大胯びらき』が「あまり売れなかった」「何の反響もなかった」のも無理はなかろう、と思われてくる。そのうえ訳者は山川篤（一九一四年生まれ、東大仏文科卒、外務省勤務ののち、当時は名古屋大学助教授）という経験も実績もある翻訳家だったので、若き澁澤龍彦による訳書が多少とも不利になったことは否めないだろう。

だが肝心なのは、出版の準備をすすめているうちに他社から出てしまったこの訳書を、澁澤龍彦自身が読んだかどうか、その訳文を参考にしたかどうか、という点である。

同書刊行の事実を彼が知らなかったということはあまり考えられない。少なくとも、白水社編集部はそれを察知し、彼に知らせたはずだろうからだ。実際、すこしあとになってからではあるが、同社発行の雑誌「ふらんす」十二月号に発表した記事「文章家コクトー」（既出）の末尾の書誌に、山川篤訳『グラン・テカール』もまたリストアップされていたことがたしかめられる。というわけで、澁澤龍彦が『大胯びらき』の出版前に、この訳書を読んだという可能性はかなりある。問題はそれを読んで利用したのかしなかったのか、利用したとすればどの程度だったのか、ということだろう。

まず題名については、山川篤は純粋に「舞踊上の用語」として「グラン・テカール」を採った、と「あとがき」にいう。「日本では、仏和大辞典の訳語そのままを借用、「大胯開き」と訳している場合もある」と記してもいるから、両者を天秤にかけたうえのことだろう。澁澤龍彦訳が「大胯びらき」

と訳しているのは、既訳とおなじになることを避けたとも考えられるが、この場合はむしろ後者のタイトルのほうを好んだためだろう。

そこで肝心の訳文はどうか。結論から先にいうと、まったく違うタイプの文体と見てよさそうである。山川篤訳のほうがくだけており、補足や修飾も多く、よくいえば練達だがやや俗な印象を与えるのに対して、澁澤龍彥訳のほうは硬く、どちらかというと原文に密着した欧文脈で、ストイックな形式尊重、アフォリズム文体への志向が強い。ここに二、三の実例を挙げてみれば、その相違は一目瞭然であろう。

Ⅰの冒頭——

「ジャック・フォレスチェは、涙もろい人間だった。映画を見ても、くだらぬ音楽を聞いても、新聞小説を読んでも、すぐに、涙が流れるのである。だが、心を偽る贋の証拠と、まことの涙とを、混同するような彼ではなかった。意味もなく流れる涙は、一見、贋の涙に見えるものだ。

彼はこのつまらぬ涙を、桟敷の暗がりを利用するとか、本で、こっそり、顔を覆うとかしてかくし、また、まことの涙はめったに流れてくれぬものだから、情の薄い、才気走った男だと、思われていた。」（山川篤訳）

「ジャック・フォレスチエは涙もろかった。映画や、俗悪な音楽や、さては一篇の通俗小説などが彼の涙を誘うのだった。彼はそうしたそら涙と、心の底から溢れる本当の涙とを、混同しはしなかった。空涙というやつは訳もなく流れるようであった。

桟敷の薄暗がりでは涙の粒をかくしていたし、本を読むときは一人だったし、それに、本当の涙をこぼすことなどは滅多になかったので、彼は冷やかな才子で通っていた。」（澁澤龍彦訳）

全体に前者は説明的でおしゃべりな感じがするが、他方、たとえば《les larmes profondes》を、前者が「まことの涙」とかわしているのに対して、後者は「心の底から溢れる本当の涙」というふうに、長めに意訳したりしている。「本当の」という補足はなくてもいいようにも思われるが、あるいは《profondes》を「まことの」ととる山川訳を参考にして、あとから挿入したのかもしれない（もちろん、確証はないけれども）。

しかし意訳という点では、山川訳のほうに多い。たとえば二段目の《il cachait〔……〕seul avec un livre》を、「本で、こっそり、顔を覆うとかしてかくし」とやっているところがそうだろう。それに対して澁澤訳は別の解釈をとり、「本を読むときは一人だったし」（ひとりでいるときにも涙をかくしていた、ということか）と単純化している。この場合、解釈がもっとはっきり違っているのは、その「かくしていた」自分の涙、《ses petites larmes》を、山川訳が「つまらぬ涙」としているのに対して澁澤訳が「涙の粒」としているところである。

どちらの解釈が妥当かということはひとまず措くとして、興味ぶかいのは、先に言及した雑誌記事「文章家コクトー」のなかで、澁澤龍彦がこの「涙の粒」を原文対照で解説しながら、「「わずかの涙」。つまらぬ（卑しい）涙と取れないこともないが、コクトーの場合はなるべく語を本来の即物的な意味に解しておくのが妥当だろう」（傍点引用者）と書いていることだ。すなわち、これがまさにコクトーについての澁澤龍彥の理解であり、したがって、山川篤とは違う独自の訳文を生みだした因のひとつなのである。
もう一例、IIの冒頭の訳も引いて対照してみよう。
「われわれの人生地図は、その上をただ一本の大きな道が走っているだけの地図ではない。それは拡げるにつれて、新しい小路が、あとから、あとから、埋れるように捲かれた地図である。われわれは道を選んだつもりでいるのだが、実際は、選んでなんかいやしないのだ。」（山川篤訳）
「われわれの人生の地図は折りたたまれているので、中をつらぬく一本の大きな道は、われわれには見ることができない。だから、地図が開かれて行くにつれて、いつも新しい小さな道が現われて来るような気がする。われわれはその都度道を選んでいるつもりなのだが、本当は選択の余地などあろうはずがないのである。」（澁澤龍彥訳）
見たところ、山川訳のほうがわかりやすいような印象がある。「あとから、あとから」とか、「実際は」というような表現を補って、一種の運動感をつくりだすことに成功しているかもしれない。だが「捲かれた」の原語は《pliée》なので、「折りたたまれている」のほうをとりたい気がするし、他面、一見生硬な澁澤訳のほうが、コクトー特有の「われわれ」にかんする一般論、つまり格言ふうの安定した表現になっているともいえるだろう——等々。
もともと原文の解釈にはかなりの幅がありうるわけだから、どちらが正しいというような話にはならない。ただし澁澤龍彥による新訳には、先に見た即物性の強調に加えて、アフォリズム的表現への志向があるということだけはいえそうで、少なくともこの点については、流暢・平易をめざしていたろう山川篤訳の影響をなんらこうむっていない。いや、彼がたしかに推敲時に山川篤訳を参考にすることができたのだとしても、そのことはむしろ、自身の訳文の特色を強化する方向にこそ作用したのではないか、と思われてくるほどである

そうした訳文の相違はもちろん両者のジャン・コクトー観にもかかわることで、その点では「あとがき」の内容の違いがさらに興味ぶかい。すなわち山川篤のほうは、処女作『ポトマック』の十年後にコクトーがふたたび小説を試みたことについて、「天才小説家ラディゲと張り合う気持を、動機の一つに数えたい」という説を唱えている。そして巻末に見られる「コクトーの苦衷」が、「ラディゲに対する敗北感」にかかっている——とまで「臆測」をすすめている。

他方、澁澤龍彦の「あとがき」のほうにラディゲのラの字も出てこないことは、いっそ爽快な感じのするほどだ。つまり、澁澤龍彦はこの小説を、けっしてアネクドート（裏話）には結びつけない。コクトーの過去の生活を移しかえたものとはとらない。むしろひとつの典型的な、普遍的な青春のありかたを提示したものととらえつつ、自身の「あとがき」そのものにおいても、訳文と共通する硬質な、即物的な、アフォリズム的な表現をつらぬこうとするのである。

そんなふうにしてこの訳書は、すでに見たように、「倫理」ともみなされた文体の冒険になっていた。そして山川篤訳をたとえ参照していたとしても、そのことは自身の訳の独自性をかえって確認するきっかけとなり、ここに、たった十か月のあいだに同一の書のまったく違うタイプの翻訳書が出版

されるという、かなりめずらしい事態が生じたのである。

したがって、のちに澁澤龍彦が既訳書のあったことをいっさい語らず、書かず、『グラン・テカール』ならぬ『大胯びらき』を、みずからの「青春の書」として、最後までさほど手も加えずに生かしつづけた、ということの理由も納得できる。おそらく、かなりの自信があったのだろう。

一九九六年十月二十三日

トロツキーと澁澤龍彦　『わが生涯』の周辺

レフ・トロツキーの『わが生涯』は、いうまでもなく、ロシア革命の英雄のひとり――レーニンの朋友・後継者と目されながらもスターリンによって国外追放され、「査証なき惑星」として各地を転々とする運命にあったこの革命家が、一九二九年、亡命先のトルコのイスタンブルに近いプリンキポ島で書いた大部の自叙伝である。イワノフスカ村の幼年時代にはじまり、革命初期の活動、第一次大戦、流刑、亡命、レーニンとの出会いと協力、反スターリン闘争、等々の体験を克明にまた生き生きとつづるその内容は、ひとつの革命史、革命回顧録として第一級の価値をもつばかりでなく、自伝的文学作品としても優れたものである。

そんな名著を、歴史家や政治学者ではなく、四人の若い仏文学者がフランス語版から訳出することになった動機については、そのうちのひとり・栗田勇による「あとがき」に、「何よりも、政治的時代の一つの天才的な魂の記録であることに強く惹かれたからである」云々と書かれている。澁澤龍彦をふくむほかの三人の訳者が、粟田勇の立場をそのまま共有していたかどうかは別として、いずれもトロツキーの文筆家としての資質・力量に反応していたことはたしかだろう。

一九五八年に創立された現代思潮社の社主・石井恭二が、トロツキーの訳書の刊行を思い立ったのはかなり早い時期であるらしい。『澁澤龍彦翻訳全集V』の月報に掲載されている森本和夫と松山俊太郎の対談「〝悪い本〟を過激に、徹底的に」によれば、前者は中学校時代からの友人として、出版に乗りだしつつあるころの石井恭二に、「どうせ本を出すのだから、悪い本を出せ」とすすめたという。「つまり当り前のことを書いている本じゃないような、アッと言わせるような本、という意味で言ったわけですけれども、「たとえば?」と言うので、トロツキーの名前がいきなり出たかどうかは別として、共産党の関係がありまして、マルクス主義もいまの共産党のマルクス主義じゃつまらないから、それに対して、あえて言うならば闘っている本、そういう本とサドと二本だてでいこう、ということをぼくは言ったんです」と。

それがまた石井恭二社主の方針にぴったり一致していたものと思われる。実際、現代思潮社はまさにそのような本を出す特異な出版社として発足し、森本和夫の訳によるアンリ・ルフェーヴル著『マルクス主義の現実的諸問題』と、澁澤龍彦の訳によるマルキ・ド・サド著『悲惨物語』の二冊を第一回出版物として刊行して以来、一九六〇年代を通じて、この「二本だて」の線を着々と押しすすめてゆくことになる。そして、そんな「悪い本」「アッと言わせるような本」のうち、最初にその本性をかぎつけられ、ある意味では予想どおりに起訴・裁判にまで行きついてしまったのが、マルキ・ド・サド著、澁澤龍彦訳『悪徳の栄え・続』であったといってよいだろう。

ところでトロツキーの書物もまた、別の意味で、「悪い本」「アッと言わせるような本」の最たるものであったことにかわりはない。周知のように、当時はスターリン主義に追随していた日本共産党ばかりでなく、多くの左翼的心情をもつ人々にとって、スターリンの対立者トロツキーの名はどうかすると悪の権化であり、その著作は唾棄すべきものに思われがちだったという事情がある。それにしても、一九六〇年の「安保闘争」の前夜から、状況はすこしずつ変りかけていた。スターリン主義とその「擬制」からの脱却をはたしつつあったいわゆる新左翼(心情的なものもふくむ)のあいだで、トロツキー復活をもとめる声が高まっていたのである。これは期せずして(あるいはある程度まで必然的に)、澁澤龍彦が「サド復活」を唱えはじめた時期と一致している。

やがて現代思潮社は『トロツキー選集』を出しはじめるが、他方、『わが生涯』の新訳(戦前には青野季吉による英語版からの邦訳があったが、それは伏せ字だらけの不完全なものだった)の出版を企てていた。かならずしも石井恭二ひとりの発案ではない。一九六〇年四月、『悪徳の栄え・続』が警視庁保安課によって押収され、発禁処分をうけて以来、その後に予想される起訴・裁判という事態を見こして氏の周囲に集まってきた友人たちのあいだから、「やろう、やろう」との声があがっていたというのである。その中心はフランス語版をすでに所持していた栗田勇であり、そしてそれに同調したのが浜田泰三と、ほかならぬ澁澤龍彦とであったらしい。

この件についての記述は、訳者のひとり浜田泰三氏が筆者に語ってくださった回想にもとづく。やがて「被告」となるべき石井恭二・澁澤龍彥の二人をかこんで、「裁判」についての対策を練る事務局のようなものが形成されていたが、その主要メンバーは浜田泰三、佐久間穆《ぼく》、栗田勇、そして森本和夫という面々だった。いずれも石井恭二の友人であり、東大仏文科出身の「学友」(栗田勇の「あとがき」における表現)である。そして当然、主人公のひとり澁澤龍彥もまたその集まりのなかにいた。『わが生涯』の翻訳を彼がまず「やろう、やろう」といいだしたのではないにしても、この提案を聞いて大いに乗り気になり、すすんで共訳者のメンバーに加わろうとしたことは事実だという。

こんにちでは、そうした「事実」が意外なことに思われるかもしれない。澁澤龍彥といえば政治に無関心な作家、政治ぎらいあるいは政治オンチの作家、というイメージが多少とも行きわたっているようだからである。たしかに彼は一種の政治的無関心派ではあった。政治すなわち政治的行動、という意味にかぎってみるならば、「政治ぎらい」(この言葉はすでに、『神聖受胎』に収録される後述のテクスト「裁判を前にして」のなかにも見える)だったといってもまちがいではない。おそらくはそういう視点に立って、こんにちの一部読者の感じるであろう「意外」を代弁するかのように、前出のインタヴュー「〝悪い本〟を過激に、徹底的に」のなかでも、聞き手の松山俊太郎が、森本和夫とのあいだにつぎのような対話をくりひろげている。

松山 〔……〕澁澤さんの場合にはあんまり、トロツキーと結びついたところはなかったように思うんです。
森本　そう思います。その頃澁澤さんに関しては、ぼくは相談されもしませんでしたが、仮に石井が相談して「誰に頼むか」なんて言われた時に「澁澤に頼め」とは、とてもぼくのアイデアでは出て来なかったと思います。
松山　そうでしょうね。私も、これは澁澤さんが翻訳にかんだものとしても非常に珍しい形だと思うんです。全く異質の……。
森本　そうですね。さっきから話をしていて思ったのは、現代思潮社の発足の時の発想がそうですから、そこに最初から澁澤龍彦のサドが入ってきて、それでずっとやっていたものですから、石井恭二としては、現代思潮社のやっていることと澁澤のやっていることがピッタリとなっていたんですね。それで、現代思潮社のやっている仕事のトロツキーの時に、澁澤が当然だというふうに考えたんでしょう。

こうした推測はおそらく妥当な線だと思われるが、同時に、サド裁判を控えていたという状況も加味して考えるべきだろう。浜田泰三の証言によれば、当時の澁澤龍彦において、サドからトロツキーへのつながりはさほど意外ではなく、わりとスムーズに生じていたように見えたという。澁澤龍彦自身にとっても、トロツキーはたしかに「異質」ではあるが、同時に大きな興味をいだくに足りる存在でもあったのではなかろうか、と。現に、澁澤龍彦はこの共訳に対して積極的だった。栗田勇、彼、浜田泰三の三人が名のりをあげ、ただし二千枚におよぶ大仕事だから三人でもまだ足りないだろうという話になったとき、第四の共訳者として林茂を推薦したのも、ほかならぬ澁澤龍彥であったというのだ。林茂とは、じつは野沢協の筆名である。

すでに見たように、フランス語版の原書は栗田勇ひとりが所持していた。それを解体して四つにわけ、各自の分担箇所を持ちかえって訳しはじめた。まもなく野沢協がなにかの事情で翻訳を中断せざるをえなかったとき、澁澤龍彥はむしろ自発的に、野沢協の分をカヴァーしようと申しでたという。彼の訳出部分が三箇所にわたり、しかもそのうちの一章が離れたところにあるのは、あるいはそんな再分担の結果であったのかもしれない、と。

ここであらためて、四人の訳者の簡単な紹介をこころみておこう。

栗田勇。——詩人、作家、仏文学者。一九二六年生まれ。旧制六高から東大仏文へ。詩集『サボテン』につづいて、現代思潮社からはすでにロートレアモン著『マルドロールの歌』の翻訳を出していた。初版の下巻に付した解説「詩人トロツキー」を見ればわかるように、この時期、シュルレアリスムの先駆をなすロートレアモン、フロイト、トロツキーという三人の人物を結びつける構想をいだいていた。この解説の題名「詩人トロツキー」はのちに、彼の戯曲作品（一九六九年）の題名としても用いられることになる。

澁澤龍彥。——作家、批評家、仏文学者。一九二八年生まれ。旧制浦高から東大仏文へ。すでに彰考書院版『サド選集』全三巻を完成させ、最初のエッセー集『サド復活』を上梓していた。『悲惨物語』につづいて現代思潮社から出したサド『悪徳の栄え・続』が発禁処分をうけて起訴され、石井恭二とともに裁判の準備をはじめていたところである。のちに『神聖受胎』(一九六二年、同社刊)に収められることになる一連の「過激な」エッセーをも発表しつつあった。

浜田泰三。——批評家、ジャーナリスト、仏文学者。一九二六年生まれ。旧制一高から東大仏文へ。一高時代から森本和夫の友人で、石井恭二とも親しい。革命史への関心が深く、現代思潮社ではすでに、トニー・クリフ著『ローザ・ルクセンブルグ』の英文からの翻訳を出していた。当時はNHKに勤務し、組合副委員長などをつとめる。のちに早大法学部教授。同大学の図書館長、理事をも歴任するにいたった。

野沢協。——仏文学者。一九三〇年生まれ。旧制浦和高校で澁澤龍彦の一年後輩。一九五五年に第一号だけ出た「ジャンル」誌の同人で、おなじく同人の澁澤龍彦とは親しかった。もと有力な共産党員。当時すでに都立大学に奉職しており、その関係もあってペンネーム(=林茂)を使ったのではないかと考えられる(浜田泰三による)。ピエール・ベールを中心とする十八世紀フランス文学・思想研究の大家となってゆくが、早くから現代文学にも親しみ、博識をもって鳴らしていた。

いまから見ると錚々たるメンバーであるうえに、ある種の共通性が感じとれなくもない訳者陣であろう。いずれも現代思潮社周辺の人脈のなかにあったばかりでなく、多かれ少なかれ反体制派の印象のつきまとっていた面々だからである。もちろん、いわゆる政治への関心の度合からすれば、澁澤龍彦はこのうち最下位に位置していたといえるかもしれない。それでも彼は彼なりに、トロツキーに関心をいだくべき別の素地をもっていたと考えるべきところである。

端的にいって、それはまず澁澤龍彦がごく初期から内に育んでいた一種の革命的心情、あるいは少なくとも、革命的ロマンティスムの心情であろう。雑誌に掲載されなかったために処女作になりそこねた一九五四年の小説作品、「サド侯爵の幻想」(『澁澤龍彦全集』別巻1)にはすでにそれが見えがくれしている。すなわちサド侯爵の夢のなかに、恐怖政治の美しき大立者サン＝ジュストがあらわれるという設定は、彼のうちにフランス大革命への関心、それをめぐる革命家群像(サドもまた一種の革命家といえなくもなかった)への興味が高まっていたことを示唆する。もともと彼は「政治ぎらい」であったにもせよ、けっして革命ぎらい、革命政治家ぎらいだったわけではない。一九六〇年のいわゆる「安保闘争」のあいだにも、たとえば六月十五日事件以後のデモの「見物」に出かけ、吉本隆明らによる「六月行動委員会」の呼称を「いい名前だ」と称えるような(同『全集』別巻2の「澁澤龍彦年譜」を参照)心情を示していたくらいだから、革命そのものに反感をもついわれなどどこにもなかった。いわんや問題がロマンティックな「異端」めいた革命家トロツキーの作品であるとすれば、無関心どころではなかったとするほうがむしろ自然である。

もっともそのあたりまでなら、彼の革命のイメージはまだフランス大革命の段階にとどまっていたと見ることもできる。だが、ここにおそらくアンドレ・ブルトン経由で、トロツキーおよびロシア革命への興味が育っていたことを推測するべきだろう。『わが生涯』の邦訳が刊行される何か月か前に、澁澤龍彦が「査証のない惑星」「知性の血痕――ブルトンとトロツキー」という二篇のエッセー(いずれも『神聖受胎』に収録）を書いていたことを忘れてはならない。

前者「査証のない惑星」は「ユリイカ」誌の一九六〇年十・十一月号に掲載されたもので、原題は「トロツキーの亡命日記」だった。まずその『亡命日記』から「まことに抒情的な筆致の」「自然詩人のような文章」を引用し、トロツキーと文学との関係を語っている。後者「知性の血痕——ブルトンとトロツキー」は「水族館」誌の同年十二月号、および「楽隊」誌の創刊号（一九六一年発行）——ここにはサド裁判を前にして、同誌同人による「石井恭二・澁澤龍彦両氏の不当な起訴に対し、強く抗議する!!」との声明が付されていた）に発表されたもので、ブルトンの『対話集』を長く引用しつつ、トロツキーとブルトンとの関係を手ぎわよく略述している。そして最後には、その両者がメキシコで起草した「独立革命芸術のために」という声明の重要部分をも紹介しており、これは当時として貴重な情報をふくむエッセーだったのである。

アンドレ・ブルトンもまた、早くからトロツキーに関心をいだいていた作家である。彼がはじめてトロツキーを読んでオマージュを書いたのは一九二五年のことだから、フランス共産党への入党を試みたときよりも二年ほど前である。入党してたちまち失望を味わい、一九三〇年代には反ファシズム・反スターリニズム闘争を展開する。それ以後のブルトンの書物には、しばしばトロツキーの名前が出てくるようになる。

とすれば、一九五〇年代に『黒いユーモア選集』をはじめとするブルトンの原書に親しんでいた澁澤龍彦が、トロツキーの仏訳本を自分から入手して愛読していたとまでは考えにくいにしろ、すこし読んで紹介してみたい、くらいに思っていたことはじゅうぶん想像できる。そこへサド裁判に対処する前記の事務局のようなものが生まれ、集まった誰かれのあいだから『わが生涯』共訳の話が持ちあがった。それを聞いて澁澤龍彦が大いに乗り気になり、みずから名のりでて訳者の列に加わったというのも、とりたてて意外なことではなかったはずである。

とすれば、ふたたび引用するが、くだんの「森本和夫氏インタビュー」のなかにあらわれるつぎのような「推測」は、こんにちの読者にとっても納得のゆくものになるだろう。

森本　澁澤君は、たとえばトロツキーの本をただ単につきあいで翻訳したというんじゃなくて、やはりそれなりにおもしろかったんだろうと思うんです。

松山　そうでしょうね。それに、量もけっこう多い。だから、そういうところに新しい世界があれば知りたいという気は非常にあったんでしょうね。

森本　知りたいどころじゃなくて、ある程度共感するところもあったんじゃないでしょうか。共感というのは言い過ぎかもしれないけれども。そのことはただ単に推測に過ぎませんけれども。

先に指摘した二篇のエッセーの内容が、澁澤龍彦のトロツキーへの「共感」を証しているといえるかどうか、それは読者の判断にまかせるとしよう。だが少なくとも、一九六〇年にはすでに澁澤龍彦がトロツキーの『亡命日記』（こちらはのちに栗田勇・浜田泰三の共訳によって現代思潮社から出る）

をも読みはじめていたこと、またアンドレ・ブルトンの書を、トロツキーとの関連において読みかえしていたこと――この二点については確実である。時あたかも「サド裁判」の前夜……。したがってどう考えても、この訳業は単なる「おつきあい」などではなかったのである。

★

澁澤龍彦は、自分の好きな作品しか翻訳しなかった仏文学者である。

ほとんどの場合、翻訳の対象としてはすでに読んで好んでいたものを選んでいたので、未読の作品を単なる注文にこたえて訳すということは稀だった。トロツキーの『わが生涯』は後者の部類のように見えもするが、かならずしもそうではない。ふたたび浜田泰三の証言によれば、彼はこの作品を読みたがっており、読んだうえで訳したがってもいたらしい。「サド裁判」にいたる一連の動向がそのきっかけをつくった。『悪徳の栄え・続』をめぐって石井恭二とともに起訴され、それをうけて「断乎たたかう」(『澁澤龍彦全集』別巻2の「〈サド裁判〉公判記録」解題を参照)決意を表明してからの一年数か月間、彼はおどろくほど精力的に裁判のための準備をし、数々の関連記事を書き、インタヴューに応じ、またサドの位置づけについてあらたな考察をめぐらしていた。そして、それと並行してトロツキーの『わが生涯』の四分の一以上(六百枚ほど)を訳出するという、まさに力業をやってのけたのである。

その上巻の刊行の日付である一九六一年八月二十日は、「サド裁判」第一回公判の十日後にあたっていた。ちょうどその公判の日の夜に書かれたらしい前述の粟田勇による「あとがき」には、そのことについての「感慨」が記されている。澁澤龍彦もまた、ややセンチメンタルな粟田勇とのあいだに質の差があることは当然だったにしても、その感慨をいささか共有していたにちがいない。

一九九七年四月二十一日

庭園について　『夢の宇宙誌』から『ヨーロッパの乳房』へ

澁澤龍彥は生涯のある一時期、ユートピアの熱心な語り手だった。語り手であるばかりか、みずからも小さなユートピア国の設計者・創設者となり、ときにはそこの君主におさまっているようにさえ見えた。少なくとも多くの「愛読者」はそれを信じ、澁澤ユートピア・ランドに招き入れられることを悦びとしたから、その幸福な治世はしばらくのあいだつづいた。彼の著作のみならず、人物をめぐる風評や写真などによってもかたちづくられたこの印象は、ある意味では晩年にも、そして没後のこんにちにも、根づよく生きのびているかのように思われる。

そんな印象の生まれる大きなきっかけになったのは、おそらく、一九六四年に出た『夢の宇宙誌』という魅力的な書物である。冒頭のエッセー「玩具について」のなかで、十六世紀プラハのルドルフ二世の驚異宮廷について語り、ついで同時代フランスの陶工ベルナール・パリッシーの理想庭園計画に言及した澁澤龍彦は、つぎのような忘れがたい数行を書きしるしている。

「好むと好まざるとにかかわらず、あらゆるユートピアには、遊びの部分がある。砂場で砂の山や家をつくる子供のように、真剣にユートピア的都市計画に熱中しているユートピストのすがたには、どこか高貴で、可愛げなところがあって、卑しさがみじんもない。砂遊びや、積み木や、箱庭つくりに我を忘れて熱中するような子供は、ユートピスト的素質があると認めて差支えなかろう。」

史上まれに見るヴンダーカマー（驚異の部屋）をつくりあげたルドルフ二世にしろ、偏倚《へんい》な趣向の螺旋状都市を構想したベルナール・パリッシーにしろ、あるいはこのあとにとりあげられるフィレンツェの水力学技師フランチーニ一族や、十八世紀の自動人形制作者ジャック・ド・ヴォーカンソンにしろ、だれもがここにいう意味での「子供」であり、「ユートピスト」であるかに見えてくる。そればかりではない。これら先人たちの構想し制作した機械や庭園や都市のイメージを一堂に集め、自分自身のヴンダーカマーをつくる作業に「我を忘れて熱中する」澁澤龍彦の姿こそが、じつは読者にとって、「子供であるユートピスト」の最たるものと映っていたことだろう。

「どこか高貴で、可愛げなところがあって、卑しさがみじんもない」とは、いみじくもいったものである。これこそ澁澤龍彦の書物の印象そのものではなかったか。多少とも自己演出の気味はあったにしても、「昆虫採集でもしている子供のような、物を書くというわたしの情熱」（同書初版「あとがき」）をつらぬく姿勢によって、澁澤龍彦はみごとに高貴で可愛げな少年君主になりおおせ、彼自身のユートピアを造営・整備しはじめたのである。

その姿はルドルフ二世と似ていないでもなかった。この神聖ローマ皇帝によって一大知的世界都市に変えられたプラハのフラチャニー城と同様、澁澤龍彦が書物のなかで築きあげた架空の館には、器械や標本やだまし絵や時計や自動人形や畸型がみちあふれ、玩具の部屋もあれば芸術作品の部屋もあり、博物学の部屋もあれば魔術の部屋もあり、マニエリスムの部屋やバロックの部屋、ダンディズムの部屋やデカダンスの部屋、はてはエスカトロジーの部屋まである、というけしきだった。澁澤龍彦の一時代のユートピアとは、あえていうならば、これらたがいに通じあい重なりあう部屋部屋の集合体であり、彼ひとりが自在に往き来できる迷宮のようなものだった。

それにしても、あらためていうまでもないことだが、澁澤龍彦とルドルフ二世とのあいだには、ひとつの決定的な違いがある。それは前者の集める物たちが、実体ではなかったということである。なるほど彼の北鎌倉の家には、人形や凸面鏡や「絵のある石」や兜蟹の標本があり、キャビネットには貝殻や模造頭蓋骨などが飾られていた。だがそれらはたまたま手に入ってきた玩物にすぎず、本物のヴンターカマーを構成するほど系統立ったものではない。そもそも澁澤龍彦には通常の意味での蒐集癖はなかったのだ。具体的なモノへの「こだわり」「思い入れ」などということについては、生得のダンディズムがむしろこれを嫌っていた。

それでは彼はいったい何を蒐集していたのか。いうまでもなく、そうしたオブジェたちのイメージであり、観念、知識、情報にほかならなかった。「〔……〕近頃では、ある種のイメージの原型の、気違いじみた蒐集家になってしまったようである」(同前)と、みずから述懐しているとおりだろう。

そしてそれら「イメージの原型」は、少なくとも当時に関するかぎり、もっぱら書物から、書物に語られる逸話や挿入される図版から、周到に選びとられていたものばかりだった。

★

すなわち、あくまでもブッキッシュ（リヴレスク、書物偏重）であること。これが当時の澁澤龍彥の姿勢であり、また方法的な選択でもあった。そのかぎりでは、彼のユートピアとは「ビブリオテカ」（書斎あるいは図書館）にほかならない。あたかもプラハのストラホーフ図書館に立てこもる学僧のように、万巻の書から自在に観念や知識や情報をひきだして、私用のビブリオテカのあちこちに散りばめること。「子供であるユートピスト」を演じる澁澤龍彥の遊び場は、こうして一種のクラウストゥルム（閉ざされた空間——修道院の中庭の意にもなる）をかたちづくることになる。

それにしても、このユートピア国の治世は短かった、といわなければならない。なぜなら時代のほうが、いわゆる高度成長期ニッポンの奇妙に貪欲な嗜好のほうが、このクラウストゥルムにやがて侵入してきたからである。澁澤龍彥の書物自身がそれを誘っていたということもあろう。だがこの種の空間にはもともと、いわゆる民主主義とはあいいれないところがある。君主自身も、そんな侵入ないし友好の申し出にはどうも嫌気がさしたようで、『夢の宇宙誌』では連発していた「わたしたち」という人称を節約しはじめ、やがて十年後には、もっぱら「私」によって語られる「閉ざされた空間」のニュアンスをおびた書物、『胡桃の中の世界』（一九七四年）のなかに立てこもってみせるようになる。

ただし「胡桃の中の世界」という言葉は、もはや単なるクラウストゥルムを意味するものではなかった。むしろ無限の解放の観念にもつながる「入れ子」宇宙の謂である。なるほどこの書物にも、さまざまのユートピア的なイメージが住みついてはいたが、しかし、集中白眉の一章「ユートピアとしての時計」を見れば明らかなように、澁澤龍彦はすでにユートピアやユートピストに対して否定的になっており、人工的なクラウストゥルムに居すわる君主の座から降りようとしていた。すなわち時計の文字盤のなかに閉じこめられてしまう「ユートピア的時間」は、単調なくりかえしによって本来の時計（つまり歴史をも構成するもの）を消滅させ、永遠の停滞へと人をみちびくものだという。いまやあらたに、太陽や月や水や砂によってのみ計られうる「自然の時間」を、そして歴史を、著作のなかで生きてゆくのでなければならない。

ジル・ラプージュの名著『ユートピアと文明』（邦訳、紀伊國屋書店刊）の影響下に得られたこの観点は、澁澤龍彦のひそかな変貌を予告するものだった。この間の事情についてはすでに「ユートピアの変貌」（『澁澤龍彦考』所収）のなかで詳述しておいたので、ここではとくに、そうした変貌のもうひとつの重要な契機について語るにとどめよう。それは何か？「旅」である。まず一九七〇年の九月から十一月にかけてこころみられた最初のヨーロッパ旅行の体験であり、そして、その後の三度にわたるそれを通じて、彼の作品のなかに流れこんできた「旅」の感覚そのものである。

古来クラウストゥルムをのがれる者が旅に出るというのはよくあることで、この最初のヨーロッパ旅行は契機ではなく、むしろ結果であったと見るべきかもしれない。一九七〇年秋といえば、あの

『澁澤龍彥集成』全七巻（桃源社刊）の刊行のさなかであった。四十二歳。奇しくも著述家としてのキャリアのちょうどなかばにあたって、それまでの仕事の集大成を終えようとしていた時期に、澁澤龍彥は、この象徴的な意味をになう「旅」を敢行したわけである。

彼はこのときどんな国のどんな町へ行ったのか。アムステルダム、ハンブルク、ベルリン、プラハ、ウィーン、ミュンヘン、ブリュッセル、パリ、ストラスブール、コルマール、マドリード、セビーリャ、コルドバ、グラナダ、バーゼル、ベルン、ミラノ、ヴェネツィア、ローマ、フィレンツェ、アテネ……といったふうに、滞在地を列挙するだけでは足りない。要は、生来の出不精であり、国外どころか家の外にすらめったに出ない密室派を自称していた澁澤龍彥が、生涯初のこの大旅行によってどんなものを見、どんな「旅」の感覚を味わったかということである。

そのときの体験はその後しばしば著書のなかに語られるようになった。代表的なものは『ヨーロッパの乳房』（一九七三年）だろう。彼のはじめての旅行エッセー集として特異な位置を占めるこの本の初版の帯には、めずらしく瀧口修造が「古地図をめぐって……」と題する推薦文を寄せている。これは簡にして要を得た寸評にもなっているので、以下に全文を引用してお目にかけよう。

「澁澤龍彥氏のこれまでの著作と思想を識るものには、その最初のヨーロッパ紀行というだけで、予感と期待を抱かせて余りある。その旅程はどこかいびつで不可思議な欧州古地図を思わせ、それこそバロックの真珠を生んだ巨大な貝殻の内部に似ている。ヨーロッパのもうひとつの人文地層を踏まえた美学の書とも言えようか。約言すれば乳房と結晶のそれだ。「百聞は一見に如かず」の氏がついに「一見」の書を書いたのである。」

「「百聞は一見に如《し》かず」の氏」とは、いいえて妙ではないか。このいくぶんか皮肉もこもる表現には、それまでもっぱら書斎のダンディーを演じ、書物のもたらす情報（すなわち「百聞」）によってのみ自分のイメージ世界を構築してきたユートピスト澁澤龍彦のいとなみが、あざやかにとらえられているように思える。その彼が、はじめて見たのだ。それにしても、その「一見」ははたして、あの強固な「百聞」を超えるほどのものだったのだろうか。

★

『ヨーロッパの乳房』を通読したかぎりでは、「一見」は「百聞」を超えるどころか、「百聞」に如かずだったとさえ思われるかもしれない。以前に「既知との遭遇」（『澁澤龍彦考』所収）のなかで示しておいたとおり、澁澤龍彦にはもともとデジャーヴュ（既視）の作家という側面があった。彼にとってはどんな「一見」も、どんなかけがえのない体験も、ただちに「百聞」と照らしあわされ、既得の「イメージの原型」に還元されてしまうといったような、一種の安全装置（？）が幅をきかせる傾向もあったらしい。そんな人物にとっては、旅行もまた「発見」ではなく、「確認」の連続といった様相を帯びやすい。逆にいえば、彼は旅行のあいだにも書物を、あるいは書物から与えられていたものを、片時も手ばなそうとはしないだろう。

事実、澁口修造が「巨大な貝殻の内部に似ている」と形容した「旅程」自体が、はじめから『夢の宇宙誌』ふうのユートピアの復習を予定していたのではないか、と思われる底のものである。たとえばプラハでは、ルドルフ二世や人造人間ゴーレムの伝説の主レーヴェ・ベン・ベサレルやカフカのあとをたどり、建築物にしても、バロック様式以外のものにはあまり目を向けていない。ミュンヘンからは当然のごとく狂王ルードヴィヒ二世の城めぐりに出かけ、ローマからはボマルツォまでドライヴして、ピエール・ド・マンディアルグの書で「おなじみの」石彫群にめぐりあう。この「おなじみの」という表現（後述の『滞欧日記』ですでに用いられていた）がいかにも特徴的で、なるほど彼は、各地の美術館でもティツィアーノとかルーベンスとかはさっさと素通りし、「おなじみの」イタリア・プリミティフや北方ルネサンスや、マニエリスム、バロックの作品を追いかけている。

アムステルダムでは、レンブラントやフェルメールなどには興味を示さず、フランドル派やマニエリスム系の二、三と、クリヴェッリの「マグダラのマリア」に注目。セビーリャではムリーリョを無視し、バルデス・レアール一辺倒。……等々といったぐあいで、既知の作品の「確認」に走る傾向はたしかにあった。それは当然のことでもあるのだが、一九六〇年代までのいわば「黄金時代」を通じて書物のなかで出会い、折にふれて紹介してきたさまざまな作品の実物を、ひとつひとつ眺めなおしては愉しんでいたようである。

だがそればかりではなかった。旅というものは、いやおうなしに未知のものを突きつける。「発見」を誘う。澁澤龍彦はプラハではルーラント・サヴェリーを、ミュンヘンではシュテファン・ロッホナーを、ストラスブールではセバスティアン・ストッスコップフを、コルドバではロメロ・デ・トーレスを「発見」してしまう。そうした未知との遭遇が旅行を「旅」に変えたばかりではない。じつは既知であったはずのものについても、それまでの見方とは明らかに違う、新しい感覚が芽ばえてきたのである。

その点はとくに、ほかならぬユートピア的な空間や道具立てについていちじるしかった。『ヨーロッパの乳房』のたとえば目次だけを見ても、城や修道院、洞窟や噴水や庭園、あるいは日時計や紋章や鏡といったふうに、ユートピアのイメージにつながるモティーフが頻出している。なかでも庭園は重要だろう。ボマルツォにせよマッジョーレ湖のイゾラ・ベッラにせよ、アランブラ宮殿とヘネラリーフェ離宮にせよ、この「百聞」の旅行者に、文字どおりの「一見」を——いやむしろ、五官のすべてにわたる新しい感覚をもたらしたものだった。

この最初の旅行からしてすでに、澁澤龍彥は庭園をひとつのテーマとしていたのではないか、と思われるふしもある。彼がおとずれたのはベルリンのシャルロッテンブルク、ウィーンのシェーンブルン、ミュンヘンのニュンフェンブルク、またパリ近郊のフォンテーヌブローといった大宮殿の庭ばかりでなく、プラハのベルヴェデーレや、グラナダのアランブラとヘネラリーフェや、マッジョーレ湖の島々や、ティヴォリのエステ荘や、フィレンツェ近郊プラトリーノのデミドフ荘などだった。ついでにいえば、一九七四年初夏の第二回の旅行（イタリアのみ）になると、庭園への志向はいよいよ強まったかのようで、日本人旅行者のあまり行かないローマのドーリア・パンフィリ荘や、カゼルタの宮殿や、パレルモのヴィッラ・ジューリアや、モンレアーレの修道院や、さらにバゲリアのパラゴニア荘まで、精力的に足をのばしている。
澁澤龍彦は、これらの庭園にいったい何を見、何を感じとっていたのだろうか。『ヨーロッパの乳房』所収の旅行エッセー「マジョーレ湖の姉妹」には、つぎのような「私の内心の独白」なるものが記されている。

「庭という観念には、私たちのユートピアへの夢想が、ぎっしりと詰めこまれているような気がしますねえ。文化は庭とともに始まった、と言えば言えないこともないのじゃないかしら。どんな観念論的な哲学体系にも、それに対応する具体的な庭の形というものが有りそうですねえ。カントの庭、ヘーゲルの庭、ニーチェの庭……」

澁澤龍彦がこうした旅また旅の途上で求めつづけていたのは、まさしく「澁澤龍彦の庭」とでもいうべきものではなかったか、と思われてくるのである。

★

こんにちにのこるヨーロッパの庭園にも、さまざまな時代様式があることは周知だろう。古いところではローマの皇帝や貴族のヴィッラ(別荘)の庭。あの大プリニウスの甥の小プリニウスは、ルネサンスを予告するような自由闊達な庭園をつくらせていたというが、現存していない。有名なものにティヴォリに近いアドリアーナ荘(ハドリアヌス帝のヴィッラ)や、ポンペイの門外に発掘されているディオメーデ荘のそれなどがあるけれども、澁澤龍彦はこれらを見に行ってはいないようだ。

中世のものでは前述のクラウストゥルム（修道院の中庭）が典型的である。門柱とアーチの列にかこまれ、中央には井戸が掘られ、糸杉が生え、ときには花壇や薬草園の設けられているこの種の小さな「閉ざされた空間」を、澁澤龍彦はフランスやイタリアの各地で見、かなり好んでもいた。たとえば南仏のモワサックや、シチリアのモンレアーレなどを例に挙げておこう。

ルネサンスからバロックにかけての庭園は、いまでもイタリアに多くのこっている。その影響下にフランスやドイツでも造園されたが、もともとイタリアの地形や構成材料、気候や植物相と結びついた様式だったので、北方には優れたものが少ない。とくに地形の点では、イタリアの都市周辺に多い傾斜地が選ばれ、別名テラス式と呼ばれることからもわかるように、いくつもの露壇が階段状に設けられている。館はたいていその最上部に建てられているので、借景もすばらしい。先にふれたフィレンツェ郊外のデミドフ荘やパルミエリ荘、ガンベライア荘、市内のボーボリ園、ローマのパンフィリ荘、メディチ荘、そしてティヴォリのエステ荘など。澁澤龍彦はそのうちいくつかを見ているが、とくに気に入ったのは「マジョーレ湖の姉妹」の長女といってもいいイゾラ・ベッラ（美しい島の意）の、ピラミッド状に築かれた階段庭園だった。バビロンの架空園のイメージも重なってくる。これは十七世紀にボッロメオ伯が造営させたもので、グロッタ（人工の洞窟）や噴水が多く、植物が生いしげり、すでに過剰なバロックの趣をたたえている庭園だ。

時代順に見てゆけば、つぎはフランス式庭園である。十七世紀から十八世紀にかけて、いわゆるバロック・ロココ期につくられたもので、ここでもやはり地形が問題になる。この様式の創始者といってもよいアンドレ・ル・ノートルはイタリアを旅行して技術を学んだ人だが、傾斜地を必要とするテラス式を持ちこもうとはせず、フランスに多い平坦地にふさわしい庭園を案出した。すなわち広大な平面を幾何学的に分割し、直線的な水路をめぐらせる。左右対称をまもり、樹木もまた幾何学立体のように刈りこみ、花壇とともに人工的な空間をつくりなす。石像や噴水を規則正しく配し、壮麗なバロックないし古典主義様式の宮殿を建てる。外界の無秩序な自然を遮断した世界である。ヴェルサイユこそは当時の各国君主の手本だったから、この種の庭園はヨーロッパ中で造営されており、保存状態もいい。澁澤龍彦の見たニュンフェンブルクもシェーンブルンもフォンテーヌブローも、そしてナポリのヴェルサイユと呼ばれたカゼルタも、ほとんどがこの様式を実現したものである。

じつはフランス式ほどユートピア的な庭園というのもめずらしい。プラトンもトマス・モアも、フランス式のバロックになら熱狂したことだろう。澁澤龍彦もまた「百聞」のかぎりではこれを好み、期待してそれらを見に行ったはずなのだが、しだいに見方が変り、いささか「うんざり」するようになった。おなじ本におさめられた「理想の庭園」という短いエッセーのなかで、彼は「バロックやロココの庭園」を見ると、「私はいつも、一種のもどかしい思いとともに、自然をそのままに生かした、もっと別の形式の庭園はないものだろうか、と考えたものだ」と書くにいたる。

自然をそのまま生かした庭園というなら、十八世紀にはやりはじめたイギリス式庭園もその種のものだが、澁澤龍彦はこれをほとんど見ていない（エルムノンヴィルのジャン＝ジャック・ルソー島でも、庭園のなかには入れなかったようである）。

さて、これだけ見てまわった末に彼の気に入った庭園の形式とは、はたしてどのようなものだったか。ヨーロッパにのこる名園の様式として、まったくヨーロッパ起源のものではない、アラブ－イスラーム式があることを忘れてはならない。前出の「理想の庭園」のなかで、「アルハンブラこそ、世界最大の逸楽的な庭なのである」と述べ、そこに隣接するヘネラリーフェ離宮の水と植物にみちた大庭園を、あたかも「澁澤龍彥の庭」であるかのように語っていることは興味ぶかい。

「彼岸の世界を信頼せず、超越への努力を放棄して、ボードレールのいわゆる「秩序と美と、栄輝と静寂《しじま》と快楽《けらく》」の集約された、地上の楽園をひたすら真剣に求めたのは、ともするとイスラム文化圏の人々ではなかったろうか、と私は漠然と考える。そして私自身の楽園のイメージも、どういうわけか、ここに最も居心地の良さを発見するのである。」

さきに引いた「私の内心の独白」とくらべてみると、ここではすでに「ユートピア」ではなく、「楽園」という語を用いていることが特徴的だろう。ユートピアと楽園とは、一見よく似ているようでいながら、じつはまったく別の概念なのである。

ユートピアとは、もっぱら現在の理想を強化するために、人工的に理性的に、ときには政治的に戦略的に、この地上に実現されるべき「閉ざされた空間」の謂である。ところが楽園は違う。楽園とは、遠い過去へのノスタルジアに支えられ、「たまねぎのように、むいてもむいても切りがないエクゾティシズム」(『高丘親王航海記』)をともなって感受されるべき、漠とした異郷のイメージを帯びているものなのだ。

しかも楽園を構成するものは、刈りこまれた幾何学立体や直線的な水路や彫像や機械時計などではなく、無限に繁茂する自然であり、無限に繁茂する夢想なのである。

もうひとつ、澁澤龍彦が「理想の庭園」として挙げているものに、「廃園」があったこともつけ加えよう。

「そこでは管理と手入れを放棄した結果、樹木は伸び放題に伸び、蔦や苔は大理石の欄干や階段を覆い、池の水は淀んで藻を生じ、自然が人工を圧倒し、これを呑みこもうとしているかのごとき荒廃の風情を見せているのである。」（同前）

「自然が人工を圧倒」する世界。これこそは澁澤龍彦がヨーロッパで「一見」したもっとも本質的なもののひとつである。ユートピアを放棄した元「子供であるユートピスト」の彼は、その後も三度ヨーロッパへ飛び、とくにイタリアの地を好んでへめぐる。南へ、南へと向うその旅行の過程は、すでにあの高丘親王の東南アジアという広大な庭を予告するものだった。

★

最後になったが、私はここで、近く出版される『滞欧日記』のことにふれておかなければならない。澁澤龍彦は右に見た計四回にわたるヨーロッパ旅行のあいだに、毎日、かなり克明な日記をつけていた。その四冊のノートはいま私の手もとにあるのだが、これを通読してゆくと、彼の「旅」がどのような意味をもつものであったのか、すこしずつわかってくるような気がする。予想されるように、彼はこのような私的テクストのなかでも、さほど無防備にはなっていない。それにしても、たとえばつぎのような箇所にさしかかるとき、こちらは先に引いた文章にもまして、「私の内心の独白」を聞くような気がしてくる。

「だんだん上ってゆくと、上は原っぱになっている。ネコジャラシ、ワレモコウ、アザミ、五芒星の草、黄色い草、ポッピー、紫や白の野菊、トゲトゲのはえた草、萱科のスイトピーの野生の草、あらゆる草花が咲き乱れている。キキョウ、イチハツに似た草花。風が吹く、麦みたいな原っぱが風になびく。オレはその原っぱを踏みしめて歩く。」

これは一九七七年六月八日、南仏ラコストのサドの城（廃墟）をおとずれたときの一節である。主語はめずらしく「オレ」になっている。不思議な解放感のある記述ではなかろうか。

もちろん、サドといえば澁澤龍彦の文章活動の出発点にあり、かつてユートピアの問題を投げかけた張本人のひとりだった。サドのユートピアは逆説的なものである。つまり、ユートピアの属性をことごとくそなえた城を描きだすとき、それはとりもなおさず逆ユートピアの様相を呈し、牢獄に似たものになるということ。澁澤龍彦はここで、書斎のユートピストであることを放棄する「旅」の体験によって、いわば、みずからの牢獄を脱したのだった。

だからこそ、この日のメモの最後には、つぎのような一行が書きとめられていた。

「有意義な一日であった。生涯の思い出になるだろう。」

一九九二年九月十八日

エッセー集の変遷

『幻想の画廊から』

一九六七年刊行のこの本は、澁澤龍彦の美術エッセー集として最初のものである。三年前におなじ美術出版社から出た先駆的な書物『夢の宇宙誌』とくらべてみても、こちらの所収エッセーは個別の画家を扱ったものがほとんどで、全篇を通してみれば、過去の美術史の知られざる系譜のひとつがくっきりうかびあがるような仕掛になっている。たとえば新装本の帯の「マニエリスムからシュルレアリスムへ」というコピーによって括《くく》ることもできるこの系譜は、とりもなおさず澁澤龍彦の好みを反映したもので、「幻想の画廊」とは、美術愛好家たるこの著者の私設ギャラリーにほかならないともいえただろう。

念のために指摘しておきたいのは、彼がここに紹介している画家たちの作品の多くを、まだ実地に見てはいなかったということである。なかにはサルバドール・ダリ展や、ギュスターヴ・モロー展など、当時の日本でひらかれた展覧会の印象をもとに、臨場感を盛りこんで綴られたエッセーもある。だが大半はそうではない。この時期の澁澤龍彥は、ほとんどもっぱら画集や美術家伝などの書物を通じて、作品の図版と出会い、おそらく生来のものである美術への、形あるイメージへの欲求をみたしていた。彼がそれらの作品の実物を精力的に見てまわるようになるのは、一九七〇年秋の最初のヨーロッパ旅行以後のことである。

といっても、それだから支障があったというわけではない。彼はもともと、実物を見なくてもわかるようなタイプの美術作品を好んでいた――とまではいわないにせよ、少なくとも多くの美術作品のなかから、ある種の普遍的なフォルムやイメージやイデアのみをとりだして、それらを彼自身の「気質」や「性向」の一部に引きこんだうえで、当時としてはやや偏倚な、「異端的な」（一九六〇年代を通じてこのレッテルは彼につきまとっていた）、だが独創的でしかも意外に大衆性のある、わかりやすい物語のうちに組み入れてゆくことを好み、そのための技巧にも習熟していたのである。

一九六〇年代のなかば以後、著述家としてすでに安定期を迎えつつあった澁澤龍彥は、海外から送られてくる新奇な美術書にとりかこまれ、その図版に見入りながら、当時の日本ではあまり知られていなかった画家たち（スワーンベリにせよ、ベルメールにせよ、バルテュスにせよ、エッシャーにせよ、またパルミジャニーノにせよ、モンスー・デジデーリオにせよ）について思いをめぐらし、いわば「もうひとつの美術史」の可能性をさぐりつつあったのだろう。

そんなわけで、あのころ彼がくりかえし繙いていた美術書のリストは重要である。たとえばアンドレ・ブルトンの『魔術的美術』（パリ、一九五七年――これは一九九七年に河出書房新社から邦訳が出る）や、グスタフ・ルネ・ホッケの『迷宮としての世界』（ハンブルク、一九五七年――これはまだ仏訳版が出ていなかったが、当時の夫人・矢川澄子が邦訳をこころみ、一九六六年、種村季弘との共訳によってこれを美術出版社から刊行する）や、マルセル・ジャンの『シュルレアリスム絵画の歴史』（パリ、一九五九年）や、ジョルジュ・バタイユの『エロスの涙』（パリ、一九六一年――これは一九六七年に現代思潮社から邦訳が出る）や、ロミの『突飛なるものの歴史』（パリ、一九六四年――これは一九九三年に作品社から邦訳が出る）や、ロベール・ベナユーンの『シュルレアリスムのエロティック』（パリ、一九六五年）や、またロジェ・カイヨワ、ロー・デュカ、ピエール・ド・マンディアルグらの書物をはじめとして、さまざまな画集、さまざまな画家のモノグラフィー、さまざまな雑誌（たとえばフランスの「シュルレアリスム・メーム」や「ルイユ」）などが、澁澤龍彥に情報とイメージを提供していた。

そして彼は惜しげもなく、それらの引用やパラフレーズを大盤ぶるまいし、そのことによって、この国の「知的風土」に新風をまきおこそうとしていたのである。

そんなふうにして、「幻想の画廊」がオープニングを迎える。これは澁澤龍彥の私設ギャラリーであったばかりでなく、なにやらこの国の近い将来の文化状況をあらかじめ見通した、住みごこちのよい「幻想」への誘いをふくむ一世界であったといえるかもしれない。ことほどさように、この書物の占める位置は微妙である。

もうひとつ、文体のうえでも、ここにはある種の完成を思わせるところがあった。外の世界のアクチュアルな出来事の痕跡をとどめない、いわば無風の幻想空間に身を置いて、著者はみずからの「気質」や「性向」を巧みに一般化しながら、ある程度まで啓蒙的に、私設「画廊」の内部を開陳しようとしている。いきおい文章の速度は弱まる。無風どころか無時間（ユークロニア）的になることさえある。このような姿勢は、のちのいわゆる幻想シリーズ（『幻想の肖像』一九七五年、『幻想の彼方へ』一九七六年、など）にも受けつがれてゆく。

ところで、『幻想の画廊から』というタイトル自体は、本書のためにはじめて思いつかれたものではなかった。すでに二年前の一九六五年の一月から十二月にかけて、雑誌「新婦人」におなじ標題をもつエッセーが連載されており、その十二回にわたる連載分が、本書所収のテクストのうちちょうど半分の量を占めることになる。当時の女性雑誌としてはすこぶるユニークでハイ・レヴェルで、ほとんど一時期を画するかもしれない役割をひっそりと占めていたこの雑誌については、『澁澤龍彥全集15』の月報に発表された「田村敦子氏インタヴュー」が参考になる。

すなわち、一九六〇年代の前半に澁澤龍彥と知りあい、その後も親しくつきあう機会の多かった「新婦人」の若い編集者・田村敦子氏は、一九六四年のある日、同誌の「世界悪女物語」（一九六三年）「エロスの解剖学」（一九六四年）につづく年間・十二回連載エッセーの「第三弾」として、「今度は美術関係の……」という提案をした。澁澤龍彥はその場で引きうけた。

以来、彼は毎回たのしみながら、「幻想の画廊から」のエッセーを書き綴ったらしい。読者層を考慮に入れて、むずかしい漢字にはみずからルビをふり（単行本収録にあたって削除されているものが多い）、図版資料もみずから提供し、そして、とくに別刷の図版ページのために、毎回三行ほどの要約紹介文を書いてよこすほどだった。澁澤龍彥は、いわゆる、乗っていいた。

この連載は彼の読者をふやした。同誌を購読する女性ファンだけでなく、若い芸術家たちがこれに反応を示しはじめた。別刷ページに加えて、本文中にも数多く挿入されている図版の効果も大きかった。たとえば若き日の四谷シモンのように、ここでハンス・ベルメールの「人形」の写真をはじめて見て、なにか貴重なものを吹きこまれたと感じる者もあった。

この画期的な連載を骨子として、一冊の美術エッセー集をまとめるという企画は、『夢の宇宙誌』とおなじく、美術出版社編集部の雲野良平氏にゆだねられた。そして氏の英断により、当時としては高価な変型本に仕立てられたにもかかわらず、本書は版をかさね、かなり大きな影響力をもつにいたった。のちに著者自身、「私の本としては、かれこれ十年間にわたって、まあよく読まれたほうに属するのではないかと思う」（新版「あとがき」）と回顧しているとおりである。

一九九四年一月十七日

『黄金時代』

一九七一年刊行のこの本は、『澁澤龍彦集成』以後に出された最初のエッセー集（連載をもとにした『妖人奇人館』は除く）である。『澁澤龍彦全集19』の月報インタヴューで、もと薔薇十字社の内藤三津子氏が語っているように、「澁澤さんが『黄金時代』というタイトルに向かって、ご自分がいままでに書かれたいろいろなものをピックアップした、澁澤さん自選のアンソロジー」であった。

事実、所収エッセー十七篇のうち十五篇までが『澁澤龍彦集成』から再録されたものなので、ここにはじめて収録されたエッセーはただ二篇にすぎない。とすると、同『集成』の単なる副産物、あるいは縮小版のようなものではなかったのか？　だがけっしてそうはいえないというところに、『黄金時代』という書物の意義があり、特性があり、また澁澤龍彦自身の本づ﹅く﹅り﹅の巧妙さ、周到さ、おもしろさがあったように見える。

そもそも『黄金時代』とはどのようなふくみをもつ標題だったのか。初版「あとがき」には、ルイス・ブニュエルの映画『黄金時代』の有名なシーンと、ノヴァーリスの『断章』のなかの有名な言葉とが、よき先例として引かれている。どちらも意味深長ではあるが、ブニュエルのパラドクサルな幻視にせよ、ノヴァーリスのロマンティックな郷愁にせよ、古代ギリシア人のいわゆる「無垢と幸福の時代、労働ということを知らない豊饒の時代」を憧憬していることにはかわりがない。この本もまた同様であって、収められている十七篇のエッセーは、著者の「抜きがたい未来嫌悪と、原初の楽園への回帰の夢と」をはらむものだという。そのとおりだろう。事実『黄金時代』は、そうしたエッセーばかりを巧妙に選びだし、各章の扉絵に見るタロー・カードの「アルカナ」十七牌のごとき小宇宙のうちにまとめあげた、それ自体「黄金時代」の空間を暗示する書物だったのである。

これはすでに『澁澤龍彦集成』の縮小版などではない。『集成』自体は一九五〇年代にさかのぼる澁澤龍彦の多くの作品を回顧しながら系列化するものだったが、『黄金時代』のほうはそのなかから、とくに一九六〇年代後半に書かれた新しいエッセーをピックアップし、それらをより鮮明な、別の系列、別のイメージに仕立てる意図をもっていた。なるほど初版「あとがき」では、もっぱら「未来嫌悪」と遠い過去への憧憬が強調されているかに見える。「子供のいるところ」に「黄金時代」を示唆するやりくちなどはお手のものだろう。それにしても、これら十七篇のエッセー自体が、近い過去に属していたことを忘れてはならない。興味ぶかいことに、初版刊行の十五年後に出た文庫本の「あとがき」の冒頭で、著者はつぎのような感想を書きとめることになる。

「このたび読みかえしてみて、その多くのエッセーが六〇年代のぎりぎりに書かれている本書『黄金時代』は、いわば六〇年代に対する私の総決算の書ともいいうるのではないかという印象をいだいた。〔……〕時代の動向には超然としているつもりの私でも、長い目で見れば、おのずから時代の影響を受けているということがよく分る。」

「政治の季節」は去った。「安保闘争」は遠のき、「全共闘」も尻すぼみになりつつあった。「サド裁判」の最高裁判決がくだり、三島由紀夫の「死の予行演習」もおわった。そんな七〇年代はじめの一時期に、これら十七篇のエッセーによって回顧され憧憬されている「黄金時代」とは、じつはほかならぬ「六〇年代」と呼ばれる近い過去のことでもあったのではないか、という読みがなされても不思議はない。

ユートピア・終末論・デカダンス……。こういう物騒な観念的テーマを「なまのかたちで論ずることに情熱を燃やした」のも、本書までだったと著者はいう。「七〇年代以降、私は大問題を論ずる興味を急速に失っていった」のだと。じつはかならずしもそのとおりではなく、たとえば『胡桃の中の世界』（一九七四年）などの「七〇年代以降」の著作にも、六〇年代を引きつぐ「情熱」や「興味」が脈々と生きつづけてゆくのだが、少なくともここに、著者自身にとってもある程度よき時代であった近い過去への思いがあらわれていることはたしかである。

なお『黄金時代』初版本の帯には、松山俊太郎によるつぎのような推薦文が印刷されていた。端的な言葉で綴られたいわばもっとも早い「書評」として、含蓄のふかいものである。

「インド神話によれば、万有が崩壊した宇宙の夜も、黄金時代は、夢として最高神の体内に再建せられ、新たな展開を待つという。

空しく未来学と終末論の横行する濁世の只中に、澁澤氏ひとり浄福を堅保する秘密は、氏の抱蔵する理想郷の原像が、比類なく明確なためであろう。」

刊行後、新聞・雑誌の書評もいくつか出たが、なかんずく、当時の朝日新聞で「文芸時評」を担当していた石川淳が、上下二回にわたって本書一冊のみをとりあげたことを特記しよう（のちに『文林通言』に収録）。

一九九四年三月十二日

『胡桃の中の世界』

一九七四年に出たこの本は、「ミクロコスモス譜」と題して「ユリイカ」誌に連載（一九七三年一月号から一九七四年一月号まで――うち九月号のみ休載）された計十二篇のエッセーに、その間「芸術生活」一九七三年八月号に発表された単独のエッセー「怪物について」を加え、一冊としたものである。「ユリイカ」の連載としては『悪魔のいる文学史』（一九七二年）につづくものだが、著者自身はむしろ『夢の宇宙誌』（一九六四年）からの連続を意識し、周到な準備のもとに、全体の構成を考慮しながら書きすすめていったふしがある。単行本収録にあたって大幅な加筆（おもに博物誌的なデータの補充）の跡が見られるものの、各章の題名も順序も、また本文の論旨もほとんど訂正されておらず、連載時からすでに、長年あたためてきた諸テーマを思いのままに展開することをめざす、「ミクロコスモス」（小宇宙）のごとき作品として自覚されていたことが窺われる。

それかあらぬか、初版「あとがき」に語られている一種の充足感もまた、他の書物にはめったに見られないものである。「本書『胡桃の中の世界』は、この私の年来の望みを満たすことのできた、私にとっては幸福の星のもとに生まれたと言ってもよいような著書であろう」と。

そしてここでも、ちょうど十年前に出た『夢の宇宙誌』のことが念頭に置かれている。つまり「その内容から見て、私のリヴレスクな博物誌と名づけてもよかったろう」とあるように、『夢の宇宙誌』に端を発する博物誌ふうの著作のいわば決定版となったばかりでなく、同時に、「私の」という言葉を冠してよい書物にもなったということである。

澁澤龍彦は本書『胡桃の中の世界』によって、たしかにひとりの「私」を、少なくとも「私の本領」を、「私のスタイル」を、決定的に見いだしており、それがのちの著作へと、三年後の『思考の紋章学』をへて一九八〇年代の小説やエッセーにいたる活動へと、首尾よく引きつがれ、敷衍《ふえん》されていったのである。

一九八四年に記された「文庫版あとがき」でも、そうした先駆的側面が強調されている。すなわち「七〇年代以後の私の仕事の、新しい出発点になったのが本書であるような気もしている」と。「いや、八〇年代になって私がげんに書いている小説めいた作品も、遠くさかのぼれば、その発想の基盤はこにあるといえるかもしれない」と。

ことほどさように、澁澤龍彦の作品史のなかで画期的な意義をもつものと考えられていたことはまちがいないが、他面、「ここには埃っぽい現実の風はまったく吹いていない」(同前)とあるとおり、なにやら時代の風潮からみずからを隔離した、それ自体として完結した趣のある私的「ミクロコスモス」でもあった。

その点が十年前とは異なる。『夢の宇宙誌』では読者を巧みに誘いこむ見世物小屋めいた仕掛がほどこされていたものだが、この『胡桃の中の世界』のほうでは、よりストイックに、脇目もふらずに「私」の内的宇宙を踏査し記述してゆこうとする気合を感じとれる。

文体もまた静的であり、この書物全体が一種の閉ざされた結晶を思わせる。一九六〇年代に読者との共有地として「夢の宇宙」を開陳しはじめ、以来ひろく読まれ、特異な「澁澤龍彦」像を定着させていった著者が、ここでいったん胡桃のなかに閉じこもり、現実の埃っぽい風を遠ざけて、「私」の再発見に向ったということである。

とすると、『胡桃の中の世界』という書名そのものが問題になる。連載中のタイトルは「ミクロコスモス譜」であった。それもまた捨てがたく、改題の件で「狐疑逡巡」せざるをえなかったということが、初版「あとがき」に記されている。それにしても、結局この連載の最終章の標題をそのまま書名にして選んだという事実には、単なる「形式好み」を超えた積極的姿勢が示されているのではなかろうか。

「胡桃の中の世界」という言葉は、ハムレットの台詞「たとえ胡桃の殻のなかにとじこめられていようとも、無限の天地を領する王者のつもりになれる」をふまえているという。ただし澁澤龍彦にとって、そこに皮肉な意味あいはない。「胡桃の中の世界」とは、すばらしい「入れ子」の構造を呈するものだからである。この本に扱われているさまざまな空間タイプのなかでも、「入れ子」こそはもっとも顕著に「無限」の観念と結びつきうるものであり、いわば、閉ざされた小宇宙から大宇宙への出口を示唆するものである。「ミクロコスモス譜」という静的で平面的な言葉を捨てて「胡桃の中の世界」のほうをとったということは、いかにも象徴的な出来事だったわけである。

事実、三年後の『思考の紋章学』にいたって、澁澤龍彦はいまいちどの目立たぬ変貌をとげる。「入れ子」は「ランプの廻転」や「時間のパラドックスについて」をへて「円環の渇き」へと敷衍されてゆく。諸テーマの展開にも生気と運動感が加わるだけではなく、文体もまた自在な流れを獲得する。こうしてストイックな結晶志向や隠遁の姿勢はしだいに崩され、やがて「ロマネスクな」旅と放蕩の傾向を帯びてゆくことになる。

もうひとつ、本書の「リヴレスクな」側面についても付言しよう。澁澤龍彦の多くの博物誌ふうの書物のなかでも、おそらくこれほど博引旁証の目立つものは少ない。あまつさえ、ときには特定の書物の記述をそのまま借用して、自説のように展開してゆくといった場面も見られる。しばしば指摘されているように、原書の翻訳・引用が地の文に溶けこんでしまうのである。たとえば「石の夢」などにおけるユルギス・バルトルシャイティス『アベラシオン——形態の伝説』（のちに国書刊行会から邦訳が出る）、「プラトン立体」などにおけるピエール＝マクシム・シュール『想像力と驚異』（のちに白水社から邦訳が出る）などがその好例だろう。それどころか「ユートピアとしての時計」の章では、依拠した書名・著者名さえ明らかにしないままに、ジル・ラプージュの『ユートピアと文明』（のちに紀伊國屋書店出版部から邦訳が出る）の重要な部分を平然と地の文に引きこんでしまっている。澁澤龍彦の文章にしばしば見られた他の書物の流用（盗用?）あるいはパラフレーズが、この「私のリヴレスクな博物誌」でも平然と幅をきかせている。

とはいえ、それのみをもって非とするにはあたらない。なぜなら他者の所説との融合こそは、澁澤龍彦の多かれ少なかれ自覚的な方法のひとつであり、しかも、彼の作家人格（＝「私」）の構造にかかわる必然でもあったからである。

澁澤龍彦はしばしば他者のうちに自己を見る。自己のうちに他者を見る。彼の「私」自体が特異な「入れ子」にも似て、ほかならぬ「胡桃の中の世界」のごときものを現出する。他面、だからこそまた、私たち読者にとっても、この書物は、いわば他人のものとは思えないような不思議な親密さを帯びる結果となったともいえるだろう。

ともあれ魅力的な著作ではある。『新編ビブリオテカ 澁澤龍彦』版の巻末におさめられた中野美代子による「解説」のなかに、つぎのような指摘があったことを想起しておく。

「〔……〕読者たる私たちは、ミシェル・レリスの文の中に著者の文が嵌めこまれ、さらにその著者の文中に私たちの幼児体験も嵌めこまれているという眩暈に襲われながら、読み進み、ついには本書全体の多様なモチーフも、この一文に入れ子のように嵌めこまれているのに気づくであろう。石も宇宙卵も幾何学も動物誌も、そして怪物も庭園も時計も。」

一九九四年六月十五日

『記憶の遠近法』

一九七八年に出たこの本は、一九七四年から一九七七年にかけて新聞・雑誌などに発表した長短さまざまなエッセーを、ある程度まで系統的に集成したものである。澁澤龍彥のこの種の書物として、所収テクスト中に他の単行本と重複するものがひとつもない（しかも、『ビブリオテカ澁澤龍彥』や『新編ビブリオテカ澁澤龍彥』に再録されたものもない）ということが、めずらしいといえばいえるだろう。そのせいもあってか、いわゆる寄せあつめのように見えながらも、じつは一貫した、独立性の強い著作として印象づけられる。

全体がさりげなく二つの部分にわかたれている。「あとがき」にもあるように、前半は「一種の博物誌のようなもの」であり、後半は「私なりの博物誌にはちがいないのだが、これまでの私とはいささか違った遠近法の操作によって、或る種の色合いに世界を染めあげているところ」の見えるものである。ここにいう「或る種の色合い」こそが肝心だろう。その色あいはどんな読者にも多かれ少なかれ感じとれるような、「ノスタルジア」のニュアンスに近かったはずである。

もとより澁澤龍彥は大がかりな博物誌の語り手だった。『夢の宇宙誌』から『胡桃の中の世界』を経て『幻想博物誌』や『私のプリニウス』や『フローラ逍遙』にいたるまで、世界のさまざまな物象についての、一種のカタログ・レゾネをつくりつづけていた。『記憶の遠近法』の第Ⅰ部におさめられているいくつかのエッセーも、その一部を占めるべきものである。サラマンドラや一角獣についても、タロットや宝石についても、すでに自家薬籠中のものになっていた知識を、彼はいかにも手なれた調子で開陳してみせている。

ところが、やがてどこかが変ってくる。Iの部の末尾におさめられた「目の散歩」と題する小連載の最初の、「ノスタルジアについて」(一九七四年八月)という章がその変化の合図だったかもしれない。桑原甲子雄《きねお》の写真集『東京昭和十一年』を見たことをきっかけとして、ある「ノスタルジア」がもやもやと湧きおこり、「阿片」のごとき効力を発揮しはじめる。やがて自分もそれを語らずにはいられなくなるだろう、という予感も芽ばえてくる。もちろん彼一流の文学観・倫理観が作用して、「さしあたり」抑制をきかせようということになるのだが、しかし、それは文字どおり「さしあたり」のことにすぎなかったように思われる。

そのうえでIIの部に移る。こちらはほとんど「私」の思い出にまつわる博物誌ふうのエッセーの集成だ。ここでは「ノスタルジア」を介して事物を語りなおすという、これまでとはいささか異なったやりかたが試されはじめる。その間、事物はもはや事物自体ではなくなり、「玩物」と化してゆくかのようだ。そんなふうにして、「玩物抄」と題されたもうひとつの興味ぶかい小連載(一九七七年三月—四月)が、一年近くあと(一九七八年一月)に開始される本格的な連載エッセー『玩物草紙』(一九七九年)を予告することになる。それればかりか、幼年時代を回想するエッセー集『狐のだんぶくろ』(一九八三年)が発表されるまで、あと一歩というところまで来ている。

実際、「もしかしたら、ノスタルジアこそ、あらゆる芸術の源泉なのである。もしかしたら、あらゆる芸術が過去を向いているのである」というアフォリズムのような一文こそ、この後の澁澤龍彦の方向を暗示する鍵のひとつとして、この過渡的な書物のなかに、さりげなく埋めこまれたもののように見える。

それにしても、『記憶の遠近法』という命名がまた、いかにも絶妙だったのではないだろうか。いうまでもなく、「記憶」は時間に属している。他方「遠近法」とは、空間の表現についての概念である。遠さと近さとを、同一平面上にあらわす方法。だがそれは時間にも適用できる。時間的に遠いことと近いこととを、古いことと新しいことを、あたかも事物や風景のように、文章の同一平面上に併置しようとするとき、そこには絵画などの場合と同様、ある種のシステム、ある種のメカニズムが求められることになる。

生来の「記憶魔」を自称する作家だった澁澤龍彦は、かつて見聞きした事柄を、とりあえず情念に曇らされていない目でとらえ、くっきりと、ドライに記述してゆく方法をとった。だからこそいっそう「ノスタルジア」の麻薬効果には敏感であり、それを制御しつつ同時にこのうえなく鮮やかに定着させうるような、独自の「遠近法」の探求に向おうとしていたのである。

ちなみに本書の初版本の表紙カヴァーを飾る絵として、「遠近法の魔」にとりつかれていた十五世紀イタリアの特異な画家ウッチェッロの名作を選んだのは、澁澤龍彦自身であった。そして、そのウッチェッロを主人公としたいくぶん自伝的な短篇小説「鳥と少女」（『唐草物語』）が発表されたのもまた、本書の刊行後、遠からぬ時期（一九七九年一月）のことである。

一九九四年八月十二日

『太陽王と月の王』

一九八〇年に出たこの本は、一九七八年から一九八〇年にかけて発表したエッセーを取捨選択し、二部にわけて収録したものである。年代的に『城と牢獄』と重複するところもあるが、内容は趣を異にしている。すなわちⅠの部にはすでに著者の本領のひとつになっていた博物誌ふうのエッセーを、Ⅱの部には社会時評、身辺雑記、思い出ばなし、信条告白、等々に類するエッセーを収めたものであり、しかもそのⅠとⅡのあいだには、微妙な呼応関係が生まれている。

標題はⅠの四番目に入っているエッセーからとったもので、その理由は「本書にふくまれる二十六篇のエッセーの題名のうち〔……〕この題名がいちばん豪華であり、いちばん象徴的なイメージ喚起力に恵まれていると思われたから」（「あとがき」）だという。太陽と月、ルイ十四世とルートヴィヒ二世。この「豪華」な二項対立はたしかに本書の底流のひとつになっており（たとえば「神話と絵画」の章など）、「象徴的なイメージ喚起力」を（いささか）発揮していると見てよいだろう。

他方、おなじ「あとがき」のなかで、著者がこの本について「二年前に刊行した『記憶の遠近法』

の系列に属している、といえるかもしれない」と洩らしていることも興味ぶかい。それはたしかに「いえる」のであって、事実この本のなかには、『記憶の遠近法』あたりからあらわれはじめた新しい傾向をさらに深化させているところがある。その新傾向をめぐってはとりあえず、Ⅱの部にふくまれる「望遠鏡をさかさまに『記憶の遠近法』について」というエッセーのなかに、つぎのような端的な自己省察が語られていることを指摘しておこう。

「ずばりと言えば、現在の私がしきりに求めているのは、何か具体的なものである。自己検証というより、物に対する感覚の飢餓だ。そのために、時には記憶をさかのぼるというような、過去追慕的な目を向けたりもするし、時には博物誌家のように、コレクションの真似事をしたりもする。」

ここに示されている「物に対する感覚の飢餓」なるものこそ、本書にひそむより大きな底流であろう。澁澤龍彥の晩年の著作を多かれ少なかれ覆うようになるあの特異な「ノスタルジア」――すなわち「物」へのいやしがたい渇望をそのまま説話的小説に昇華させ、博物誌ふうの文章にもそこはかとない追憶の心情を加味せずにおかなかった何ものか――の出所は、こうした「感覚の飢餓」のうちにも見いだせる。もともと「感覚」の「飢餓」である以上は、著者にとっても読者にとっても、これを観念的・理性的に説明することはむずかしい。それにしても、なにやら名状しがたいこの境地が、晩年の澁澤龍彥に特有の、一見直言的のようでいながら自然に肩の力を抜いた、しかも身辺から社会にまで広く目をくばった、あの好個の「短文」群にも反映しているのである。

目次を見ただけでもわかるように、Ⅰの部は博物誌ふうエッセーの集成である。玩具や機械や人形、城や宇宙図、植物や昆虫、飛行物体や物怪《もののけ》やパイプ、ホログラフィーや試験管ベビーといった題材は、十六年前の『夢の宇宙誌』以来おなじみのものだろう。ただし観点と筆法は変化している。著者はすでに、「宇宙誌」と呼ばれもする一世界の見取図を構築することよりも、自在な「遠近法」を活用しつつ時空を旅することのほうを好んでいる。

IIの部にはいわゆる身辺雑記、回顧談、社会時評に類するエッセーがふくまれる。「嘘の真実　私の文章修業」などでは、当時の文筆活動の実際を率直に吐露しているし、「今月の日本」などでは、この作家にもともとそなわっていた社会・文明批評家としてのセンスが生かされている。それに加えて、なにやら親密で多面的な、自身の体験と心情をも織りこんだ「架空対談＊サド」なるものが、サド論を主軸とする『城と牢獄』ではなく、本書のほうに収録されていることも興味ぶかい。

一見いわゆる「寄せあつめ」エッセー集の印象のある本書もまた、かなり周到な取捨選択をへて、独自の書物世界をかたちづくるにいたったものなのである。

一九九四年十月十二日

『マルジナリア』

一九八三年に出たこの本は、一九八二年九月号から一九八三年十月号にかけて「海燕」誌上に不定期連載された同名の断章集（Ⅰの部に所収）を骨子とし、おなじころに書かれた比較的短いエッセー群を後半のⅡ、Ⅲの部に配した書物である。Ⅰはともかく Ⅱ、Ⅲの収録テクストの発表媒体や形式は多様であり、同年に出た『華やかな食物誌』とおなじく、目次を見たかぎりではいわゆる寄せあつめの観がなくもないが、しかし、いったん読みはじめればその語り口に共通する自由さ、のびやかさが感じとられ、まさに融通無碍、全体としてはある成熟に達した精神の運動を印象づけられる。

「マルジナリア」という言葉については「あとがき」にあるとおりで、「書物の欄外の書きこみ、あるいは傍注」を意味する。すなわちこの連載の形式はエドガー・アラン・ポーの『マージナリア』の前例にならう新機軸だったが、同時に、これまでの澁澤龍彥の多くの書物に潜在していた傾向の開花と見ることもできる。たとえば自分のエッセーの方法を発見した作品と自認する『夢の宇宙誌』（一九六四年）からしてすでに、もっぱら書物から題材を得た「断章」の集積だったからである。ただ、ずばり「読書ノートのようなかたち」（同前）で断章をつらね、それ以外にほとんど作為の見えない書き方をした連載というのははじめてのことで、このような形式は「性に合っている」から、「機会があれば想をあらためて、また書きつづけたいとも思っている」という結語は注目にあたいする。

実際、連載エッセー「マルジナリア」の語り口にはかつてのような気負いもなければ、マニエリスムふうの技巧も、辻褄あわせの意図も感じられない。日々の読書の驚くべきひろがりと厚みをうかがわせはするが、ここでは博識の押し売りも、ペダンティックな身構えもまったく影をひそめている。ただ淡々と書物から書物への気ままな旅をつづけてゆくだけで、読者の興味をじゅうぶんに惹きつけるエッセーが成り立ってしまうという稀な境地に、晩年の（と書かざるをえない）澁澤龍彦はさしかかっていたのである。

それならば、こうした「断章」がさらに書きつづけられていたとしたら、はたしてどんなものが生まれていただろうか。『私のプリニウス』の例も思いうかぶが、他方、『高丘親王航海記』のような小説の世界との関連も考えてみたくなる。体系化を求めない気ままな読書生活の記録はそのまま一種の航海日誌を思わせ、このまますつづけてゆけばあるいは「高丘親王読書日記」のような作品も可能になったのではないか、と想像をめぐらしてみるとき、この形式で「また書きつづけたい」という抱負が実現されなかったことは惜しまれてならない。

Ⅱ、Ⅲの部におさめられているエッセー群も、多くは雑誌の随筆欄、全集の月報などに発表された自由なスタイルのもので、連載「マルジナリア」からの距離をさほど感じさせない。Ⅱの前半はギリシア、イタリア、フランスへの旅に取材したエッセーをふくんでいるが、それらにしても、「リヴレスクな」(書物ばかりに頼る、といった意味)知識と実地の見聞とが自然に入りまじり、この作家にのみ可能となった、のびやかな思考の旅をくりひろげはじめている。

いずれにしても、長年の体験の蓄積がある熟成の境地を用意し、それとともに、どんなこわばりも必要としなくなってきたことを窺わせる魅力的な書物だ。一見めだたないものだが、ここには晩年の澁澤龍彥の「幸福」がたしかに読みとれる。

一九九五年一月十二日

アンソロジーとしての自我

『私のプリニウス』と「私」

澁澤龍彦の晩年の本に『私のプリニウス』（一九八六年）というのがあります。連載途中で入院することになったために後半が尻切れトンボであると「あとがき」にも書かれているように、かならずしも完成度が高くはないし、わりと地味な本ですけれども、ここには澁澤さんの自画像みたいなものがふくまれていて、ひょっとすると鍵になる作品かもしれません。

『私のプリニウス』は、その題名からして、いろいろな意味あいにとれるでしょう。「私の」といっているところに、澁澤さんの告白みたいな要素もありそうですね。最初からプリニウスへの愛を語っていますが、その愛というのが一種の悪口なんです（笑）。プリニウスの『博物誌』は嘘八百をならべたてているとか、でたらめが多いとか、いいかげんだとか、見てきたようなことを見ないで書いているとか……そのなかで一箇所、近ごろ彼をめぐって話題になっている「剽窃《ひょうせつ》」という言葉をめずらしく使っているところがある。ちょっと引用してみましょう。

「〔……〕ところで、じつをいうと、プリニウスのこの部分の記述は、ほとんどそっくりそのままヘロドトス『歴史』第二巻第六十八章の敷きうつしなのである。ヘロドトスの記述にないのは、最後のマングースに関する奇想天外なエピソードぐらいのものである。動物学的に正しいとか正しくないとか、そんな段階の話ではない。結局のところ、ここでもプリニウスは先人の説を無批判にアレンジして、ちょっぴり自分の創作をつけ加え、自分なりに編集し直したにすぎないもののようである。独自の科学的な観察眼と私は書いたが、どうやらそんなものは薬にしたくも『博物誌』のなかにはないと思ったほうがよさそうだ。あきれてしまうくらい、プリニウスは独創的たらんとする近代の通弊から免れているのであった。

どうも私はプリニウスの法螺吹きである点や、剽窃家ないし翻案家である点を強調するあまり、彼の大著執筆にあたっての真面目な意図を無視しがちであるような気がするが、いずれは彼のすぐれた観察眼や洞察力を示す機会もあることと思う。まあ急ぐことはあるまい。私自身の興味がどうしても、幻想文学としての『博物誌』に向いがちであるのだから、当分は心おきなくプリニウスの嘘八百に付き合っていきたいと考える。考証などと大げさなことはいわないが、むしろ彼がどんなふうに嘘八百をならべたり、でたらめを書いたりしているかという、そのからくりを解き明かすことに私の興味の中心があるといってもよいくらいなのだ。」（「エティオピアの怪獣」）

この文章の前半部については、前に問題にしたことがあるけれども（本書四四ページ）、「剽窃家」という言葉が出てくる後半部を理解するために、ここでもういちど読みなおしてみないわけにはいきません。とにかく、だいぶ変な文章ですね。澁澤さん好みの言葉でいうと、アナクロニズム、時代錯誤をふくむ文章。なぜならプリニウスは古代人ですから、「近代の通弊から免れている」なんていうのは変で、じつはむしろ、これは近代人である澁澤さん自身のことをいっているのではないか。澁澤さんはアナクロニズムを方法のひとつをしていた人ですから、こういうアナクロニズム的な文章を書くときに、無意識であるということはまずなかったろうと考えられます。

もちろんこの文章でも、「剽窃家」だとか「翻案家」だとか、独創性がないとかいって、プリニウスの悪口をならべたてているようでいながら、じつはプリニウスを愛している。悪口をいえばいうほど、愛がつのってゆくという、これはめでたい、しあわせな本だと思う。

そもそも『私のプリニウス』という題名自体、自分のなかにプリニウスが住んでいる、あるいは逆に、プリニウスのなかに自分が住んでいる、自分がプリニウスと同居している……その自覚が独特のアンティーム（親密）ないい味を出していて、この本には晩年の著作のうちでも、とりわけ何度も読みかえしたくなるような不思議な魅力があるんです。

そこでさっきの「独創的たらんとする近代の通弊」云々、これがアナクロニズムだということをいいましたけれども、アナクロニズムが彼にとって方法的なものだったというのは、晩年の小説などを読んだ多くの人が感じているはずで、僕も何度かその点を指摘したことがあります。

たとえば『高丘親王航海記』（一九八七年）では、親王の骨が「プラスチックのように薄くて軽い骨だった」といっていたり、それから本来は時代的にも地域的にもいるはずのない大蟻食いなんかが出てきたり。そういうくだりが、彼の小説のなかでよく目につくんですね。

『ねむり姫』の「画美人」でも、「特異体質だな」「いやですよ。そんな近代のテクニカル・タームは存じませぬ」なんて会話が出てくる（笑）。松山俊太郎氏は『全集』の解題で、「自分で自分の話に半畳を入れるのかと、感興を殺がれる人も少なくないであろう」と書いています。要するに「くすぐり」だというんだけれども、じつはこれ、澁澤さんの作品の特徴のひとつでもあるんです。昔からそういうことをやっていたわけですから。

アナクロニズムというのは、ぜんぜん違う時代のものを持ってきて笑いを誘うテクニックであると同時に、澁澤さんがいつもやっている、自分と自分の愛するものとのあいだの、いわば時をへだてた交流でもあるんですよ。

ざっとこんなふうに見てくると、澁澤さんについて最近いわれている「剽窃」ということも、もうすこし大きな問題としてとらえなおす必要があるんじゃないでしょうか。

具体的にいうと、たとえば『ドラコニア綺譚集』（一九八二年）の「鏡と影について」が、パピーニの「泉水のなかの二つの顔」を「剽窃」していると批判されたりした（山下武「ドッペルゲンガー考」、「幻想文学」第四十八号、一九九七年）わけですね。それは事実でしょう、彼がパピーニを下敷きに使っているという点については。でも、だからどうなんだ、という問いがありうるわけです。澁澤さんというのは、その作品の多くに、じつは何十冊、何百冊と下敷きを使ってきた作家です。そのひとつひとつをとりあげて、どこそこが原本・種本とおんなじだ、なんてことをやりはじめると、それこそ切りがなくなってしまうでしょう。

この点で僕が「剽窃」という言葉を使いたくないのは、法律や道徳の臭いがするからなんで、これをいったとたんに、こちらが裁判官か、いわゆる良識派みたいになってしまう。それと同時に、体制側の紋切型に嵌ってしまうきらいがあるから、ある意味で品位がさがりますね。「剽窃」という言葉にはいつもそういう臭いがつきまとう。裁く側に立ってしまうと、同時に旧態依然たる法律上・道義上の問題をかかえこんでしまうから、澁澤龍彥のような作家について語る場合、不毛な議論になるおそれがあるでしょう。

何十冊、何百冊という下敷きを用いているということは、つまりそれなしにはこの作家の作品が成立しないということです。とすると、それ自体が澁澤龍彥のいわば「特異体質」なんですよ。これは彼の自我というものにかかわる特殊な事情で、ついでに日本の近代の問題が絡まって出てくる。そこに澁澤龍彥の存在意義がある、偉大さがあるとさえいえるかもしれない。数十冊、数百冊にわたる下敷きがあって、しかもこれだけ魅力的な文章というのはいったい何なのか。そっちを問題にしたほうがいいんですね。

僕なんかは若いころからつきあいがあったし、関心領域の重なるところも多いので、澁澤さんとおなじ本をたくさん読んでいるわけです。そうすると彼の文章を読めば、ここはだれの何を使っているな、というのがわかるわけ（笑）。それがわかったから驚くということではなく、どうしてこんなふうに大々的に下敷きを使うことが可能になるのか、という驚きのほうが、むしろ僕の場合にはありましたね。そっちのほうに澁澤さんのポイントがひそんでいるわけで、これはもう単に「使う」なんていう域を超えているんじゃないか。

『私のプリニウス』が鍵になる作品だというのは、たぶんこういうことでしょう。プリニウスはあれだけ膨大な『博物誌』を書きあげた。そのなかには、たしか何百人かの著者による何百冊かの書物を渉猟したということが語られていて、ある部分はヘロドトスであり、ある部分はアリストテレスであるという具合にして、自由自在に下敷きを使って書かれたこれは博物誌ですね。澁澤さんがそのことに大きな意味を見いだしているというのは、もちろん澁澤さん自身にプリニウス的な性向があるからです。彼はそのことを『私のプリニウス』という本のなかで、かなり大っぴらに書こうとしている。

僕がつくづく感心してしまうのは、ここに翻訳・引用されているプリニウスの文章のほとんどすべてがおもしろいし、しかも澁澤さん自身の文体になっている。地の文章とプリニウスの文章とが非常によく似ていること。そういう意味でも、まさに「私の」プリニウスになってしまっている。プリニウスにも百科事典の先駆者としての真面目といえば真面目な、オーソドックスな歴史的存在価値は絶大にあるんだけれども、一見そうではない部分のほうに、澁澤さんは新しいものを見いだしているわけで、それが『私のプリニウス』という本の画期的な意味ですね。プリニウス論としてもそこがじつにおもしろい。

そこから、もうひとつ別のことがわかってきます。種村季弘氏は『澁澤龍彥全集21』所収の『私のプリニウス』の解題でこんなふうに書いていました。

「さて、どなたもご存じのように、澁澤龍彥とプリニウスとの付き合いはこれがはじめてではない。本書に先行する『幻想博物誌』(昭和五十三年)なら「犀の図」、「スキヤポデス」、「スフィンクス」、「象」、「毛虫と蝶」、「大山猫」、「ゴルゴン」、「フェニクス」、「貝」、「海胆とペンタグラムマ」、「バジリスク」、「鳥のいろいろ」、「虫のいろいろ」、「ケンタウロス」、「キマイラ」と、ほとんど各章ごとにプリニウス『博物誌』からの引用文が目につくし、『ドラコニア綺譚集』(昭和五十七年)では「かぼちゃについて」にプリニウスの引用がある。いちいち挙げないが、本書の翌年に上梓された『フローラ逍遙』にも『博物誌』からの証言はかなり散見される。

のみならず『唐草物語』(昭和五十六年)中の一篇「火山に死す」は、つとにプリニウスその人を主人公にした物語であった。以上によっても容易に察しがつく。澁澤龍彥が自然界を逍遥するとき、ダンテにおけるウェルギリウスのような先導者として、プリニウスが同伴しないことはたえてなかったのである。

こうしてみると、ほぼ『幻想博物誌』成立の時期から後の澁澤龍彥は、そのときどきの表題こそ

『幻想博物誌』『ドラコニア綺譚集』『唐草物語』と別様に装いながらも、ほぼ一貫して『私のプリニウス』を書き続けていたのだとさえいえそうである。」

つまり、種村さん特有のとらえかたからすると、澁澤さんのある時期からの著作はみんな『私のプリニウス』であった、と（笑）。そうなるとまた『私のプリニウス』という本の特異性が見えてくる。プリニウスはやたらと先人のものを下敷きにして平然としている、しょうがないやつだ、あるいは愛すべきやつだ、といいつつ、じつは澁澤さん自身がプリニウスを下敷きにして多くの本を書いてきたわけです（笑）。そういう暗黙の前提がある。だからこの本は、二重の意味で自分のことを書いているのではないか。自分のことを書きながら、プリニウスそのものをまた再利用する。まさにこれこそは「独創的たらんとする近代の通弊」をのがれている近代人・澁澤龍彦の、自覚というか、自信、自負――そういうところにまでつながってゆく。

コラージュの発見と展開

じつは澁澤さんとプリニウスとのつきあいは、種村さんのいっている以上に古いんです。なんとデビュー以来二冊目のエッセー集である『神聖受胎』（一九六二年）の「あとがき」に、すでにプリニウスを登場させていたほどですから。私はプリーニウスみたいに死にたい、と書いているわけで、そのときはラテン語の長音を重んじてプリーニウスという表記を用いていますが、これがはるかのちの『唐草物語』（一九八一年）の「火山に死す」の構想をすでに用意していたわけです。

その後もプリニウスはちらほら出てきますけれども、決定的なのは『胡桃の中の世界』（一九七四年）でしょう。あのころ、ベル・レットル版の羅仏対訳の『博物誌』を手に入れて、本格的に読みだしていたらしいんですね。

『胡桃の中の世界』では、冒頭からプリニウスが登場します。『博物誌』第三十七巻にあるピュロス王の「絵のある石」の事例をまず挙げて、「プリニウスに付き合うほど無用の暇つぶしに似た読書」について語るところからあの本がはじまっていることは、意外に見おとされやすいようですけれども、じつは不可欠のポイントです。

澁澤さん自身、文庫版のあとがきで『胡桃の中の世界』の重要性を証言していますね。本人がいったことでもはたしてそうだろうか、という問題はあるけれども、この場合はたしかにそのとおりなんで、『胡桃の中の世界』はそのつぎに『思考の紋章学』（一九七七年）へと受けわたされて、さらに『ドラコニア綺譚集』や『唐草物語』へと……彼の作品がコント化、フィクション化してゆくきっかけになったといってもいいような書物であると。年代順に読んでいっても、これは多くの読者にとって納得のゆくところでしょう。

そういう意味でも『胡桃の中の世界』は重要である。では、この本がそれまでの著作とどう違うのかというと――まずそれ以前に、彼自身の一貫した意図にもとづいて書かれた作品として思いおこしたくなるのが、『夢の宇宙誌』（一九六四年）ですね。読者を引きこんで、いろんな事例を挙げてみせて、だれはこういっている、かれはこういっているというふうに、さまざまな書物から好みのものを引っぱりだしてきては、コラージュ式に併置してゆく。そんな方法をいちおう確立したのが『夢の宇宙誌』です。

ただ、そのコラージュ式のやりかたというのが、アステリスク（＊印）で断片と断片をつないでゆくような、いわば編集の方式を用いている。その場合に澁澤さんは、だれそれがこう書いているのがおもしろい、という言い方をよくしますけれども、十年後の『胡桃の中の世界』に移って僕が感じるのは、文章が平明になって淡々としているだけでなく、その事例がどんどんふえている。片っぱしから博物誌的な事例を引いていて、ありていにいうと、『夢の宇宙誌』とは段ちがいに下敷きの多い本になっている。

これについては、かつて谷川渥さんがピエール＝マクシム・シュールの『想像力と驚異』という本を訳していて、『胡桃の中の世界』の二つくらいの章がそれを下敷きにしていることに気づいたとき、これはいったい何だ、とショックをうけたなんていっています。そんなふうに『胡桃の中の世界』というのは、「剽窃」よばわりされてもおかしくないような部分をあちこちにふくんでいて、ちょっと危険な本ですね。法律的、道義的に危険だという意味ですが。けれども文学的には、まさしくしあわせな本であるわけです。

第一章からしてそうでしょう。プリニウスへの言及からはじまるけれども、そのあとに出してくる事例でも、「私はこういうことに気がついた」といいつつ、それはずっと以前に、バルトルシャイティスの「気がついた」ことだったりします（笑）。バルトルシャイティスの気がついたことを、そのまま自分が気がついたこととして書いている。そのときに僕がハッと思うのは、プリニウスが乗りうつったな、ということですね。

『夢の宇宙誌』のころには、自分が下敷きを使っていることについての方法的な意識があまりなかったけれども、プリニウスを本格的に発見したということを高らかに宣言している『胡桃の中の世界』では、方法的・自覚的に下敷きを用いはじめている。たいていの場合、どこから引いたのか、わかる人にはわかるようになっているわけで、ピエール＝マクシム・シュールの名前も出てくるし、バルトルシャイティスやバシュラールの名前も何度も出てくる。

ただ、名前を挙げていないケースもあるんで、たとえばジル・ラプージュの大著『ユートピアと文明』。あれはユートピアについて非常にシャープな読みかえと批判をやってのけた画期的な本ですけれども、なかに「自動都市」という時計に関する章があって、『胡桃の中の世界』の「ユートピアとしての時計」は、ラプージュのその章をそっくり訳している箇所が多いわけです。しかも、「フランスの或る論者の説によれば」と書いてあるだけで、ラプージュの名前は出てこない（笑）。

これも法律的、道義的立場からは「どうだろう」ということになりそうですが、澁澤龍彦という作家――『全集』および『翻訳全集』が出て、その全貌が明らかになりつつある作家の文章としてみると、ある面では積極的な意味がある。つまりプリニウスの方法を、近代とはかけはなれた古代人の方法を、自分のものにしはじめているということです。以来、澁澤さんはむしろ自由になってゆくんじゃないでしょうか。

僕の『澁澤龍彦考』のなかでいろいろな側面からアプローチしていることだけれども、澁澤龍彦という作家は変貌していったわけです。彼の場合、だいたいどんなときでも「私」を主語にして書くという特徴があって、論文のように客観的に書くということはめったになかった。ほとんどのエッセーに「私」が出てくる。その「私」というものが、変貌というよりはひろがってゆく、生長してゆくきっかけとして、『胡桃の中の世界』によるプリニウスの発見は大きかったと思う。

物語の方法──『ねむり姫』ほか

『胡桃の中の世界』以後、澁澤さんの作品の下敷きになる本はどんどんふえ、また自由自在に用いられていきます。場合に応じていろんなものを組みあわせてコラージュするという方法。なによりも晩年の小説が、そういう方法にもとづいているという側面を忘れてはいけないでしょう。

これについては、ひとつには澁澤さん自身が創作メモをのこしている。わりとマメにそういうことをやっていたようです。かなり早くから、下敷きに使うべき本のリストがメモされていて、それを松山さんがエネルギッシュに比較対照することをつづけたので、ある程度は事情がわかってきた。

たとえば「ねむり姫」は、同名の短篇集のなかでも冒頭に位置する重要な作品ですけれども、その創作メモのなかに、ジャン・ロラン云々というのが出てくる。「無残にも犬に食われ、ジャン・ロラン本文にもどる」と記されていたりするんです。そうやって明らかに意図的に、マックス・エルンストよろしく既成のものをコラージュして作品をつくろうとしていたことが、創作メモを見ればわかるようになっています。

もうひとつの例として「狐媚記」を挙げましょう。これはジャン・ロランの「マンドラゴラ」をほぼ引きうつしたもので、そのあとに七百字つけたすことで、作品がよくなっている——と松山さんは評したわけですね。ところが創作メモに、巖谷小波・巖谷榮二の『大語園』という書名があったので調べてみると、最後の七百字も澁澤さんの創作ではなくて、『大語園』に収録されている「温突《オンドル》夜話」にもとづいていたと。一方は朝鮮の説話みたいなもので作者がいない、他方はジャン・ロランの近代小説。けれども澁澤さんにとって、その間の差はあまりないんじゃないか。なにしろ「近代の通弊」を免れている人だから（笑）。

そういうわけで、澁澤さんの頭のなかには無数の原典があり、平出隆さんが編集者時代に『ねむり姫』を担当したときのことを語っているけれども、徐々に作品が熟成されてゆく過程を見ていると、ムササビのように書棚から書棚へ飛びうつっては、いろいろと仕込んでいたという（笑）。その仕込むというのは、同時に記憶を確認してまわっているわけでしょうけれど、そのありさまは澁澤さんの家にある何百何千という原典が、たがいに結びついてくるのを待っているような具合だったと。端的にイメージ化すれば、そういうことになるでしょう。

他方そんなコラージュ式の結合によって、澁澤さんは彼の「私」そのものをつくっていた、という観点も必要になってくるはずです。

おもしろいことに澁澤さんは、『ドラコニア綺譚集』の「箱の中の虫について」のなかで、「小説なんか書かない。おれは人間関係というものが大きらいだから、小説にはぜんぜん向かないタイプなんだよ」とかなんとか、作中の「私」にいわせていました。ところで小説というのは、彼にとってはそれこそ「近代の通弊」の産物で、近代人の心理とか人間関係というものに興味のない人間にとってはとうてい書く気になれないもの、ということになる。それで『唐草物語』から『ねむり姫』に移るときに、「コント」という言葉をさかんに使っている。コントというのは物語や昔話みたいなものであって、近代小説の部類じゃない。つまりノヴェルとかロマンとか、そういうものに向う意識がほとんどなかったわけです。

それよりもずっと前に澁澤さんは、自分自身の心理とか、独自の体験とかをいっさい書かないという方針を立てたと称している。実際には書くんですけれども(笑)。そういう立場表明をしている以上、たいていの場合に「私」は出てくるけれども、その「私」は観念的なもので、典拠にする無数の書物によって代替できるということになる。

そうすると彼の顔というのが——僕は前にも書いたことがあるけれども——ちょうどアルチンボルドの絵みたいになってくるわけです。つまり顔があるとすれば、アルチンボルドの「組みあわされた顔」。人体とか植物とか器物とか、すでにある物をいくつも組みあわせてそれがひとつの顔になっているような、ああいう不気味な頭部というものを、ひとつイメージできるような気がします。

といっても、それだけじゃありません。すでに存在しているさまざまな書物、あるいは思想だの観念だのを組みあわせて、自分の顔をととのえている超ディレッタントみたいなイメージをもたれるきらいがあるけれども、澁澤さんの場合、その組みあわせが一定していない、たえず流動しているという印象がつきまとう。つまりアルチンボルドみたいに秩序立って組みあわさっているのではなく、いつも運動している、動きまわっている……そういう集合的な「私」というものを考えてみるといいかもしれません。

いってみればマックス・エルンストのコラージュ・ロマン『百頭女』みたいな――これは百の顔をもつ女という意味ですが、澁澤さんのほうは「百頭男」かもしれない（笑）。百の顔をもつ作家。フランス語で百はcent（サン）といいますが、これは英語のwithoutを意味するsansと発音がおなじですから、百の顔をもつ作家＝顔のない作家。一定の顔がないから逆にどんな顔も自分のなかに集合的に受けいれられるような、そういう作家像を思いうかべてもいいでしょう。アルチンボルド的に固定されたものではない、エルンストに見るような変幻自在の顔というふうに考えたほうが、澁澤さんの実状に近いような気がする。

そういう顔がいったいどんなふうに形成されてきたのか。一般に他人の書いたものをそのまま使ってしまうというと、もし自分がやったらどうなるかということを、評論家とか作家とかは考えるかもしれませんね。そうすると、どうしてもうしろめたさとか罪の意識とかが問題にされたり、道義的にゆるさないという人が出てきたりする。たとえば出口裕弘氏みたいに（笑）。

ところが、そうじゃない作家というのもいるわけで、澁澤さんがそのひとりです（笑）。集合的な何かを受けいれることのできる「澁澤龍彦」という器のような、百の顔をもつ「私」のような作家主体ですね。

アンソロジー的な自我

ひとことでいうと、ヽヽヽヽヽヽヽヽヽヽアンソロジー的な自我。アンソロジー＝さまざまな作家・作品の集合体としての自我。そういうものがあるのではないか。

それがいつごろから形成されてきたのかということを僕は調べてみたんですが、高校時代はさておくとして、大学の卒業論文のあたりからもうあらわれています。澁澤さんの卒業論文「サドの現代性」は公表できない資料ですけれども、僕がざっと眺めたところでは、サドを論じているというよりも、サドについて語っているさまざまなテクストをアンソロジー的に集合させた論文です。その背後に見えるのは、知られざる文学の系譜を明らかにしたいくつかの書物、なかでもいちばん大きいのがアンドレ・ブルトンの『黒いユーモア選集』というアンソロジーでした。ブルトンのいうオーソドックスではないヘテロドックスの系譜、黒いユーモアの系譜というものを、大学生なりにすこしずつ消化しながら卒業論文のなかに展開しているわけです。

それとおなじころからですけれども、澁澤さんは積極的に翻訳をはじめています。この翻訳という一領域が、彼の創作と密接につながっている。というよりは連続しているんですね。顔がない、あるいは百の顔をもつ作家、現代においてはめずらしいタイプの自我をそなえた、それゆえにこそ新しいとさえいえるような作家・澁澤龍彥を語る場合に、翻訳と創作とが連続しているということは見のがせない点だと思います。

もちろん澁澤さん自身、昔からそういうアンソロジー的な傾向を自覚していた。博物誌というのも一種のアンソロジーですからね。つまり、幼時から博物を好む傾向があったと自分で語っているけれども、大学時代に彼が書くことをなりわいとする方針を立てたときに、アンドレ・ブルトンの『黒いユーモア選集』がきっかけを提供したことはまずまちがいありません。

『翻訳全集』の第6巻の月報で中条省平氏と対談したときにもいいましたけれど、いまプレイヤード版で出ているアンドレ・ブルトン全集の『黒いユーモア選集』の項には、ブルトンが書いた個々の序文だけじゃなくて、なんと四十数名の収録作家のテクストもそっくり収められている。全集のなかに、スウィフトとかサドとかフーリエとか、そういう他の作家の文章が入ってしまっていることに驚いたと中条氏はいうんですが、これもべつだん奇妙なことではない。

アンドレ・ブルトンというのは、澁澤さんとは多少とも違うレヴェルですけれども、過去のさまざまな作家に、自分の「私」を通じて語らせることができた稀有の人物なんです。だからアンソロジーを編むこと自体がブルトンの創造行為である。どの作家の、どういう作品の、どこを引用したかということのすべてにブルトンの刻印があるために、序文だけではなくて、カフカならカフカ、リラダンならリラダンの文章をも、ブルトン全集に収録せざるをえない、という事情が生じてしまう。澁澤さんは、そんなブルトンの資質に早くも共振していたわけです。

そういう意味でブルトンの著作というのも一種の大アンソロジーですが、方法的には澁澤さんとは異なるところがある。近代なるもののアンソロジーといってもいい広大な器をひらいている作家というふうに、ブルトンをとらえることができるくらいなんで、つまりブルトンは、二十世紀最大の「選ぶ人」。発見し選別する人。『黒いユーモア選集』を軸とするシュルレアリスムによって書きかえられた文学史を、ブルトンがひとりで体現しているし、美術史の領域では、『シュルレアリスムと絵画』から『魔術的芸術』にいたる読みかえと再編を、ブルトン自身がまた体現している。

澁澤さんはそこまで行きませんが、アンソロジーとして自分のなかにストックしていったものについては、ブルトン経由のものが圧倒的に多いわけです。たとえばペトリュス・ボレルとかグザヴィエ・フォルヌレとか、ああいう小ロマン派の作家たちにしても、ブルトンがとりあげるまではほとんど問題にされなかった人々なんで、それがブルトン経由で、澁澤さんにとっては自明の理であるかのように自分のなかに蓄積されていった。

ブルトンは発見者・選別者だけれども、澁澤さんのほうは再発見者・再選別者、つまり、事後の編集人なんですね。そのようにして澁澤さん特有の、アンソロジーとしての自我というものが徐々に膨張してゆく。

『黒いユーモア選集』以後、どういう本を澁澤さんが買いあつめていたかということも、ある程度わかっています。それは手帖に注文した本の題名のメモがあったりするのと、僕は小町の家の時代に澁澤さんの家の蔵書を見て、そのときに感じたことを憶えているんですけれども、実際、ほかにもアンソロジー的な本がずいぶん目につきました。ピエール・カステックスの『フランス幻想短篇アンソロジー』をはじめとして、『エロティック文学のパノラマ』とか、ロベール・カンテルの『オカルティズム文学アンソロジー』とか。シュルレアリスムとアンドレ・ブルトンその人の影響もあって、一九五〇年代のフランスではそういう本がはやっていましたから。澁澤さんがブルトンではなく、ホルヘ・ルイス・ボルヘスのようなもっと自分の気質に合うアンソロジストと出会ったのは、ずっとあとになってからなんですね。

まあそういった本を、若き日の澁澤龍彦はひとつひとつ読みながら、どんどん自分の領域をひろげていった。しかもその場合に、長篇はあまり読まない。アンソロジーは短篇の集合であるということが重要で、コント集なんです。あるいは断片集でもある。長篇の場合には、そのなかの一部分、つまり断片がアンソロジーに抄出されるわけですから。

翻訳から創作へ

そうすると、コント的なるものが彼のなかに住みついたのは、学生時代以来と考えていいでしょう。白水社や第三書房にフランスの原書を注文して、それが届く。わくわくしながらそれらを読んでゆくにつれて、自分の器をひろげていったわけです。その過程を追ってみると、僕も共感できるところがある。それは僕自身ある程度やってきたことですから。

その間の手帖メモを見ますと、彼はかなり早くから「フランス綺譚選集」といったたぐいの題名を書きのこしています。『翻訳全集』の第4巻に入っているフランス短篇集『列車〇八一』の項の解題に、その過程をちょっと示しておきましたが、つまり、長いこと自分なりのアンソロジーを編みたいと思っていたらしくて、幾度かその私案をメモしている。それを出版社に持ちこんだこともあったようですが、なかなか実現しないでいるうちに、青柳瑞穂との共訳というかたちで、あの短篇集の注文が来た。共訳ではあったけれども、巻末の解説は澁澤さんひとりが書いていて、これは完全に澁澤龍彦による系譜の提起になっている。アンソロジーというのはだいたい系譜をともないますね。系譜にそって集めて、位置づけをするわけですから。とにかく澁澤さんの翻訳によるアンソロジーの第一作でした、あの本は。

翻訳の作業と創作とが、どう関係していたかについても、いろんなことがいえるでしょう。たとえばジャン・コクトーの『大胯びらき』。あれはかなりストイックに、原文を忠実に日本語に移そうとしている翻訳なんだけれども、澁澤さんはその場合に、わりと語順を入れかえるようなことをしています。不馴れな翻訳者がやるような原文べったりの翻訳口調ではない、かなりこなれた文体になっている。コクトーの特徴を彼なりにとらえて、それをくっきりあらわしているいい翻訳です。前の年に出た別の訳者（山川篤）のものとくらべてみると、澁澤さんのコクトー観というか、コクトーの原文への密着ぶりがよくわかります。

同時期に翻訳の習作をたくさんやっていて、いろいろな草稿がのこされてもいます。たとえばコクトーの詩やイヴァン・ゴルの戯曲を訳してみたり、「黒いユーモア」系のコントをいくつか訳してみたり、そういうのも今回の『翻訳全集』では、完成度のあるていど高いものにかぎって別巻に収録することになるんですが。『列車〇八一』に収録されているようなコントの翻訳草稿では、筆跡である程度わかりますけれど、かなり初期の、コクトーの『大胯びらき』とおなじころかな、と思われるものがありました。

そのひとつがアルフォンス・アレの「奇妙な死」（『怪奇小説傑作集4』所収）。これはこんど見つかった訳稿を読んで、おもしろいことに気がついた。かなり初期に翻訳していて、あとから二度ほど手を入れています。その間に、澁澤さんは「錬金術的コント」という創作を発表している。これは雑誌「アルビレオ」に発表されたのが没後に発掘されて、『エピクロスの肋骨』という初期小説集に収められているものです。

それを読むと、まったくといっていいほど、いわゆる「剽窃」なんですね。前説と後説みたいな文章が配されていて、そこに錬金術の薀蓄めいたことが加えられているわけですが、語られている筋書自体は「奇妙な死」そのまんま。フランスの港町ル・アーブルの酒場が東京の銀座に変えられていたり、舞台がノルウェーのベルゲンに移ると、それが三浦半島の葉山になったりしている（笑）。そこだけ違っていて、筋書はそっくり利用してしまっている。

興味ぶかいことに、彼はその「奇妙な死」を、あとで自分で翻訳して発表してもいるわけです。どうせバレないだろうからと思って剽窃した、というようなレヴェルの見方では推しはかれない行動ですね。いわゆる「剽窃」をして、それがすでに活字になっているのに、本人がまた平然と原典を翻訳しちゃうんだから（笑）。そうするとこれは、彼にはいわゆる「剽窃」の意識がなかったということを証しているのではないか、とさえ思えるんです。

「錬金術的コント」はおそらく、「奇妙な死」の翻訳に徐々に手を入れている、ちょうどそのあいだに派生した作品という感じがある。翻訳しているうちに、原作はこうなっているけれども、むしろこう書いたほうがいいんじゃないか、俺ならこうやるぞ（笑）、という事態がおこるわけですよ。これは翻訳者ならときどき味わうことですが、でも澁澤さんの場合は、とくにそういう傾向が強かったんじゃないか。とにかくちょっとそこに別の言葉を入れてみたくなったりする。そういうふうにして、翻訳がだんだん自分の文章に変ってゆく。

だから翻訳から創作へと連続しているという経緯が、実際に彼の原稿の推敲過程をたどることによって、僕にはなんとなくわかるような感じがします。それは「感じ」であって、過程を細かく実証できる性質のことじゃありませんけれども。

そうすると、物を書く「私」と他者との関係がふつうとは違ってきますね。「私」というものに他者がとりこまれてゆく……これはふつうにはありえないからといって、絶対にないことだとはいえない。どこか病的だといえなくもなさそうだけれど、それはさっきの剽窃とか盗作とかいう言葉が法律的であるように、病的といえば医学的な話になってしまい、文学の言葉じゃありません。

『翻訳全集』の場合についても、いちおう本流と考えてよいサドの作品については、松山俊太郎さんがやってくださるんで、僕はちょっと外れたものを調べる機会が多いわけですが、原文と読みくらべてみると、いろいろなことが感じとれてきます。これも実証できるかどうかわからないから「感じとれて」というんですけれども、たとえばコクトーの場合、『大胯びらき』のときには一貫してアフォリズムへの傾きをもった、かなりストイックな、澁澤さんにしては原文に密着した翻訳をしていました。ところが、それがおわったとたんに訳しはじめた『ポトマック』になると、かなり自由なやりかたに変っている。

たとえば、直訳すると「分析から漏れてしまう Elles échappent à l'analyse」という原文を、澁澤さんがどう訳しているかというと、「下手に分析しようったって、そうは問屋がおろしません」(笑)。たしかに非常にこなれてはいるわけです。これはひとつの例であって、いつもそうだというのではありませんが、まあ、一種の創作の芽ばえでしょう。意味はだいたい合っている。でも一般の翻訳者だったら、ここまで大胆にはやらないだろうという気がする。戦前の堀口大學とか、澁澤さんも影響をうけているよき時代の名翻訳家たちにはあったことでしょうけれども。

「そうは問屋がおろしません」式のことは、澁澤さんの気質や性向とも関連があります。ひとつは紋切型、成句的な表現が非常に好きだということで、原文が特殊な表現になっている場合でも、日本語ではよりこなれた、それこそ日本語らしい言いまわしに訳してしまうという傾向。これはエッセーや小説でもおなじで、成句や紋切型の表現が多いんですね。すでにきまっている言い方、たとえば「わらわらと集まってくる」とか、言いまわしのパターンを重んじる。そのパターンを彼は熟知しているし、さらにその種のパターンをアンソロジー化すること自体が、彼の作家としての自我と関係しているわけです。だから、すでにあるようなパターンの集合体みたいなかたちで文章を運んでいったりする。

そこで、勝負はどんな言いまわしを選ぶかになりますから、いってみれば「選択の個性」というマルセル・デュシャン的なものがうかびあがり、それが彼の新しい個性（逆説もふくまれますが）をかたちづくることになる。

それとはまた別に、たとえば「そうは問屋がおろしません」とやったとき、彼は原文を自己化しています。日本語の常套句にあてはめるのが好きだという嗜好の問題だけではなくて、ある程度、澁澤さんは翻訳をしながら、そこから連続して、自分の表現を獲得してゆくという傾向があったにちがいありません。

澁澤さんくらい翻訳が好きだった人はめずらしいかもしれない。ほんとうに翻訳が好きで、翻訳という作業への愛着を語っています。『城と牢獄』(一九八〇年)のなかに「翻訳カメラ説」みたいな話が出てきて、翻訳は好きだから、片手間とは考えない、大切な仕事なんだといっているのは、これも嘘ではない。澁澤さんは自分のことをいうときに、だいたい嘘をつかない人です。

翻訳を一方で自分の天職としているような感覚もあって、でもそれは原文密着型の、いろいろな語彙を歴史的に調べたりする態度には結びつかない。たとえばネルヴァルの「緑色の怪物」(『怪奇小説傑作集4』)なんかでは、翻訳の冒頭からして、ややいいかげんであることがわかるでしょう。つまり、翻訳でもアナクロニズムをやったりする。あれは何百年も前のパリの話なのに、ポリスが出てくると、警官と訳しちゃう。アントナン・アルトーの『ヘリオガバルス』の抄訳でも、古代ローマの話なのに、やはり警官と訳している(笑)。古代ローマに警官というのでは、アナクロニズムの最たるものでしょう。当時の社会史に照らした訳語が求められてしかるべきところを、あえて意識的にこうやってしまっているんじゃないか。そんな場合、原文に密着・従属するという姿勢がない。いわゆる研究をしない。

驚くべきことに松山さんは、澁澤さんが仏仏辞典を使わなかったと断言していますね(笑)。といっても真相はまたわからないし、蔵書にはラルースなんかがありますけれども。まあ原典の出ている国の辞典を使わない翻訳なんて、ふつうには信じがたい。それだとたとえば、言語の成り立ちを見あやまる可能性だってありますからね。彼が愛用していたのは『スタンダード仏和中辞典』なので、そこで語彙を見て、そこから想像をめぐらして、「そうは問屋がおろしません」式の日本語にまで行ってしまうわけだから、これはみごとな職人のわざです。そうだとすると、現在おこなわれているようなかたちでの、研究者による、原文をいろいろ研究したうえでの堅苦しい翻訳とは、かなり違うものになるでしょう。

澁澤龍彦とはどういう作家だったのかを考えてゆくときに、そんなふうに翻訳をしながら、自分の作品へ移行していった過程がいろんな場面で見えてくる。そのことはエッセーや小説にも関係しているわけで、原文を翻訳しながら小説やエッセーに移ってゆくという道筋がある。バルトルシャイティスならバルトルシャイティスの原典を訳読しながら、そのままエッセーを書いていってしまうということですね。

具体的にどういうやりかたをしていたのか再現はできませんけれども、ある場合には体が憶えてしまうんでしょう。自家薬籠中のものにするという言葉があるけれども、まさにその感じ。「私の」プリニウスだけでなく、「私の」バシュラールとか、「私の」バルトルシャイティスとか、「私の」ラプージュとかが自然にできあがってしまって、その線上で書いているうちに、原書とおなじような文章になってしまう。そういうことがありえた。

だから翻訳をしながら、自分の「私」と原文の「私」とが、ふつうの翻訳者よりも自然に結びつきやすい、そういう体質をそなえていたんじゃないか。そのようなことが、こんどの『翻訳全集』が出そろうことで、ある程度わかってくるんじゃないかなと思います。

『フローラ逍遙』と最後の「航海」

　ここでプリニウスに話をもどせば、アンドレ・ブルトン式のアンソロジーを意図的につくるということを、澁澤さんは六〇年代までやっていたけれども、プリニウスと出会うにいたって、自我をある枠組に嵌めこむというよりは、そのままひろげてしまい、森羅万象からその成分を自在に選びとることができる、剽窃だの敷きうつしだの、そういうのとは違うレヴェルでそれができるということの自覚が、徐々に強まっていったのではないか。

　そうこうするうちに、澁澤さんは別の何かにも出会っていると思います。読者のあまり多い著書じゃなさそうだし、雑文集みたいな印象もあるけれども、『記憶の遠近法』（一九七八年）というエッセー集が僕は好きですね。これは題名からして、彼の重要なポイントを暗示しているところがありますが、この本について語った二年後の『太陽王と月の王』のなかの小文で、思いがけない告白をしている。最近、自分は具体的なものに飢餓を感じているという。具体物への感覚の飢餓みたいなことを語っています。

　どうしてそんな飢餓状態におそわれたのか。彼は具体の反対を考えている。抽象ですね。自分というものが抽象的な存在になってしまっているという感覚。それが飢餓とか枯渇とかいう、彼にしては意外な内心を吐露する言葉に結びついてくる。

澁澤さんは内心を吐露しないと決意したように思われてもいるけれど、実際にはいろんなところですこしずつ出しているんです。それがまたかなりあとになって、いちばん最後の本のひとつ『フローラ逍遙』（一九八七年）の「あとがき」でもくりかえされます。

どういうわけか具体物がほしくなってきたという状況が、七〇年代後半に生まれていた。自分にはなんでも観念的・抽象的にものを置きかえてしまう傾向がある。それで花についても、現実の具体的な花がただちに記憶のなかの、あるいは書物のなかの抽象的な花に置きかわってしまう、そういう癒しがたい傾向が自分にはあるようだ、という。

この感覚はある程度わかるような気がします。僕自身、それを早くから逆転させてしまっていますから、物書きとして。あえて具体物の感覚から出発するというのが僕の方法になっていますから、自分流の書き方の旅行記みたいなジャンルを切りひらいてきたわけですけれども、澁澤さんの場合はその反対。これも下敷きを使うということと関連があります。つまり、自分というものを出そうとしても、前例として、具体的な自分よりも観念として、すでにある過去の作品がパックされて出てきてしまう。それら同士をコラージュしたいという欲求が、そもそも自分のなかにあるわけです。

それも癒しがたい作品衝動のひとつであってね。一般にいわれる創作の衝動というのは、自分のかけがえのない体験とか感情とか心理みたいなものから出発する、極端になると私小説のように見えてくるけれども、それが澁澤さんの場合には反対に観念化してゆく。具体的な体験を拠りどころにしなくてもいい唯一無二の自分というものがあって、そこから出発する。すでにできあがっている観念の組みあわせのほうをとってしまう自分というものを見つめて、目を離さないでいるという文章。そういう自分のありかたそのものが晩年のテーマのひとつになっていったこと、これはまちがいないところでしょう。

『うつろ舟』に入っている「魚鱗記」などは、ほかとすこし違うところのある作品ですね。ここではじめから出典が明らかにされていますけれども、たぶんそれは存在しない出典です（笑）。澁澤龍彥の捏造した出典にもとづいている小説。そのことは読んでいるうちに割れてくる感じがあるけれど、松山さんは、さんざん調べてみたけれども出てこないから、出典自体を創作したのだろうといっている。あんなばかばかしいエレキのゲームの設定は、澁澤龍彥でなければ考えつくまいと（笑）。これは松山さんがそういうかたちで愛を表明しているわけですね、澁澤さんに対して。

そのような作品があらわれたこと自体、いろいろな出典の組みあわせで成り立つアルチンボルド的な顔ではない、むしろエルンスト的な百の顔……顔がなくてどんな顔にでもなってしまえるという自己のコラージュの方法を、判じ物ふうに読者に問いかけるというかたちをとりながら、自己省察をも試みているというひとつの例かもしれません。

『フローラ逍遙』の「あとがき」はやはり特徴的でした。『太陽王と月の王』にはっきりと記されていた具体物への飢餓、一方では抽象のほうに行ってしまう自己への反省。澁澤さんという人は、具体と抽象のあいだを揺れうごく体験をかなり切実にくりかえしていた時期があったんだろうと、僕もつきあっているうちに感じていました。いつも過去の前例、紋切型、すでに書かれているものに頼ってしまうという傾向——意識的でもあり、それが新しい方法、自分に合った方法だと自覚していながらも、一方では具体物というものが目の前にちらつきはじめたということでしょう。

その具体物からの呼び声も、だいぶ前にさかのぼって、じつはじめからあったのではないかと思うんですね。「エピクロスの肋骨」を読んだときに直感されることだし、他方『ヨーロッパの乳房』（一九七三年）あたりから、すでにどこかに書かれていることではない、未知の何かと出会ったときの感覚を書きとめるようになっていたという事実を、僕は以前に指摘しています。それで「庭から旅へ」というのが僕の澁澤龍彥論のキャッチフレーズみたいになっているらしいけれども（笑）、これは新聞社が勝手につけたエッセーの題名にすぎないんで、そういう単純なことだと決めつけているわけではありませんが、それでもやはり、旅の体験というのは、具体物との出会いを促した要素ではあるでしょう。

『フローラ逍遙』の「あとがき」では、花なら花というものを論ずるときに、澁澤さんはそれを観念にしてしまいたい——ということは、いわば思考の「紋章学」の実践みたいなもので、花があればその観念を紋章化してしまいたいということですね。その欲求のゆえに、まず具体物から離れてしまうんだと。

ところがあの本は、僕にはほとんど具体物との交流をくりかえしているように見えます。たとえばタンポポというものを彼は愛している。タンポポというのはどんな観念の紋章かといっても、あてはまる前例がほとんどありません。『玩物草紙』の「花」に出てきたタンポポの例にかぎらず、そういう場所で『フローラ逍遥』は書かれているように思えます。もちろんはじめから紋章と化して観念になる花もあれば、そうでない花もあるけれども、なによりも特徴的なのは、あそこに描かれている花々が澁澤さんにとってだいたい身近な存在だということ。端的にいえば、鎌倉の花であり、関東の花であるわけです。つまり自分の生活してきた領域で何度も出会っている花々。

そういえばヨーロッパ旅行のときにも、花のことはあまり書いていないにしても、すこぶる印象的なのは、最初の旅行でスペインへ行って、めずらしく予定外の行動をとっている。セビーリャの裏町を歩いて、パティオのなかに花が咲きみだれているのを見て夢心地になったと。それから別の旅行のときに、ラコストのサドの城をおとずれて、近くの荒れた草地に咲いている黄いろい花々を無心に摘んだとか……そういう感覚は澁澤さんのなかに早くからあった。むしろ僕は、具体物への反応の強かった人だという印象もいだいているくらいです。

かえって最近の多くの日本人のほうが、パターンで選んでいるんじゃないかな。これはナニ風だとか、ナニ系だとか（笑）。そういうのとくらべて澁澤さんは、系列化されていない具体物にいちいち反応している。そして最後の本のひとつである『フローラ逍遥』の本文には、そのことが如実にあらわれているんです。

それなのに「あとがき」のほうでは、またしても「書物のなかで出会ったフローラ、記憶のなかにゆらめくフローラが、現実のそれよりもさらに現実的に感じられる」云々と書いている。だから不思議なんです。『フローラ逍遥』のこの「あとがき」については、あの本の一面のみを説明しているにすぎません。そこに欠落している部分にこそ、澁澤龍彦の最後の位置が示されているのではないか。『高丘親王航海記』というのもじつはそういう部分をふくむ作品で、具体物があらわれようとしてまた消えてゆくような、あえかな、不思議な切なさがある。そこを僕は最後に強調しておきたい。

つまり彼が自称している、自分の書くことはすべて観念的だという言葉は、じつは嘘っぱちなんです（笑）。プリニウスとおなじように嘘っぱちをいっているわけで、じつは彼こそは、具体物というもののパターン化されない、時空へとひろがってゆく微妙な気分を伝えることのできた稀有の文章家だったんじゃないか、とさえ思う。

澁澤さんの晩年の文章には独特のアウラがありますが、澁澤さん自身はそのことを説明していません。いつでも自分のことを説明する構えのあった人ですけれども、それはそのときまでの自分についてであって、未知の自分についてはその後の創作活動を通じて自分で埋めてゆくしかなかった。過去の「私」、既成の「私」ではない何かに向おうとしていたから、あれだけのものを最後に書けたのだろうと思うんですね。

一九九七年五月十八日

III

マッジョーレ湖（イタリア）、イゾラ・ベッラの庭園

没後七年

澁澤龍彦が亡くなったのは、一九八七年八月五日のことである。享年五十九。その一年近く前に下咽頭癌の診断がくだり、入院してまず声帯周辺を除去する手術をうけたので、以来、声を失う運命にあった。それを知って、私はさっそく見舞いに行ったものだが、病室の彼が首からプラスティックの管をぶらさげた姿で、それでもにっこりと微笑みながら、ワラバン紙に大きな丸っこい文字で書きつけた一行を、いまも忘れることができないでいる。

「サイボーグになっちゃった」

なんと客観的な自己観察だろう。といってアイロニーは露ほどもなく、サイボーグどころか明るいゆたかな表情、生き生きとした仕草で、例のとおり、さまざまな事柄に好奇心を示しながら、つぎからつぎへと筆談をくりひろげてゆく。

私は心を打たれた。なかにはふだんあまりお目にかかれないような発言も書きとめられたので、本番の大手術の前に何度か、たのんで持ち帰ってきたメモの束が手もとにある。それをいま読みかえしてみて、ああ、やっぱりそうだったのか、と感じられる数行にぶつかった。

「もううんざり」

これは病状を訴えているのではない。じつは当時までのジャーナリスティックな「あの澁澤龍彦」のイメージに関することだ。彼は六〇年代以来、しばしば黒の貴公子とか、異端教祖とか、大魔王とか、密室の趣味人とか呼ばれつづけてきたことに「もううんざり」し、自分がむしろ変貌する作家であったことをもっと強調してほしい、といっているのである。

「自分ではいつも変っているつもりなんだけどね」

「ところがだれもそれをいってくれない」

ただ、だれも気がつかなかったということではないだろう。彼と親しくつきあってきた人々や、彼の作品をじっくり読みつづけてきた人々にとっては、そのときどきの変貌は自明のことだったかもしれない。それにしても、型にはまった「あの澁澤龍彦」のイメージはあまりにも根強く、八〇年代にはいわゆるオタク読者層にそのまま受けいれられる傾向もあったので、いよいよ不変のものと化してしまいそうにも見えたわけである。

いつも客観的な自己観察家だった澁澤龍彦は、そんなイメージにだいぶ前から嫌気がさしていて、逃げたがっていた——というよりは、すでにそれを捨てている新しい自分を追いもとめていたのではなかろうか。当時から没後にかけて私が彼のことをさかんに書き、『澁澤龍彦考』という本にまとめることになってしまったのも、ひとつにはそうした晩年の筆談に促されてのことだったのである。

——さて、あれからもう七年。

いわゆる澁澤龍彦ブームはつづき、彼の作品はますます広汎な読者を獲得しつつある。現在、東京の池袋西武で催されている「澁澤龍彦展」も、連日たくさんの観客を集めているらしい。ということはつまり、九〇年代のなかばにさしかかったいまでも、「あの澁澤龍彦」像が生きているということだろうか。

かならずしもそうではあるまい。時をへて、読者のメンタリティーも変化しているはずだ。そしてなによりも、河出書房新社から刊行中の『澁澤龍彦全集』が、その変化に大きく寄与しているのではないかと思われる。

この全集は編年体をとり、毎月一巻のペースで出つづけている。これを順々に読んでゆくということは、とりもなおさず、初期から晩年まで、澁澤龍彦の変貌の過程をゆっくり追ってゆくことにほかならない。事実、生前の単行本に再録されなかったエッセーが意外に数多く各巻の補遺の項に収められていたり、それぞれの本をその後どのように書きあらためていったかが解題に紹介されていたりするので、ある時期の彼がどんな「澁澤龍彦」であろうとしていたか、どんなふうに自分を方向づけようとしていたかを、読者はつぶさに読みとってゆけるはずである。

その結果、すでに多くの人々がこう思いはじめているかもしれない。どぎつくいろどられたオタクの神様のような「あの澁澤龍彥」のイメージには「もううんざり」だと。現在進行中の『全集』や展覧会をきっかけに、より自由で柔軟で客観的な、新しい「この、、澁澤龍彥」の全貌が見いだされてゆくことを期待したい。

一九九四年五月一日

澁澤龍彦の書斎

ときどきふと、澁澤龍彦の書斎をなつかしく思うことがある。といっても、没後に篠山紀信の写真などですっかり有名になってしまった、北鎌倉の洋館にいまものこるあの書斎ではない。彼がそれ以前に二十年近く住んでいた小町のほうの、古い借家の二階にあった和室の書斎である。

鎌倉駅からそう遠くない、滑川にかかる東勝寺橋のたもとに、いまにも倒れそうなふぜいで立っている普通の日本家屋だった。むかし青砥藤綱が銭十文をその川におとしたとき、天下の財の喪失を惜しみ、五十文をついやしてそれを探させたという由緒のある橋で、その上から斜めに見あげたところに、くだんの書斎の窓はあった。

私がはじめてそこをおとずれたのは、おそらく一九六六年の初夏のことで、あたりの樹々の緑がさわやかだったのを憶えている。玄関の引戸をがらりとあけると、なかは薄暗い。夏物の白っぽい和服をだらりと着た小柄な主人が「やあ」と迎える。すぐ左手の急な階段をあがると、廊下もなしにすぐ書斎である。二面の窓からも樹々が見わたされ、室内の空気まで緑に染まっているようだった。

書斎といってもここは客間・居間を兼ねた部屋らしい。八畳の奥に書架が林立している。手前の左側には小さめの事務机がふたつあり、一方は主人のもの、他方は当時の夫人のものだとわかる。机の上には原稿用紙の束。その前の壁にも手づくりの本棚が張りだし、目下使用中の本がきちんと整理されてならんでいる。

私がまず意外に思ったのは、そんなふうに書斎と居間兼客間とが連続しており、仕事場をすっかり人目にさらしているということだった。それどころか、畳の上に小さな卓袱台が出ていて、さっそく酒盛がはじまる。主人は終始上機嫌で、ざっくばらんになんでもしゃべる。これから出す予定の著書の話、旨い食べ物の話、好きな相撲とりの話。そのうちに歌になり、夫人と三人で、童謡から軍歌まで、歌謡曲から革命歌まで、ジャンルを問わず夜ふけまで歌いまくる。

もう終電に間にあうどころではなかった。それから蒲団が三つ敷かれたが、横になっても酒盛はつづき、結局つぎの日の午後まで居すわることになった。

★

澁澤龍彦は当時三十八歳。精悍な白皙の好男子だが、眼鏡をとると意外に小さな目がどこか可愛らしく、東京山の手の少年の顔にもどってしまう。パサパサの髪をかきあげ、和服の胸をはだけ、腕をふりまわして叫んだりする。構えたところがなく、なにもかもあけっぴろげで、ちょうどその書斎と同様に、境《さかい》などはじめからないという感じがこころよかった。

まだ学生のぶんざいの私にとって、このありさまは強烈で新鮮だった。作家の書斎というものについて、いわゆる「密室」のイメージをいだいていたせいもあるだろう。それが澁澤龍彥ならばなおさらだ。すでに二年前の『夢の宇宙誌』によって一種の驚異蒐集室（ヴンダーカマー）をつくりあげ、そこに閉じこもる狷介《けんかい》な作家をみずから演じていたような人物だから、めったなことでは他人に見せない、少なくとも扉を閉ざした書斎ぐらいは構えていそうに思われたのである。

けれども当の書斎は客間も居間も寝室も兼ねており、訪問者になにひとつ隠すところがない。彼が身辺にどんなものを置き、どんなものを読んでいるのか、いや、いまどんなものを書いているのかまで、すべて目に見えてしまう。それどころか彼ひとりのための書斎ですらなく、夫人もまた机をならべて仕事をするようになっている――。

もちろん当時の住宅事情ということもあったろう。澁澤龍彥は若いころに苦労していたし、しかも筆一本で食ってゆく道を選んできた人だから、独立した書斎のない生活など当り前だったともいえる。それにしてもなお、どこもかしこも開かれていて、訪問者ばかりか浮世の風も平然と呼び入れてしまうこの書斎の心地よさは、若い私を大いに感動させ、その後の澁澤龍彥像にもいくぶん重なって見えつづけたものである。

ところでこの一九六六年というのは、前年に出てかなり売れた光文社カッパブックスの『快楽主義の哲学』などによって、澁澤龍彥の生活が多少ともうるおい、新しい家の建造がはじめられた年でもある。その家は八月に完成した。私は新居披露の会にも招ばれて行き、建主の思いどおりにできあがったらしいその内部を、隅から隅まで見せてもらうという好運を得た。

作家の書斎の様子がその仕事に反映して、ときには作品の比喩にもなりうるといった観点からすれば、この北鎌倉の山の中腹に立つ瀟洒な洋館の構造には興味ぶかいものがある。ただ、先にもふれたとおりその書斎はあまりにも有名になり、写真のイメージとしてひとり歩きをはじめているようでもあるので、あらためて紹介するにはおよばないだろう。

★

ちょうどいま催されている澁澤龍彥展の会場にも、その書斎が「再現」されているのだそうである。一九八七年の死の前後から、いわゆるオタク世代以後の読者層にもてはやされてきた澁澤龍彥の作家像は、流行の「顔文一致」どころか、書斎のイメージによって代替されるようになった。万巻の書にかこまれ、好みの絵やオブジェだけが飾られている驚異の密室。それをそれらしくコピーした会場のなかへ、こんどはファンたちが入りこみ、まるで理想の鏡の部屋かなにかのように、各人の夢の世界を映し見られるという仕組である。

それはそれでいい。澁澤龍彥はいつもある程度まで戦術的に、表向きの「あの澁澤龍彥」像をサーヴィスしてきた作家なのだから、書斎もまたすでに括弧つきのものになっていたとしてもさほどおかしくはない。

だがここにひとつだけふれておきたいことがある。この新居の十畳ほどの洋室の書斎自体、幅一間の広い開口部によって、居間兼客間と連続しているということである。

私は前述の新居披露の会の折にはじめてそこへ通されて、ああ、やっぱり澁澤さんだな、と思ったものだった。書斎をけっして密室にはしない旧宅の気分がそこにもちゃんと生きていた。ついでにいえば、反対側にももうひとつ広い開口部があって、庭のさわやかな緑を室内まで呼びこめるようになっていたのである。

一九九四年五月八日

城について

ルートヴィヒ二世のノイシュヴァンシュタイン城、郵便屋シュヴァルの理想宮殿、プーリアのカステル・デル・モンテ、織田信長の安土城、サド侯爵のラコスト城――等々。

澁澤龍彥は城を好んだ。生来のカステロフィリア（城砦嗜好）につきうごかされて、各地の城に遊び、『城』（一九八一年）と題する紀行書さえものしているほどである。その副題にあったように、城は彼にとって「夢想と現実のモニュメント」と呼ぶべきものだった。

夢想と現実のあわいにそそりたつことのできる実在の城ばかりではない。城という言葉には象徴的な意味あいもふくまれるだろう。澁澤龍彥にとって、たとえば書斎もまた一種の城であったように思われる。城にたてこもるという構図こそ彼にふさわしい、と見えた時期は長かった。たてこもるという以上は、その外部も意識されているわけである。城について語るとき、彼はしばしば内と外との関係に留意しようとした。

そんな発想の源には、いうまでもなくサドがかかわっている。サドこそは城のなかの文学者だ。生涯の前半を城ですごし、後半は牢獄ですごしたが、この牢獄というのがまた城とほぼ同義のものになる。澁澤龍彦が好んで引用するつぎのジャン・フェリーの文章には、牢獄がじつは城であることについて、またその内と外との関係について、示唆するところの多いエピソードが語られている。

「獄中のサド侯爵は、仕事の邪魔をされたくなかったので、独房の扉がぴったり閉まっているかどうかを確かめに行った。扉は外部から二重の閂《かんぬき》で閉ざされていた。侯爵はさらに内部から、典獄の好意で取りつけてもらった掛金を下ろすと、さて安心して机の前にもどってきて坐り、ふたたび筆をとりだした。」(『城と牢獄』)

サドの翻訳者・研究者として出発し、あの奇妙な裁判にまきこまれていた一九六〇年代の澁澤龍彦が、少なくともある一時期、このような気分を共有していただろうことは想像にかたくない。外界をひとまずシャットアウトすること。外部から二重の鍵で閉ざされていた密室に、さらに内部から鍵をかけてしまえば、そこはすでに一牢獄ではなく、城に等しいものとなるだろう。

そのとき城は博物誌的な小世界へと生長しはじめる。不可思議なもの、偏倚なもの、異端的なものたちが、それぞれ所を得て配置されているヴンダーカマー(驚異蒐集室)のような空間が、一九六〇年代の澁澤龍彦の著作のうちに公然と現出することになる。『黒魔術の手帖』や『毒薬の手帖』や『秘密結社の手帖』、そしてとくに『夢の宇宙誌』や『幻想の画廊から』といった書物には、ひとりの城主のコレクション・リストめいた趣がなくもなかった。

そのころに建てられた北鎌倉の家の書斎を見ると、中央奥には大きめの仕事机がこちら向きに置かれ、四方はほぼ、天井までの木製の書棚にとりかこまれている。蔵書はきちんと整理され、人形や地球儀のようなオブジェたちもまた、つねにきまった場所に配置されていた。どこにどんなものがあるのか、城主にはすべてわかっているような按配だった。

けれども、これが肝心なことなのだが、そこはかならずしも密室ではなかった。仕事机の左手前方、つまり東南側には幅一間ほどの開口部があって、城主の椅子からはいつも外部が見えるようになっていた。その戸口の外は庭だ。書斎からそのまま下駄ばきで出られる。小さな庭だが、崖の中腹にあるので見はらしがいい。

しかもそこには草木が繁茂している。タンポポやツクシやシャガやアヤメやアジサイが自生し、無秩序なままに放置されている。つまり彼の城でもあったのだろうこの書斎は、野生の外界へと連続していたのである。

城というものにはしばしばユートピアの観念がつきまとう。サドの文学がまさにそうだったわけだが、澁澤龍彦自身はというと、やがてそのユートピアから遠ざかっていったのは当然の成行かもしれない。彼はすみずみまで構築しつくされている城よりも、乱れさわぐ無定型な自然のほうに身をまかせようとしはじめた。

高丘親王は城を離れた貴人である。彼は書くことを旅に変えた。広州の港を発ち、南方のさまざまな国さまざまな城をへめぐるのだが、けっして一箇所にとどまろうとはしない。あちこちで生起する不思議な出来事に観客として立ちあう悦びのほうを選ぶ。オルシーニ家のブラッチャーノ城、姫路の白鷺城、そして雲南の南詔王の城……どれもみな観念の構造体であるよりは、旅人の目の前にあらわれては消える「幻の城」のようなものである。

澁澤龍彦が実際に経めぐった数多くの城のうちでも、もっとも心ひかれていたのはサドのラコスト城と、信長の安土城であったらしく思える。じつはそのどちらもが、城というよりは城址であり、廃墟であったことはいかにも興味ぶかい。

安土城の石垣の上から琵琶湖の水面を見はるかし、ラコスト城の外で野の花を無心に摘んでいる澁澤龍彦の姿は、信長やサド以上に、高丘親王その人の面影をすでにそなえていたにちがいない。

一九九六年四月十七日

四冊のノート『滞欧日記』の発見

四冊のノートの存在はだいぶ前から知っていた。澁澤さんがその生涯で四度にわたったヨーロッパ旅行のあいだに、毎日、かなり克明な日記をつけ、見聞や感想を書き記していたということは、本人の口からも聞いていたからである。

旅のあいだにくわしいメモをとるというだけなら、私自身もよくやっていることなので、正直のところ、はじめはさほど興味をひかれたわけではなかった。けれども、一九八七年八月五日に澁澤さんが亡くなって、その一年後に『澁澤龍彦　夢の博物館』という本が出たとき、そこに「滞欧日記」と題されたそれらのノートの一部分が紹介されているのを見るにおよんで、これはすごい、おもしろそうだ、と思ったものである。

その後、四冊のノートのコピーが、河出書房新社から送られてきた。じつは同社がその全篇の出版を計画し、龍子夫人もそれを望んでいるので、近く出はじめる『澁澤龍彦全集』の編集委員のひとりであるこの私に、目を通してみてほしいということだった。私はさっそく読みはじめた。するとはたして、じつにおもしろい。なるほど出版にあたいするものにちがいない、とすぐに感じた。

もちろんこれはプライヴェートな手記に類する。発表を予定していたものだとは思えない。もしも澁澤さんが存命中の話なら、まず出版を承諾するようなことはなかっただろう。だがそこには、プライヴェートな手記にふつう予想されるものとはかなり違う、不思議に客観的なところ、完成品に近いところが見えたのである。

不思議に客観的で、こなれていて、まさか人目を意識していたわけではないにしても、不明瞭なところや秘密めいたところがほとんどなく、これなら一種の作品として読むこともできるし、また読まれてしかるべきものだろう、と思ったわけである。

そもそも書体からして、あの独特の丸っこい字で、濃い鉛筆を用い、筆勢つよく、くっきりと記されている。走り書きの箇所などはどこにもない。そして文体も、この種のものによくある省略や名詞どめが少なく、句読点もしっかり打たれ、筋道が通り、歯切れがよく、いわゆる文章らしい文章になっている。

要するに、私たちがすでに書物のなかで読みなれてきた、あの澁澤龍彦のエッセーの文体にかなり近いものなのである。

四回の旅行すべてに同行した龍子夫人によると、澁澤さんはいつもホテルの部屋にノートを置いて出かけ、一日の旅程を終えてそこへもどってきてから、やおらそれをひらいて書きはじめたものだという。

走り書きの箇所や不明瞭な表現がないのはそのためでもあろう。一日の見聞や感想はすでに彼のなかである程度こなれており、くっきりとした観念やイメージのかたちに置きかわっていたから、言葉が文章に成長する以前の、もやもや・ぐにゃぐにゃの幼虫めいた感じや、なまなましい感じ、とりみだした感じがほとんどのこらないわけである。

いや、それはそのようにして書かれていたからばかりではないな、とも思われた。じつは澁澤龍彦とは、ほとんどいつもそういう書き方をしていた作家であり、たとえばどんな未知のものに出会っても、たちまち既知の観念への還元がおこなわれてしまうといったような、いわば「デジャ－ヴュ」（既視感）の装置をそなえている作家なのではあるまいか――などと、しばしば私は考えていたからでもあった。

ところがさらに注意ぶかく読んでみると、この旅行者にも、かならずしも持ち前の「デジャ－ヴュ」の装置がはたらかなくなるような、未知のものとの遭遇や、目の驚きや、感覚の昂揚や、詩的な昇華、などの起っていることがわかってきた。

すなわち、いつも予定していたとおりに動こうとし、前々から知っていたことの「確認」に走ろうとするシステムが、ときには作動しなくなって、思いがけない「発見」を促したり、未知の魅惑を開示したりする場面も、これらの旅日記には読みとれたということである。

ふたたび龍子夫人によると、たしかにどの旅行の折にも、観光の予定はすべて澁澤さんが立て、下調べもまたきちんとなされたという。もともと極度に「旅慣れない」部類のいわゆる書斎派であったし、見知らぬ人と話したり人波に捲きこまれたりすることが嫌いなたちだったから、はじめのうちはただ予定どおりに、タクシーで美術館へ行って目あての絵を鑑賞してから、またタクシーでホテルにもどってくるといった傾向が強かった。つまり、いかにも日本人観光客らしい旅行者だった、というべきかもしれない。

ところが、やがて旅のしかたも変ってきたようだ。いろいろと偶然の出来事が起ったり、思いもよらぬ場所へ行ってしまったり、知らない外国人と対話する機会があったりするうちに、澁澤さんはしだいに歩きまわることに慣れ、ヨーロッパの町に溶けこみ、つまり、「旅」そのものを生きるようになっていった。じつはそういう体験があったからこそ、澁澤さんもその後には「旅」を好むようになり、さまざまな「発見」にめぐまれるようになったのだ、という見方もできるだろう。

生涯の最後の作品となった『高丘親王航海記』（一九八七年）に見られるような空想の「旅」のイメージも、すでにこの四冊のノートのなかに芽ばえているのかもしれない。それどころか、後半生の書物のモティーフの多くが、ここに見いだされるのかもしれない。

そういう「鍵」をひそませているという側面が、たしかに『滞欧日記』にはある。そして、だからこそ私は、この本の出版に賛成し、編集と校閲を引きうけることにしたのである。

もうひとつ、当然のことながら、これらの旅行の体験を直接の素材として、のちに多くの紀行文や美術エッセーが書かれているということも、ここに指摘しておかなければならない。

とくに最初の旅行のあとでまとめられた、『ヨーロッパの乳房』（一九七三年——いまは文庫でも読めるが、収録作品は多少ことなっている）という本は注目にあたいする。そこに収められている紀行文のいくつかには、『滞欧日記』（もともとこの題名は最初の旅行のノートの冒頭に記されていたものである）の記述とほとんど変らないくだりが出てくるからである。

どうやら澁澤さんは、この自筆の旅のノートをいちいち参照しながら、これらのエッセーを書いていたとおぼしい。逆にいえば、この旅のノートはすでにエッセーの原形に近いものになっていた、と見てもよいだろう。

★

そんなわけで、本書『滞欧日記』中の一九七〇年の部と、『ヨーロッパの乳房』との関係はかなり緊密である。しかも部分的には、後者は前者のまとめになっており、事後の解説の役をはたしている——そういっていえなくもないほどである。

たとえば『ヨーロッパの乳房』の随所にあらわれるバロック芸術についての見方の変化などは、明らかに最初の旅行のあいだに起りはじめたことであり、『滞欧日記』の日々の記述を基礎にしているように思われる。

もとより澁澤さんはバロック芸術に強い関心があったばかりか、ある側面には通暁していて、著書のあちこちにそれへの愛着を書き示していた。そういうわけだから、最初のヨーロッパ旅行でもそれを集中的に見てまわり、「確認」をはたそうとしていた気味がある。

ところが、印象はだいぶ違っていた。むしろバロックの洪水に少なからずげんなりして、徐々に好みの方向を変えていったように見えるのだ。

一九七〇年のこの旅行の際、澁澤さんは北のアムステルダムから入り、プラハ、ウィーン、ミュンヘンなど、いくつかの都市をまわってパリにしばらく逗留したあと、南へくだってスペインをさまよっている。これは一例にすぎないが、アンダルシーア地方は予想以上に気にいったようだ。グラナダではホテルがとれなかったので、タクシーでまったく予定外の町ランハローンにつれてゆかれ、思いがけない貴重な体験をしたくだりなどはとくに興味ぶかい。

もっとも、ここではバロックのことを引きあいに出しているわけだから、とくに庭園のスタイルについて語るにとどめておこう。澁澤さんはこのグラナダで、すでにうんざりしはじめていた北方のバロック宮殿の庭園とはまったく違うタイプの、アラブ－イスラーム式庭園とはじめて出会っている。アランブラ（アルハンブラ）宮殿とそれに隣接するヘネラリーフェ離宮を見た日の記述には、短いながらも心を打つものがある。彼はヘネラリーフェに生いしげり乱れ咲いている植物の名を列挙し、さらに水流や列柱にふれ、「小生の好きなものばかり」という一句を記している。

そればかりではなかった。セビーリャやコルドバの町なかで見たパティオ（イスラーム建築の影響下にスペインに定着した中庭）の、中央に泉や噴水があり、植木鉢がところせましと飾られ、花々が馨わしく咲きみだれている光景に、心をとらえられることも多かった。『ヨーロッパの乳房』のなかでは、「私はスペイン滞在中、町の人が午睡《シエスタ》を楽しんでいる頃、このひっそりした民家のパティオをのぞいて歩きながら、ひとり陶然たる気分を味わっていた」と書かれている。

この点はすでに別のところで述べた（本書中の「庭園について」）のでくわしくはふれないが、澁澤さんは最初の旅行中、ひょっとするとこのあたりで、ほかならぬ「南」を「発見」したのかもしれないな、と思われてくるのである。

少なくとも彼の「発見」したもののひとつに、南欧の自然——とくに植物と水、そして風——があったことはまちがいない、といってよいのではなかろうか。

ここで話をまたバロックにもどせば、もちろんバロック様式の城や宮殿の庭園にも、そうした自然がとりいれられていることはある。だがそれは多くの場合、幾何学図形のように刈りこまれた整然たる並木であったり、直線的に掘られ左右対称に配置された水路であったり、ひろびろとした平面の上の無風の花園であったりする。つまりユートピア都市の雛形にも似たすこぶる人工的な自然なのだ。もともと書斎のユートピストを自認し、一九六〇年代には『夢の宇宙誌』（一九六四年）というユートピア的な書物を書いていた澁澤さんは、この旅行中、そのような人工的空間の「確認」に飽きたあげくに、南の乱れさわぐ自然とめぐりあったのである。

いうまでもなく、その後もバロックが嫌いになったわけではなかった。より強度のバロックを求めて旅をつづけ、各地で「廃園」の美に出会ったりすることにもなるのだが、とにかく、一方ではスペインのパティオのようなところに、「地上の楽園」(同前)のイメージを託しはじめていたというのは興味ぶかいことである。

ところでこれは肝心のことなのだが、ユートピアと楽園とは違う。ユートピアはプラトン以来、トマス・モア以来の西欧的な理想都市のことで、あくまでも人工的に自然を刈りこみ、なんらかの統治者によって管理される空間である。ところが楽園はむしろアジア起源の別世界で、自然のアナーキーがそのままに生きているような空間だ。澁澤龍彥の楽園は「南」にあった。スペインからやがてスイス経由でイタリアへ飛び、マッジョーレ湖のイゾラ・ベッラをおとずれるあたりから、彼の(おそらく生来の)南方志向が頭をもたげはじめていたように思われる。

事実その後の三度のヨーロッパ旅行では、澁澤さんの行く先は南にしぼられる。二回目はすべてイタリアであり、しかもアンダルシーア以上の意味をもったであろう土地、シチリアへの自発的な南下の旅をふくむ。三回目はフランス、とりわけ南フランスと、スペインのカタルーニャ州。四回目はギリシアからイタリアへと足をのばす。

こうした南ヨーロッパの旅、とくに三度にわたるイタリア旅行が、澁澤龍彥のゆっくりした変貌に多少ともかかわっており、最後の小説『高丘親王航海記』にも遠く反響しているだろうことは、すでに『澁澤龍彥考』のなかで示しておいたとおりだ。高丘親王の中国・広州から南下する架空のアジアの旅は、そのひとつの原形として、イタリア南下の旅の体験をもっていたように思われる。そこでは

「天竺」という名の楽園が、遠い目的地になっているばかりではなく、すでにあちこちに遍在してもいるのである。

★

もうひとつだけ、これらの旅行が単なる「確認」以上のものになり、まさしく「旅」としか呼びようのないものに変じている例として、三回目の旅行のもっとも重要な目的地のひとつであった、南仏ラコストのサド侯爵の城の廃墟をおとずれたくだりを挙げよう。

澁澤龍彦はそこではつねになく昂揚している。とりみだしているようにさえ見える。そして彼はもはや、サドの牢獄からも、書斎のユートピアからもはるかに遠い、廃墟の自然のなかにいる。主語ははじめて特異な「オレ」に変化している。咲きみだれる野の花々。そして風。

『滞欧日記』が出版される以上、あらためてここに引用するにはおよばないだろう。同書の第III部の一九七七年六月八日のくだりまで、ゆっくりと読みすすめてくださりさえすればそれでいい(前出の「庭園について」も参照)。

めずらしく「生涯の思い出になるだろう」という一行で結ばれているこの日の記述のうちに、澁澤龍彦の内面におこったどんな出来事を感じとるか。それはもちろん、読者の読み方しだいである。

一九九二年九月二十四日

マッジョーレ湖

マッジョーレ湖はイタリア・アルプスの南側にちらばる数多くの湖のうち、もっとも大きく、もっとも有名なもののひとつである。南北に細長く、西岸の中途の町ストレーザの沖には三つの小さな島がうかぶ。イゾラ・マードレ（母の島）、イゾラ・デイ・ペスカトーリ（漁夫の島）、イゾラ・ベッラ（美しい島）。このいわゆるボッロメオ諸島を、ジャン・コクトーの『大胯びらき』の登場人物のひとりは「イゾラ姉妹」と呼んだものだった。

澁澤龍彦は一九七〇年秋にここをおとずれている。その小説を学生時代に愛読し、生涯最初の翻訳書として発表したくらいだから、長いこと憧れをいだきつづけていたらしい。そのときのめざましい見聞は『ヨーロッパの乳房』（一九七三年）に収められた好篇、「マッジョーレ湖の姉妹」のうちに物語られている。

彼はストレーザから貸切りのモーターボートに乗り、ほぼ一日かけてこれらの島々をめぐった。イゾラ・マードレは島全体が植物園になっており、とくに南国の樹々や花々がゆたかに生育する。「オレンジ、ザボン、ミモザ、龍舌蘭、蘆薈《アロエ》、桃金嬢《ミルト》……」と目についた植物の名をつぎつぎに列挙するとき、その筆致は常にもまして上機嫌だ。イゾラ・デイ・ペスカトーリは字義のとおりに漁夫たちが住み、三つの島のなかではいちばん小さくて特徴の少ないところだが、そこでは昼食をとり、湖水と遠くの山々の眺めを愉しんでいる。

だがそれらよりも期待が大きかったのは当然、イゾラ・ベッラだった。『滞欧日記』にも「憧れの島なり。島全体がバロック庭園で、宮殿あり。ボロメオ氏の栄華を偲ばせるものあり」と読める。この十七世紀の大貴族が妻のイザベッラにささげた島で、その名がいつのころからかイゾラ・ベッラに転訛《てんか》したのだともいう。澁澤龍彦はまず宮殿に入って部屋部屋をまわり、絢爛たる玉座の間、絵画やメダイヨンの部屋、タピスリーの廊下、楕円形の螺旋階段などを見て歩いたが、階下におりてグロッタ（洞窟ふうの部屋）の数々とめぐりあったとき、おそらくもっとも昂揚を味わっている。

大理石片や砂利や金属などでモザイクふうに天井や壁や床を飾り、大きな貝殻の装飾を随所にあしらい、海底の雰囲気をかもしだしている空間。東洋の彫刻や人形、地質学・古生物学の標本、骨壺や盃や装身具や武具のコレクションもあって、「いつまでも眺めていたい」気分になったという。

だがイゾラ・ベッラでなによりも感動的なのは、やはり外の庭園そのものだろう。イタリア・ルネサンス様式を守って自然の地形を生かし、十層におよぶ四角いテラスのまわりに樹々や花々を配しているが、同時に人工の粋をこらし、もっとも極端かつ過激なバロック様式を現出している。

とくに大噴泉周辺の装飾はすさまじい。ボッロメオ家のシンボルである一角獣を頂点として、大小さまざまな神話的人物像、貝殻の彫刻などを各段にならべたてる円形劇場ふうの空間には、ときとして本物の白孔雀が近づいてきて（本書二四五ページの扉写真）羽根をひろげもする。これについては「まるでシュルレアリスムの絵を眺めているようですね」という言葉を、澁澤龍彥は同行者の口から語らせている。

だがそうした過剰なバロックの「ごてごて趣味」には、どことなく東洋建築を連想させるところもある。彼自身は「バビロンの架空庭園」を想起しているが、もっと東方のインドのヒンズー教の寺院や、さらにアンコールワットやボロブドゥールの遺跡とさえ結びつけたくなるような趣である。けだし彼ほど短期間に多くの庭園を見てまわった旅行者はそう多くないだろうが、イゾラ・ベッラこそはそのなかでももっともエグゾティックな、もしかすると「天竺」の幻を芽ばえさせる実在の空間だったといってよいかもしれない。

いずれにしろ、そこには澁澤龍彥の好きなものばかりが満載されていた。満載というのは文字どおりのことで、湖上にうかぶこの島を遠望すれば一隻の巨船にも見える。そのさまを眺めつつもどってきた彼は、早くもなにかしら架空の小説世界に思いをはせていたのではないか、と想像してみたくなってくる。

一九九六年四月十七日

相撲

相撲の起源はすこぶる古く、おそらくモンゴルあたりで生まれ、半島を経て日本に入ってきたものだと察せられるが、上古以来、この国では各時代に大きな変遷をとげ、国独特の見世物に育っていった。もとは神事に属するとされるが、相撲節会《せちえ》、武家相撲などをへて、江戸時代には勧進相撲がおこなわれ、ようやく現代のものに近い形をとるようになった。

建御雷《たけみかずち》神と建御名方《たけみなかた》神の力くらべとか、野見《のみ》の宿禰《すくね》と当麻《たいま》の蹶速《けはや》の仕合とか、おどろおどろしい伝説は多々あるけれども、しかし、少なくともこんにちの観客にとっては、国技だなどとかしこまるようなものではなく、要するにいくらかの聖性を帯びた特異なスペクタクル——くらいに考えておいたほうが健康だろう。

聖なる見世物には異形の者が必要とされる。並はずれた肉体の持ち主、魁偉な健児《ちからびと》たちが丸い土俵上でくりひろげる、奇異にして荘重なこの競技には、一種のフリーク・ショーの側面があったにちがいない。谷風以来の力士たちの物語は、怪物のオンパレードだといっても過言ではない。釈迦ヶ嶽雲右衛門、生月鯨《いきづき》太左衛門といった超人をまつまでもなく、昭和の出羽ケ嶽、不動岩、大起《おおだち》、小錦などの巨軀を思いうかべるだけでも、なにかしら心おどるもの、心さわぐものがある。

要するに相撲とは、日本人の心性と結びついているひとつの文化なのであって、相撲の記号学や相撲の人類学などとともに、相撲を観る者の心理学もまた試みられてしかるべきだろう。出羽ケ嶽を茂吉とともに養子にして育てた斎藤紀一、男女《みな》ノ川を熱愛した梅原龍三郎など、興味ぶかい事例にはこと欠かないはずである。

ところで澁澤龍彦もまた、相撲が大好きだったのだ。それもテレビなどで観戦するレヴェルではなく、折あればすすんで国技館へ足を運ぶほどだった。あの瀟洒な風姿の人物が、桟敷にあぐらをかいて焼鳥をサカナに酒をのみ、鷲羽山あたりに声援をおくっている図は一見おかしいが、それでいていかにも自然なようにも思えたから不思議である。

いつだったか、北鎌倉の彼の家で、ひとしきり相撲談義にふけったことがある。

「澁澤さん、双葉山時代のことをよくいうけれど、それ以前の出羽ケ嶽・文《ぶん》ちゃんはともかく、同時期の男女ノ川のことが話に出てきませんね。どうしてでしょう。」

「うーん。俺には怪物趣味がないのかな。そりゃあ、なんといっても双葉山、六十九連勝だ。なにしろ俺は小学生のころ、七十連勝目で安芸ノ海の外掛け・浴びせ倒しにほふられたところを、両国国技館の桟敷で見ていたんだからなあ。」

澁澤龍彦ならば異形の者への視点を挟んでもよさそうなものだが、いつもそういう方向には行かなかった。正統的なヒーローの双葉山一点ばり。この大力士が隻眼だったこと、戦後すぐ怪しげな新興宗教に凝ったことなどに話を向けてみても、彼の反応はいっこうに変らない。

「そりゃあ、なんていったって双葉山さ。俺はこの目で見たんだから。」

じつはそのとき、澁澤さんはすでに別のものを見はじめている。丸い無数の電灯をともした旧・両国国技館の大鉄傘。四方八方の桟敷から座布団が舞いとぶ。カメラを逆まわしにしてみよう。キャキャと心さわぐ相撲茶屋。円タクの窓から見るもも、ん、じ、や、のイノシシ。相撲好きの父親につれられて毎場所のようにかよったこの道筋は、結局、こうしてさかのぼれば滝野川の小柄な少年の、なつかしい日常の幻へと行きついてしまうのだ。

彼にとって相撲を語ることは、幼年期に立ち帰ることにほかならなかった。鏡岩の奇手や松浦潟《まつらがた》の美貌や太鼓腹四天王のこと、鬼軍曹・金湊との会食のことなど、のちの龍彦親王の記憶の旅に連動する「なつかしき大鉄傘」と題した一章は、回想エッセー集『狐のだんぶくろ』のなかでも白眉といってよいものである。

私も相撲については似たような幼時体験があり、戦後だからすでに蔵前に変っていたものの、国技館へはほぼ毎場所かよっていたので、いろいろと共感・納得できるところがあった。相撲とはなによりも見世物であり、見ることを好む子どものための小宇宙である。テレビの枠どられた画面にうつる格闘技のメカニズムなどとはすでに別物だ。ひとつの都会の空のもと、大鉄傘の下でおこる出来事を「この目で見る」のでなければ、相撲が見者の領域に入ってくるようなことはなかったろう。

澁澤龍彥はまずなによりも「見る」人だった。知識に左右されることのない幼年期の体験が、いつも彼の知識の源にはあったのだ。

ともあれそこに怪物への視点が抜けおちていたらしいことは興味ぶかい。大きいことへの憧れもなかった。もとより神事などは糞くらえだ。一九九〇年に鎌倉でおこなわれた松山俊太郎氏の回顧講演によると、私としては多少わからない点がのこらなくもなかったが、病床の澁澤さんはこんなことを明言していたそうである。

「俺はやっぱり千代の富士が好きなんだよ。」

一九九六年四月十七日

玉ねぎのなかの空虚　作品と生涯

『澁澤龍彥全集』の仕事が、ようやく終りました。別巻二冊をふくめて、全二十四冊という規模のものになりましたけれど、最後の別巻2に収める「澁澤龍彥年譜」というのを三百枚弱ほど書きあげて、ほっと一息ついているところです。はじめにこの『全集』の編集方針をじっくり立てて、各巻の構成もやってきたんですが、「解題」と「年譜」だけで、だいたい千五百枚くらいは書いたかな。というと、とんでもない分量のようですけれど、じつはそんなに苦労したというような実感はありません（笑）。愉しみながらスイスイやってきた仕事ですし、この二年間、澁澤さんともういちどつきあいなおしているような気分でしたから。

亡くなってもう十年近くたってしまったわけで、あいかわらず欠落感はつづいています。僕はまだ二十歳《はたち》かそこいらの若造のころに彼とめぐりあって、それから二十五年間ほど、十五も年が違うのになぜか対等に遇してくれた稀有の友人でもあるわけで、亡くなったときの悲しみは大きかった。そのあたりの心情は河出書房新社から出した『澁澤龍彦考』という僕の本のなかに、いやおうなく反映しています。でも、こうやってたまたま『全集』の編集に加わって、彼の全作品をもういちど片っぱしから読みなおす機会を得てみると、なんだか彼とのつきあいはまだ終っていない――それどころかあらためて、未知の、あるいはいっそうくっきりとした、澁澤龍彦の顔や表情と向いあっているかのような、不思議な感じがしてくるんですね。

澁澤さんはいつも新刊の本を送ってくれていたし、僕はだいたい彼の全著書を刊行の直後に読んでいたはずだけれども、今回の『全集』のために調べてみたら、じつは単行本に収められていない著作というのが予想以上にたくさん出てきた。それが各巻の「補遺」ですが、ほかにも活字になっていない初期の習作とか、書きかけの原稿、構想のメモなんかもいくらか出てきて、そういうものは『全集』の本文には収録されません。もともとが門外不出であったものを、『全集』の編集のために特別に見せてもらうことができたわけで、そういう断片的なものや未完成のものもふくめてすべてを読みなおし、「年譜」をざっと書きおろしていってみると、なんだかいよいよ不思議になってくるんですね。つまり、いまもういちど、この人物と別のやりかたでつきあいはじめているんじゃないか――というふうな。

澁澤さんはもちろんもうこの世にいなくなったけれども、その全作品にあらわれている彼の人格は、彼の「私」は、生きている。しかも、生前よりももっと身近な、もっとフランクな、あるいはもっとなまなましいかたちでね。こういう感覚を味わったのはちょっとめずらしいことなので、これからもうすこし、彼の作品と生涯を、なにか特別の方式で結びつけてとらえられないものだろうかと、いま考えているところです。

★

先ほど挙げた『澁澤龍彦考』という本のなかで、僕はいろんな方法を用いながら、作品世界の解きほぐしのようなことをやってみました。それにはいわゆるテマティックな方法というのもあって、といっても科学的にしゃっちょこばった主題系の研究ではありませんが、要するに、彼のキーワードとみなせるようないくつかの言葉が、どんなふうに展開し、生長していったかということですね。これはだいたい一種の推理なわけで、僕の立場はちょうど私立探偵みたいなものです。ちょうど私立探偵が、外面上のちょっとした異状に気づいて、これは何なのかと頭をめぐらせ、勘をはたらかせて他の例と結びつけてゆく、というような操作をやっているうちに、全作品の構造とはいわないまでも、作品間の関連がふいにあらわになって見えてくる、といった体験を幾度かしました。

たとえば、最後の小説となった『高丘親王航海記』のはじめのほうに、いまでは有名になっているかもしれない、例の「たまねぎのように、むいてもむいても切りがないエクゾティシズム。その中心に天竺の核があるという構造」というくだりがあります。「たまねぎのように」というのは単なる比喩のようでもありますけれど、僕としては気になる。気になってしょうがない。というのは、ずっと前の小説集『犬狼都市（キュノポリス）』に入っていた「陽物神譚」という短篇のなかに、すでに「玉ねぎ神」というものが登場していたわけです。『高丘親王航海記』のこのくだりを書いたときからすれば、二十何年も前のことでした。

そのとき澁澤さんは、自分をひとりの工人に見立てて、「内部の中心に不可解な空虚を残し、その周囲を碧玉と純金と象牙の薄い層で幾重にも覆った、真実の玉ねぎそっくりそのままの鱗茎状のもの」を彫る、という幻想をくりひろげていた。つまり、玉ねぎはむいてもむいても切りがなく、中心は不可解な空虚なのだけれども、そこに「天竺」がある――あるいは、「天竺」そのものが不可解な空虚である――ということになります。この単なる比喩ではない玉ねぎというやつが、いったい、いつどこから出てきたのか。

シンボリズムの領域では、玉ねぎというのはすこぶる特徴的な形状をしているものですから、神のエンブレムとされたり、不死の象徴とされたりすることがあります。占星術では火星と対応しますし、魔術や民間伝承では、その匂いや薬効などがさまざまな意味を担わされる。ただインドの哲学で、けっして中心に到達することのない玉ねぎの鱗茎の構造が、エゴ、自我の構造にたとえられていることがちょっと注目を惹きますね。ラーマクリシュナのそういう所説を、なにかの本で読んだことがあるんです。

それにしても、僕がおもしろいと思うのは、そういう玉ねぎの象徴的意味だけではないんで、むしろそんな不思議な形状をしたオブジェ、そのイメージが、彼の作品史のはじめとおわりに、さりげなく、あるいは無意識的に、くっきりと嵌めこまれているという事実のほうです。今回、門外不出の古い手帖をのぞくことができて、ドキッとしたことのひとつは、それに関連する事柄でした。澁澤さんは、大学時代から日付入りの小さな手帖を使っていて、その記入箇所は残念ながらごく限られていますけれども、ときたま作品の構想とおぼしきものを書きとめている。そのうちの一九五六年一月のところに、こんな記述があったんです。

「小説　玉ねぎのなかの神　海蛇の島　Chasse au Snark　即物的表現　メキシコ的　賢者の石」云々。

「陽物神譚」が発表されたのは一九五八年の六月で、書きあげられたのもそう前のことではなさそうですが、その二年以上前に、すでに「玉ねぎのなかの神」がひらめいていた。いや、作品のモティーフとなるべき玉ねぎそのものはもっと前から、ひょっとすると幼少時代から、彼にとりついていたのかもしれないと想像してみると、何かが見えてくるような気がしてくる。澁澤さんはもともと玉ねぎが好きなんです（笑）。それも物として、形状として。ちょうどパイプかなにかをにぎるように、片手に玉ねぎをもって瞑想にふけっている澁澤龍彥を想像するのはおもしろい（笑）。こいつはちょっと臭いかもしれないし、目をあけていられなくなるようなものかもしれないけれど、そのむいてもむいても切りがない鱗茎の中心の空洞には、「天竺」があり、神があり、ついでに「私」がひそんでいるということになる。

ところで、玉ねぎはまずなによりもたまであり、玉、珠、球でもあります。もともと澁澤さんの球体への偏執にはただならぬものがあって、自分でもくりかえしそれを語っていたし、二、三の論者が言及してもいた。晩年になると小説集『うつろ舟』全篇をはじめ、この球体なるものが出てくる頻度はいよいよ高くなるんですけれども、『高丘親王航海記』では、まず冒頭の章で藤原薬子のほうりなげる珠としてあらわれ、それが物語の時空をひとめぐりして、親王の喉にやどることになります。

澁澤さん自身、以前から喉に異状のあることを感じていましたが、一九八六年の九月中旬、つまり『高丘親王航海記』の最後の二つの章を書く前に、咽頭に癌ができていることを知らされた。そのとき彼がどんな感覚をいだいたのか、それは想像の範囲を超えていますけれど、その瞬間、彼の生涯の時空にも、珠がひとめぐりしてもどってくるという事態が生じたんでしょう。

おそらく、はるか遠い幼年期に、お父さんのカフスボタンをうっかり呑みこんでしまったという事件の記憶などがよみがえってきて、彼はやがて、「呑珠庵《どんじゅあん》」という号を思いつきます。もちろん喉の癌と、うっかり呑みこんだカフスボタンと、石になって死んでゆくあのドン・ジュアンとを掛けた洒落ですが、みごとなまでに、胸をつかれるまでに、彼の作品的生涯にマッチしています。そして、その呑んだ珠の中心には、やはり空虚があり、未知の「私」がひそんでいるわけですね。

ほうりなげたものが時空をひとめぐりしてもどってくる構造。これは単なるブーメランのような仕掛ではなくて、あえていえば、非ユークリッド的な宇宙の性状ゆえだと考えられます。作品世界自体が大きな球体をなしている――これは球の外殻で空間が限定されているとか、閉ざされているとかいうことではありません。球体は有限であり、かつ無限でもある。ユークリッド幾何学なら、光は永遠に直進し、平行線は永遠にまじわることがないけれども、非ユークリッド的な時空では違います。直進した光はけっして壁には突きあたらず、めぐりめぐっていつかは発光源にもどってきてしまう。もし時空を超えられる望遠鏡でもあれば、宇宙のはてを見るうちにいつかは自分の後頭部が見えてくるといったようなぐあいで、けっきょく遠くを見ることは自分を追いかけることにほかならない、といっていいかもしれません。どうも澁澤龍彥の作品的生涯には、そういう構造がそなわっているように思えてならないんです。

玉ねぎはそんな例のひとつにすぎないでしょう。じつは澁澤龍彥の作品にあらわれるいろんなオブジェ、イメージ、観念の多くが、ただの舞台装置や小道具や飾り物ではなくて、作品的生涯のどこかから投げられていたり、どこかで受けとめられていたりしているものなんじゃないか。玉ねぎの場合には晩年の『高丘親王航海記』のなかにくっきりと登場し、作家として出発しようとしていた一九五六年ごろの構想メモのほうに受けとめられている、といったようなわけで、ちょっと目立つ実例のひとつなんですけれども。

実際、僕は十日ほどかけて「年譜」を書いているあいだに、こういう不思議な構造をときどき感じることがありました。玉ねぎが二十数年をへてふたたびあらわれたというのは、彼が一面、作品の構想をじつに長いあいだあたためつづけるタイプの作家だった、ということでしょう。僕の『澁澤龍彥考』にもあるように、彼はゆっくりと変化しつつ生長し、膨張しつづけていった作家なので、ほうりなげてから受けとめられるまで——再発見されるまで、あるいは再生してくるまで——その時間と距離がかなり長いんですね。それでもけっして直線的に拡散してゆくということはない。この空間では平行線もいつかはまじわる定めですし、長い旅のはてには、ちょうど架空の「天竺」のようにして、空虚な「私」の幻像がいつもちらついているらしいんです。

★

『高丘親王航海記』自体は、じつにいろいろな読み方のできる作品でしょう。たとえばまず、出典とどう関連しているかということが考えられるわけで、『全集』では解題を松山俊太郎さんが担当していますから、いまはそれが出るのを愉しみに待っています。なにしろこの点で松山さんほど高度の読解ができる人はいそうにありませんから。『世界悪女物語』や『東西不思議物語』、また『ねむり姫』や『うつろ舟』の解題でもそうでしたが、彼は片っぱしから出典をあらって、澁澤さんの本文と対照するという作業を、こともなげにやってしまうんですね。

高丘親王はいちおう実在の人物ですから、物語の枠組そのものに出典があります。ただそれだけではないんで、さいわい澁澤さんはすでに写真で見られる創作ノートをのこしているから、参照された文献にあたることもできます。イタロ・カルヴィーノだとか久生十蘭だとか、ポーの『アーサー・ゴードン・ピムの冒険』やリラダンの『至上の愛』なんかまで、いろいろ気になるものが列挙されているわけで、それぞれどんなふうに生かされているのか、これも興味ぶかいところでしょう。

でも、そこに記されていない重要なスルス（典拠）というのもたくさんあるはずで、たとえば前々から僕の気にかかっていたのが、ルネ・ドーマルの『類推の山』です。この小説は僕自身がだいぶ前に邦訳したもので、白水社の「小説のシュルレアリスム」のシリーズに入っていたんですが、あまり売れなくて絶版になっていたのを、河出文庫になる前に、筑摩書房の「澁澤龍彦文学館」シリーズの最終巻『最後の箱』で拾ってもらった（笑）。その巻の編集担当者がほかならぬ松山俊太郎さんで、インドから西欧にわたる大構想の巻だったんですが、そのわりに収録作品が足りないというので、澁澤さんの愛読書のひとつだったこの小説を入れることになった。ドーマルはサンスクリット文学の仏訳も手がけたインド学者だったし、『類推の山』にもその知識が反映しているから、ちょうどいいだろう、くらいの気持だったのかもしれませんが。

ただそれがまさに冒険の旅の物語であること、その旅の目的地がまさに「類推の山」という、高丘親王の「天竺」にも比すべき非ユークリッド的な位相の場所であること、しかも、その目的地にたどりつくことなく終ってしまう小説であること――など、似たところが多いんです。ドーマルは実際、これを病のなかで綴り、旅人たちが『類推の山』を登りはじめるくだりまで書いたところで、三十六歳という若さで死んでしまったんですが、澁澤龍彦のほうは、主人公が「天竺」にはたどりつけずに死んでしまうところで小説を完結させ、それから自分も五十九歳で死んでいったわけです。

ドーマルは未完の小説、澁澤さんは完結にいたった小説ですけれど、どちらも作者の死を予告していた作品だということ。それだけじゃありません。もともと、たどりつけないときまっている「天竺」への旅の実話をテーマとして選んだというところに、なんとなく、「類推の山」という小説への澁澤さんの思いが感じとれるんですね。

というのは、おそらく僕が澁澤さんとつきあいはじめてしばらくしてから——一九六三、四年のころでしょうが、彼がこの小説に熱狂していたことをはっきり憶えています。それも「未完のところがいいんだよ、だいたいユートピアなんて書けるわけがないし、ドーマルが途中で死んじゃったのも無理はない、類推の山は空虚のままがいいんだから、旅の過程だけでじゅうぶんなんだよ」とかなんとか、熱弁していたんですね。そういうわけで、彼が『高丘親王航海記』を書きはじめたときに、僕は、おや、と思ったことはたしかです。

澁澤さんはこの小説を翻訳したいともいっていましたが、その後、例の「小説のシュルレアリスム」シリーズの企画がはじまったとき、あれは生田耕作さんと僕が編集協力していたんですが、澁澤さんにはぜひジャリの『超男性』を、ということになって、ドーマルは僕が訳しました。でも、このシリーズの内容見本に書いた推薦文のなかで、彼はリストアップされている十二冊のうち、とくにこの『類推の山』だけをとりあげて称揚しているんですね。

「私がこれを読んだのは、もう二十年も前のことであるが、人間が希望を失わずに生きてゆくためには、どうしても存在しなければならないと作者ドーマルの主張する、この時間空間の原点ともいうべきシンボリックな山の探求の物語に、私は初読の際、大きな感銘を得たおぼえがある。ブルトンの説くシュルレアリスムの「至高点」という思想が、このような風変りな冒険小説の形で開花したということも、わが国では、ほとんど知られていないことではあるまいか。」（『洞窟の偶像』）

この文章が書かれたのは一九七五年ですから、「二十年も前」というのは、これまた一九五五、六年ごろです。つまり、作品の構想をせっせと立て、完成したものを雑誌社に持ちこんでもボツにされていたころ、肺結核が再発して、お父さんの急死という事件に遭ったという、二十六、七歳の澁澤さんの、ほんとうに苦労していた時期なんです。

『類推の山』を収めた『最後の箱』の巻末解説のなかで、松山俊太郎さんは、「この作品のはるかな感銘が、澁澤氏の晩年に、『高丘親王航海記』執筆への刺激の一つとしてはたらいた可能性も、あり得ないことではない」と書いていますが、その後、いや、これはありえないことではなく、大いにありそうなことだ、というふうに口調が変ってきました（笑）。僕のほうも、いわゆる出典として細かい対応が見つかると思っていたわけではないにしても、やっぱりこれは大いに関係がある、アナロジーがある（「類推の山」とは澁澤さんの考えた訳題で、原義は「アナログ山」「アナロジーの山」とも読めるんですが）と、長いこと考えつづけていたようなわけです。

ところが、これもまた「年譜」を書くために澁澤さんの古い手帖をパラパラやっていたところ、もうひとつ思いがけない発見がありました。これは一九六三年のもので、このころはもう手帖はあってもほとんどなにも書きこまれていないんですが、その終りのほうのメモ用のページに、

「小説　cf. Mont Analogue　Roi Pausol　マンディアルグ　植物誌　一種のユートピア　エロトロジー　動物・植物誌」

と横書きされている。これは将来に書こうと思い立った小説の、構想メモと見るべきものなんじゃ

ないか。Mont Analogueというのは『類推の山』の原題です。しかもそのあとの記述とつなげてみると、この構想はのちに実現されなかったか、それとも実現されたのならば、ほかならぬ『高丘親王航海記』が内容的にいちばん近いんじゃないか、と思えるんですね。

そこで僕は、ちょうどそのとき『高丘親王航海記』の「解題」を執筆中だった松山俊太郎さんのところへ、ちょっと電話を入れてみたんです。この思いがけないデータを、松山さんならどう料理するのか、大いに興味がありますからね。インド学の大家である松山さんには、もともと『類推の山』という小説自体についても、深い読解を期待させるところがあるわけですし。

思いがけないデータといったのは、一九六三年という時期のことがひとつあって、あの当時、あれはサド裁判をへて澁澤さんが有名人になり、『夢の宇宙誌』の原形になるものなどを書きながら、独特のエッセーの方法を確立しようとしていたころですから、小説の構想があったということはやはり思いがけない。だいたい『犬狼都市』を本にしたのが一九六二年で、それ以後、小説からはすっかり遠ざかっていたはずだし、事実、手帖を見ても、数年来、そしてそれ以後も、このほかに小説の構想らしいものはいっさい記されていないんです。

これがまあ、ずばり『高丘親王航海記』の最初の構想だったというふうに、断定することはもちろんできません。でも、その小さな芽ばえであった、くらいのことはいえそうに思うんですね。というのは、澁澤さんはどうも、ゆっくりと珠をにぎりしめる人、あるいは、遠くへ珠をほうりなげてまたどこかで受けとめる人、という感じがあります。そもそもたどりつけない「至高点」、たどりつけないからこそ強い吸引力をもつ非在のユートピア、すなわち「天竺」、すなわち「類推の山」とは、まさに玉ねぎの中心の空虚のようなもので、「鏡湖」の水面に映らなくなる彼の自我のシンボルでもある。それに向って旅をするという筋書が、すでに構想されていたということかもしれない。

事実、そんなふうにして長い射程で生涯を見なおしはじめると、まるでもういちど澁澤さんとつきあいなおすようにして、作品全体の構造や表情と向いあえるような気がします。そういう点では、この『全集』を機会に、澁澤龍彥はまた新しい生を獲得しつつある、といってもいいのではないかと思うんです。

★

澁澤さんの翻訳家としてのデビューは一九五四年のコクトーの『大胯びらき』だから、二十六歳のときで、比較的早かったといえるけれども、文筆家としては、かなり長いこと発表の場を与えられないままでいました。といって若いころになにも書かないでいたわけではありません。さっきいったように、おなじころに雑誌社に作品を持ちこんでボツにされるという体験もしているし、久生十蘭あたりにそれを読んでもらったりもしています。そもそも一九五〇年に大学に入ってから、おそらく作家をめざして、いろんな習作をこころみています。ジャン・コクトーの詩を訳してみたり、それからイヴァン・ゴルの戯曲を訳してみたりもしている。「カマンベール氏」なんていう人物の出てくるちょっと気どったスケッチ（寸劇）を選んでいて、まあ、いかにも仏文科の文学青年、といった感じがあります（笑）。つまり、かならずしも早熟というほどではない。むしろこの時期には、多少とも真面目な、多感で好奇心旺盛な学生、という印象がともないます。シャンソンに凝ったり、七月十四日に仲間うちで「パリ祭」を催す、といったことが何年かつづいています。

ただ、東大仏文科の研究室にはまったくなじめなかったというのは事実らしくて、いわゆる仏文エリートのスノビズム、鼻もちならない気どり、そういったものには反撥しつづけていますね。その後に大江健三郎が若くして登場してきて、研究室と二股かけ、カマトトふうに渡邊一夫先生門下の「優しい友人たち」なんていいはじめたときに、まだ売れない文筆業者だった澁澤さんが、大江健三郎の才能を認めていただけにやや反感をもったことは当然で、そのへんは僕にもよくわかります。当時の東大仏文というのは鈴木信太郎と渡邊一夫の時代で、学生はエリート臭がつよく、反面、世間知らずの社交的世界を構成していたかもしれない。澁澤さんはフランスにかぶれてはいたものの、そんな小世界には背を向けて、多少とも無頼のふりをしていたんではないかな。

ちょうどそんなところへ、おなじ一九五〇年に出たアンドレ・ブルトンの『黒いユーモア選集』を読んで熱狂し、サドの存在を教えられて読書の方向が定まってゆきます。しばらくのあいだ、ジャリとかアルフォンス・アレとかジャン・フェリーとか、ボレルとかフォルヌレとかフーリエとか、ブルトンのいわゆる「黒い」作家たちを片っぱしから読むということをつづけています。

そもそも彼は大学に入る前に二年間、浪人をしているわけで、じつはそれが大きかったと思いますね。高校を出てすぐ、姫田嘉男（秘田余四郎）の紹介で築地の新太陽社に入って、アルバイト編集者の生活をはじめている。「モダン日本」などの記者として、久生十蘭や今日出海とつきあう。この編集部にいたのがいまから見れば錚々たるメンバーで、そのなかでもとくに、四歳年上の吉行淳之介の存在は大きかったろうと思う。吉行に彼が四十枚だかの習作を見せたというエピソードも、かなり信憑性がある。それだけじゃなくて、築地から有楽町、新橋までのして、しょっちゅう飲み歩いていたということ。ベレー帽もパイプもこのころにはじめた。盗品を闇市で売っぱらったとか、年上の某人妻と寝て童貞を捨てたとか、多感な文学青年のやりそうなことはこのころにひととおりすませちゃっているんですね。

彼が生涯もちつづけた育ちのよい不良といった感じは、まあ、この時代に身についたんではないかと思う。そういう人間はまずアカデミシアンにはなりません。アカデミシアンというのは概して社会的には晩稲《おくて》なもののようですが、澁澤さんは正反対だった。浪人時代の二年間に仕込んだものがそうはさせなかったというか。そこへブルトンが入り、サドが入り、「黒い」シュルレアリストたちの系列が入ってくることになる。戦後の虚無のあとに湧いて出てきた尖鋭でモダンなダンディズム――その点でも、シュルレアリスムは澁澤青年にぴったりだったんでしょう。

それで戯曲を書いてみたり詩を書いてみたりしたけれど、それを発表しようという気にはまだなれなかったろうと思う。むしろ、これはかならずしも意外ではないことですが、小説を書きたいという気持が強かったらしい。というのは、例の手帖のなかに、群像新人賞そのほか、各種の文学賞の応募規定を写したりしていますから。それとともに、ペンネームなんかも考えはじめている。やはり大学

一年生のころ、

「ペン・ネーム　澤蕎之介　蓼之介」

なんてね。なにか青くさいペンネームですけれど（笑）、二十二歳のときですから。これが澁澤龍彦というペンネームに到達するまでに、彼の文学修行、たっぷり時間をかけた熟成の時期が来るわけです。小笠原豊樹（詩人の岩田宏）や草鹿外吉と出会って同人雑誌をはじめ、鎌倉を拠点にいろんな活動をするのが一九五五年あたりまで。その間にペンネームも変遷していて、TASSO・S、澁川龍兒、蘭京太郎なんてのもある。澁澤龍彦というペンネームを使ったのは一九五四年の、例のボツにされた作品が最初です。これは「サド侯爵の幻想」と題するもので、こんど『全集』の別巻1の「未発表原稿」の項に、はじめて活字になって登場することになりますが。

他方、澁川龍兒というペンネームもおもしろい。こちらは「革命家の金言」という、サン＝ジュストの文章を紹介している作品に使われたペンネームで、この作品も『全集』の別巻1に収録します。これを書いたのが「サド侯爵の幻想」の直前。サン＝ジュストの著作は鎌倉在住の小牧近江から全集を借りて読んでいたもので、どうやらこのころ、彼はサン＝ジュストとサドという、おなじフランス革命期の怪物的人格に、同時に入れあげていたらしいんだな。彼自身がまだ両面をもっていたということかもしれない。サン＝ジュストをモデルとする澁川龍兒の顔と、サドをモデルとする澁澤龍彦の顔と。それがさっきもふれた一九五五年という重要な年に、はじめてのサドの翻訳書である『恋の駈引』を河出書房から出したとき、澁澤龍彦というひとつの顔に統一された。そう考えることもできるでしょう。

いずれにしても、高校を出て浪人してからこの一九五五年ごろまで、澁澤青年の生活というのは想像以上にエネルギッシュだったことが、今回「年譜」を書いていてわかりました。せっせとよく出歩いているし、映画だの音楽会だのパーティーだのに行っているだけでなく、出版社まわりなども自分でやっている。恋愛もあり失恋もあり、旅行だってお金のないわりにはしているようです。時代環境ということを考慮に入れても、けっして腰の重いほうではありません。少なくとも研究室べったりの秀才アカデミシアンなどとくらべれば、彼はずいぶん世間の荒波に揉まれているんです。

ごぞんじのように、澁澤さんはのちに書斎人、密室派、城の住民を演じます。事実、家に閉じこもって本ばかり読む、という生活に入ることになりました。ただしその前段階として、かなり多感でエネルギッシュな、そしておそらく不安で曖昧な、二十代後半までの五、六年間があるんです。そしてその時期にすでに、いろんな珠をほうりなげているし、「私」を追いかけるということもやっている。はじめのころの小説「撲滅の賦」や、とくに「エピクロスの肋骨」にはまだそんな感じがありますね。あの『犬狼都市』を本にするとき、初期小説五篇のうちこの二篇がはずされてしまったことは、当然といえばいえなくもありません。彼が当時ねらっていたらしい強面《こわもて》の「澁澤龍彥」像とはおよそ違う、いかにも多感でリリカルな旅心もある二作品ですから。

ところで『高丘親王航海記』、あるいは構想のみでおわった『玉虫物語』から遠くふりかえってみるならば、じつはこの二篇のほうに貴重な珠がやどっているかもしれないんです。

まあ、くわしくは『全集』の別巻1と2の「解題」や「年譜」を参照していただきたいところですが、こういう若いころの精神生活がすこしずつ見えてくるにつれて、澁澤さんの顔、とくに晩年の顔がいっそう身近になってきた、いっそう生き生きと感じられるようになってきた、ということはたしかです。これもまあ、「むいてもむいても切りがない」玉ねぎの鱗茎をむいているようなものかもしれないけれど、その奥に予想される空虚が、ということは彼が生きるために必要としていた「至高点」としての自我の幻像が、いよいよ魅力的な、あるいは切実なものになってきている、といってよいだろうと思います。

一九九五年二月九日

『澁澤龍彥の時空』あとがき

時空とは、時間と空間の意である。「時空を超えて」などという表現があることは周知だろう。他方、科学の領域には「ミンコフスキー時空」という概念があって、これはいわゆる空間の三次元のほかに、時間を第四の座標としてもつ四次元空間のことをいう。この本の題名にはそちらのほうの意味あいも多少ふくまれている。比喩的な言い方にすぎないとしても、澁澤龍彥の作品世界にそういう「非ユークリッド的」な構造を感じとったところから、この本は出発しているように思われる。

Iの部には家、博物館、美術館という三種の空間をめぐるエッセーをそろえた。IIの部には作品空間の時間的変化を追っているタイプのエッセーを、またIIIの部には回想記ふうのエッセーを集めてある。いずれにしても、特徴ある空間のイメージにたえず左右されていたこの作家の生涯を、あるいは時間とともにたえず進化していったこの人物の作品を、できるかぎり多くの資料と見聞とにもとづいて、できれば「時空の旅」でもするように読み解いてゆこうとしたものである。

私はすでに一九九〇年に『澁澤龍彥考』という一冊の本を出している。あれ以来、『澁澤龍彥全集』と『澁澤龍彥翻訳全集』の編集にたずさわり、多くの作品の解題（そのうちのごく一部は本書にも収録してある）や年譜などの執筆のために、さまざまな調査・発掘の作業をしてきた。それぞれの作品の原稿や初出をあらためて読む機会もあった。その結果として、『澁澤龍彥考』の段階では予感や推理にとどまっていたものが、いよいよ明確になり、具体的な細部をともなって伸びひろがったのが本書である、というふうに見えることもできるだろう。

つまり前者が大まかに試みたデッサンであったとすれば、こちらのほうはその上にさまざまな色を塗りかさね、幾枚かのタブローに仕立てたものであるともいえる。さらに両『全集』の完結を祝う記念出版という役割も担っているので、一応、澁澤龍彥の作品と生涯についての道案内となるための工夫を加えてもいるが、といってなにかはっきりした結論に達しようとしているわけではない。はじめから一種の「時空の旅」を愉しむ心づもりでいた以上、私の「澁澤龍彥」とのつきあいはそう簡単に終るはずもないのである。

一九九七年十二月六日　巖谷國士

エロティシズムと旅

増補エッセー集

デリー（インド）のプラーナ・キラー

エロティシズムをめぐって

『エロティシズム』という本が出たのは一九六七年のことで、もう五十年もたってしまったのかと驚きもするけれど、いまあらためて読みなおしてみると、六〇年代後半の文化状況がいろいろと思いおこされ、あのころはもしかすると、エロティックな時代、エロティシズムを自覚していた時代だったのではあるまいか、という気がしてくる。

少なくともいまとは違っていた。もちろん当時の社会も抑圧は強く、エロティシズムという言葉もすぐ「エロ」に置きかえられて、エロ本・エロ映画とかエロ風俗・エロ産業とかを通して見られることが多かったものだが、文化の領域では新しい動きがはじまっていて、風俗や趣味や生理のレヴェルではなく、いわんや同調圧力とも忖度・自粛ともかかわりなく、人間の本性のひとつとしてのエロティシズムが探求され、さまざまに表現されていたように思える。

といっても表だった現象ではない。エロティシズムはその性質上、文化の主流としてではなく底流として、主にアンダーグラウンド文化のなかにあらわれていた。すでに六〇年代からあった芸術の新潮流に加えて、たとえば土方巽の暗黒舞踏、唐十郎の紅テント芝居、細江英公の写真、横尾忠則のポスター、青木画廊に集まったアーティストたちの幻想絵画、等々の例を思いうかべただけでも、濃厚で妖艶で甘美でノスタルジックで、しかも反体制的なエロティシズムの表出という共通項を見いだすことができる。

そしてそんな流れの中心近くにいたのが、ほかならぬ澁澤龍彦だったのである。

★

この本が出たとき、澁澤龍彦はまだ三十九歳だった。それでも七年前に訳書『悪徳の栄え・続』が猥褻罪容疑で起訴されて以来、「サド裁判」の被告として論陣を張っていたし、六四年の名著『夢の宇宙誌』や翌年のベストセラー『快楽主義の哲学』によって、すでに多くの支持者を得ていた。文学や美術や舞台芸術から思想・文化・社会にわたる広汎な執筆活動をくりひろげていたものだが、とくに当時の好みのテーマのひとつに、エロティシズムがあったことは明らかである。

もともとサドというエロティック文学の巨人を研究していたのだからそれも当然のことだし、さらに六四年には『エロスの解剖』を、六七年六月には『ホモ・エロティクス』を出していたので、同年末の『エロティシズム』というそのものずばりのタイトルをもった書物は、そんな系列の決定版のように感じられたものである。

事実、網羅的で啓蒙的なこの解説書によって、澁澤龍彦は日本で最初にして唯一のエロティシズム思想家、とはいわないまでも、エロティシズム思想の導入者・紹介者とみなされたのだった。

ただし解説書とはいっても、澁澤龍彦のことだから斬新で大胆、ユニークでラディカルな内容である。目次だけ見てもわかるとおり、エロティシズムについて思いつくかぎりの問題をとりあげ、古今の学説・所見をつぎつぎと紹介してゆくやりかただが、作家や哲学者から医者や心理学者や精神分析学者、生物学者や文化人類学者まで、参照している人物名の多さにまず驚かされる。

なにやら引用のコレクションめいた趣があって、その自在な選択と解釈の機微を味わっているうちに、著者自身のエロティシズム観がすこしずつあらわになり、しだいに形をなしてゆく。それこそがまさに、当時の澁澤龍彦のエッセーの方法だった。

『夢の宇宙誌』などで確立されていた独特の博物誌的・文化史的エッセーの、これはエロティシズム版だったともいえるだろう。学説の紹介がまるでエピソードのようにおもしろく読める。自説はそれに紛れてさほど目立たないにしても、週刊誌（「潮流ジャーナル」）の連載として書きつづけられたせいか主張が一貫しているし、重要ポイントはちゃんと強調されていて、全体としてはやはり澁澤龍彦のエロティシズム論なのである。

以下、思いつくままにだが、そのうちの二、三の要点をとりあげてみよう。

★

まず第一は、エロティシズムとセクシュアリティーという二つのまぎらわしい概念のあいだに、はっきり区別を設けようとしていることである。

巻頭の章「セクシュアルな世界とエロティックな世界」では、種々の事例と解釈をくりひろげた末に、ジョルジュ・バタイユの著書『エロティシズム』(三年後にその邦訳を出すことになる)までたどりつき、こんなふうにまとめている。

「ごく簡単に割り切って言ってしまえば、セクシュアリティとは生物学的な概念であり、エロティシズムとは心理学的な概念である、と言うことができるかもしれない。」

この「かもしれない」については、バタイユの説の要約を試みているわけだし、澁澤龍彦の口癖になっていた語尾でもあるので、省いてしまってもよいだろう。エロティシズムを心理学的概念としてセクシュアリティーから区別したとき、話はわかりやすくなる。エロティシズムは実際の性や性欲や性行動そのものではなく、心のなかの現象、精神の問題だということである。

エロティシズムとはエロス(性愛)について考えること、想像することである、といいかえてよいかもしれない。澁澤龍彦は実際、よくそんなふうに説明していたものだった。そうすると、セクシュアリティーという言葉で総称できる性の実践や風俗現象は除外され、エロティシズムが思想として浮上してくることになる。

日本ではたいていの場合、この点に混同があって、エロティシズムにしろセクシュアリティーにしろ、適切な訳語もないまま、気分的に用いられがちな言葉である。「エロ」など、エロティシズムの略語のように見えたとしても、実際にはセクシュアリティーのほうに近い概念だろう。ちょうどシュルレアリスムを「シュール」ととりちがえて、現実ばなれしてしまうのと似ているかもしれない。

澁澤龍彥は翌年に「血と薔薇」という「性と残酷の綜合研究誌」の責任編集を引きうけることになるが、その「宣言」にはこうあった。

「江戸時代以来、わが国の性は陰湿な笑いによって歪められてきた。本誌『血と薔薇』は、いわゆる艶笑的、風流滑稽的、猥談的、くすぐり的エロティシズムの一切を排除し、エロティシズムの真相をおおい隠す弱さの偏見を根絶やしにせんとするものである」

そういえば私と交友していた二十五年間、澁澤龍彥の口から猥談や艶笑談を聞いたことはいちどもなかった。いわゆる「フーゾク」にもほぼ関心がなく、その種の「エロ」はむしろ嫌っていたように思える。いまの日本でも「エロ」は大はやりで、権力と結びついて問題化している例もあるが、澁澤龍彥に生来その傾向はなかった。サド裁判の被告であり、バタイユの継承者でもあった当時の彼のエロティシズムは、あらゆる功利的・実用的な活動と対立しつつ、ときには崇高な芸術や宗教の根柢にあらわれ、ときには錯乱や狂気へと高まる宿命的な人間の属性だった。

「エロティシズムについては、それが死にまでいたる生の称揚だと言うことができる。」（おなじく巻頭の章での引用）

バタイユの『エロティシズム』の書きだしのこの有名な一行は、澁澤龍彥自身のエロティシズムの出発点でもあったように見える。「死」は生物の進化以前にあった連続性のことで、すべての生命はその連続性への衝突と郷愁をもつ。それがエロティシズムの遠い起源でもあるのだが、そうした理論は多少わかりにくく思われていたかもしれない。

そういえばこの本の出る数年前に、画家の池田満寿夫とのあいだで、酒席ではあるが、ちょっとした論争（？）のあったことを思いだす。

いうまでもなく、池田満寿夫は鮮烈・繊細な銅版画でデビューしたアーティストで、澁澤龍彥より六歳年下だが、土方巽の仲介で知りあって以来の親友だった。ちなみに私自身は十五歳年下の若造だったが、その池田さんの仲介で澁澤さんと知りあったこともあり、はじめは三人同席の機会が多かった。あのときは池田さんのほうから、とつぜん、「バタイユなんか大嫌いだ！」といいだした。

どうやら「死にまでいたる」という一句が気にくわないらしい。池田満寿夫にとってエロティシズムはもっぱら「生の称揚」であって、むしろ死を忘れさせるものだという。さらに、その点からするとヘンリー・ミラーこそが正しいのだと。「ヘンリー・ミラーとバタイユと、どっちが偉いか？」といって迫る池田さんの様子はかわいかった。

澁澤さんは大笑いしてから「満寿夫、それは違うよ。バタイユはエロティシズムだが、ヘンリー・ミラーはセクシュアリティーだろう！」と答えたのだった。

そんな子どもっぽい議論がえんえんとつづいたように記憶するが、澁澤さんは真っ向から反論などせず、原則論で応じていた。池田さんのほうも最後には客観的（？）になって終ったのだと思う。池田さんは底ぬけに明るくふるまう人物だったが、版画作品にも向日性のエロティシズムがあって、澁澤さんはそれを大いに愛でてもいた。その後しばらくして、澁滞家には池田さんの新作が持ちこまれ、それはいまでも初期の代表作に数えられているエロティックな銅版画なのだが、題名がふるっていた。「楽園に死す」とある。

澁澤さんはその絵をつくづく眺めてから、「池田満寿夫もついにここまで来たか！」と叫んだものである。

後日談はまだある。池田満寿夫個展への序文「日常性のドラマ」のなかで、澁澤龍彦はこう書くことになる。

「池田満寿夫の好きなものは、何よりもまず人間であり、それから人間たちの演ずる恋である。エロティックとかセクシュアルとかいった抽象的なものではなくて、具体的な男と女の恋なのだ」（『ホモ・エロティクス』）

そういえば『エロティシズム』にはそういう具体的な「恋」が出てこないし、「日常性のドラマ」も描かれていない。澁澤龍彦は池田満寿夫のなかに、自分とは正反対のものを見ていて、だからこそ親友になったのだろう。

★

もうひとり、画家の名を出そう。金子國義である。このことは本書のポイントのひとつである「インファンティリズム」（退行的幼児性）にかかわる。バタイユのいう「死（＝連続性）への衝動」に通じることだが、澁澤龍彦のエロティシズムはつまり過去へ向うものだった。幼年期の失われた「楽園」への遡行ということである。永遠回帰的な無時間性へのノスタルジア、というふうに解してもよいだろう。

澁澤龍彦はのちに、この不思議なノスタルジアについて、すべての芸術の源泉にあるものだと推論するようになるけれども、そのことを確信しはじめていたのが、おそらくこの『エロティシズム』のころだった。そして、同時期にたまたま出会ったのが、ほとんど自己流で特異な絵を描いていた画家、金子國義だったのである。

じつは『エロティシズム』の単行本初版の装丁に、澁澤龍彦は発見して間もないこのアーティストを起用している。私自身にまだ交友関係はなかったが、本書刊行のすこし前に、澁澤龍彦の紹介と命名のもとでひらかれた金子國義の初個展「花咲く乙女たち」を、銀座の青木画廊で見ていた。だからこのカヴァー絵を目にしたとき、それがその連作の一環だとわかったのである。

見るからに妖しく甘美な画面だ。真っ青な空の下、フランス式庭園のような緑地に、真っ赤な衣裳をつけた二人の少女が左右対称にすわって、黒いストッキングに赤いピンヒールの脚をひらき、片手をあげて「エロティシズム」と英語で書かれた巻紙を掲げている。下の芝地にはページを開かれた一冊の書物がある。

この絵については、前記の初個展のために澁澤龍彦の贈っていた序文、「花咲く乙女たちのスキャンダル」を引くのがいちばんだろう。そこでは絵画のエロティシズムそのものが、まさにインファンティリズム＝退行的幼児性として称えられている。

「金子國義氏が眺めているのは、遠い記憶のなかにじっと静止したまま浮かんでいる、幼年時代の失われた王国である。あのプルーストやカフカが追いかけた幻影と同じい、エディプス的な禁断の快楽原則の幻影が彼の稚拙な（幸いなるかな！）タブロオに定着されている。」

エロティシズムとはすなわインファンティリズムであり、永遠にもどらぬ幼時の多形倒錯的状態（王国とも楽園ともいわれる）への回帰・退行の幻影を生むものである。このカヴァー絵に金子國義が起用されたという事実こそ、本書の中心的なテーマが何なのかをあらわしていただろう。

澁澤龍彦は本書と翌年の雑誌「血と薔薇」をへたのち、じつはエロティシズムについてあまり語らなくなるのだが、七〇年代には自分自身が幼年期へと、その無時間的な連続性の幻影へと、遡行の旅をはじめるようになる。博物誌や回想記や東西の説話・伝説の渉猟をつづけたあと、ついに最後の小説『高丘親王航海記』の天竺という、「空虚な中心」への旅に出ることになるのだ。

インファンティリズムはしたがって、澁澤龍彦のエロティシズム論のポイントであるばかりでなく、のちの作品の方向をきめる鍵でもあった。おそらくあのころ、澁澤龍彦は自分の資質を再発見しつつあったのだろう。

この点では「存在の不安」の章に紹介される子宮内「黄金時代」説や、「性のユートピア」の章に紹介される幼児「アンドロギュヌス（両性具有）」説なども、紹介にとどまらぬ著者の自説として読むことのできるものである。

ともあれ、金子國義の初期作品をはじめて見た六〇年代なかばごろ、澁澤龍彦が自分のなかの何かと出会っていたことはたしかだろう。初版本のカヴァー絵はそのことの記念であったようにも思われるのである。

★

さて、第三のポイントとして挙げておくべきは、男女の差異の問題かもしれない。澁澤龍彦はプラトンのアンドロギュヌス説を受けついで、男と女はもともと一体であり、幼年期の楽園においては性別などなかったとしているが、他方では唯一の差異として、男の能動性・精神性と、女の受動性・自然性を挙げ、これだけは動かしがたいといっている。

この点はどうも保守的で、世間の通念と大差がないようにも思える。エロティシズムが精神的なものだとしても、それを男性のみの営みだとすると、女性にはエロティシズムがないことになってしまうからだ。澁澤龍彦は当時、どうもそう考えたがっていた気味がないでもない。

その観点が誤認であり偏見であるということには、あとでさすがに気がついたようで、一九八四年の文庫版刊行の機会に、あとがきにかえて加えた「クラナッハの裸体」の末尾で、つぎのような弁明を述べている。

「いま読み返してみると、女性に対してかなり辛辣な意見があって自分でも驚くほどだが、これも現在の私の意見とは認めがたい。無責任のようだが、君子は豹変する」

『エロティシズム』のあとに「血と薔薇」の時代があり、六九年十月にはサド裁判の最高裁判決がくだる。有罪。その一か月後に再婚して、七〇年には『澁澤龍彥集成』全七巻を編み、それまでの仕事をまとめたうえで、新夫人とともにヨーロッパへ旅立った。

「豹変」したのかどうかはともかく、こうして澁澤龍彥の新しい時代がはじまる。その後、エロティシズムについての本が書かれることはなかった。

二〇一七年七月二十八日

「血と薔薇」の周辺

「血と薔薇」とその後の時代は、澁澤龍彦にとってひとつの変り目であったように思える。一九六〇年代末——ひとことでいうと、これはかなり「おもしろい」時代だった。おもしろい出来事がつぎつぎにおこり、何かの予兆が積みかさなってくるような、それでもいっこうに先が見通せないといったような、そんな不思議な空気がただよっていた。その空気は澁澤龍彦とその周辺にもあって、のちには彼自身、「時代の動向に超然としているつもりの私でも、長い目で見れば、おのずから時代の影響を受けているということがよく分る」(『黄金時代』文庫版あとがき、一九八五年)というふうに、この「六〇年代ぎりぎりの」(同前)時代を回顧しているほどである。

この雑誌の創刊された一九六八年には、私自身はまだ二十五歳で、大学院に籍だけ置いて原稿書きや翻訳などしながら、公私ともに不安定な日々を送っていた。同年の六月ごろ、天声出版の矢牧一宏と内藤三津子の要請で、澁澤龍彦がその責任編集を引きうけ、アートディレクターの堀内誠一、協力者の松山俊太郎、加藤郁乎、種村季弘といった面々に呼びかけて、編集会議の名目のもとに、夜な夜な飲むようになっているという噂がひろまったものだが、学生の身分の私はもちろんそれに加わってはいない。ただ、すでに五年ほど前に澁澤さんと知りあっていたので、あのころもときどきは北鎌倉の家へ招ばれて行っていたし、東京でも、とくに土方巽の暗黒舞踏派や唐十郎の状況劇場の公演の折など、新宿や六本木などで同席することが多かった。そんなわけで、「血と薔薇」の準備・刊行のころの澁澤さんの感じを、ある程度まで思いおこすことができる。

とりわけ北鎌倉の家での記憶はかなり鮮明にのこっている。一九六六年八月に完成したこの新居はまだ文字どおり真新しく、しかもがらんとしていた。「血と薔薇」の編集のはじまるすこし前の六八年三月に、澁澤さんは矢川澄子さんと正式に離婚し、いわゆる「独身時代」に入っていたからである。人の出入りはむしろ多くなっていたのかもしれないが、おそらく生まれてはじめての自炊などを余儀なくされることもあったようで、それまでの彼からは想像もつかなかったことだが、インスタント食品を話題にしたりした。この年の日録手帖にひとこと、「サッポロ一番ラーメン」とメモされていたという事実を、「澁澤龍彦年譜」(『澁澤龍彦全集』別巻2)に記してある。

あるとき訪ねてゆくと、澁澤さんはひとりで出迎えてくれたものの、もてなしに不如意を感じていたのかどうか、電話で近所の高橋たか子さんを呼びだしたことがある。あるいはこの『大理石』(ピエール・ド・マンディアルグ)の共訳者にして当時の女友達を私に紹介しようと思ったのかもしれないが、彼女の用意してくれたのはありあわせの生野菜に市販のマヨネーズをかけただけのサラダだったので、澁澤さんはなんだかバツのわるそうな顔をした。そのとき私は、こんな澁澤さんもいいなあ！　というような印象をいだいた。

独身生活の身軽さもあってか、それとも「血と薔薇」の編集のためだったのかもしれないが、当時の澁澤さんはよく外出し、東京での「会議」のあとなどは例の面々とタクシーで北鎌倉にもどり、夜を徹して飲んだという話をよく聞いた。すでに親しかった松山さん、加藤さん、種村さん、そして堀内さん、内藤さんとの関係も、いよいよ深まっていたのだろう。その間、十月の暗黒舞踏派の公演「土方巽と日本人――肉体の叛乱」の会場（日本青年館ホール）には、彼らをふくむ多くの友人・関係者たちが勢ぞろいして、閉演後の酒宴も大いに盛りあがった。

それまでの十年間の澁澤龍彥との交流をへて、土方さんの到達した最高の（そしてある意味では最後の）舞台のひとつになるこの公演が、「血と薔薇」創刊の直前にひらかれたということは忘れられない。第一号の巻頭グラビア特集の最後に、土方巽の裸体写真「ピエタ」や「キリスト昇天」を見いだしたとき、私はすぐにこの「肉体の叛乱」を連想したものである。

「血と薔薇」の進行状況は、澁澤さん自身からも周辺の人たちからも聞いていた。夏をすぎて、澁澤さんが週刊誌などのインタヴュー記事に登場し、この「商業ベース」の新雑誌の前宣伝にこれつとめるようになると、「露出度が高い」とかいって茶化したり文句をいったりする友人たちもいた。たとえば九月十六日の「週刊サンケイ」の特集「ワイド版　ハレンチを実践する男たち」にフューチャーされ、「ホモ、エロを高らかに謳う雑誌「血と薔薇」」を予告している談話などは典型的で、私としては読んでおもしろかったもののひとつである。

「ハレンチ。いいですね。ハレンチといわれようが、私はいっこうにさしつかえない。〝なんとハレンチな本であるか〟と見る人もおれば〝これは哲学だ〟と見る人もいる。私はいっこうにさしつかえない。この雑誌は、いうなれば想像の雑誌で、エロティシズムを中心にした文芸雑誌。性科学雑誌とか学術雑誌じゃなく、要するに商業ベースの雑誌です。いかに悪書であろうが、悪書を読んだ人は堕落しませんよ。とにかく、絵にせよ、写真にせよ、強烈なエロティシズム、強烈な残酷を出して、人々にショック療法を与えようというわけです。〔……〕」（同前、別巻2の解題中の「談話補遺」に引用）

週刊誌のインタヴューなので、もちろんこのとおりに語ったわけではないにしても、澁澤さんの口癖のひとつだった「いっこうにさしつかえない」をくりかえし使っているところや、簡にして要を得た（？）説明など、よくできていたほうの記事である。生まれてはじめて（いや、絶後でもある）責任編集を引きうけた「商業ベース」の雑誌の方針は、要するに、こういうものだと考えて「いっこうにさしつかえない」だろう。

そのうちに十一月一日になって、「血と薔薇」第一号が出た。発売日には銀座の近藤書店に長蛇の列ができたともいわれる。堀内さんの巧妙な金色のタイトル・ロゴに、悪魔どもの拷問を描くユーモラスな版画を配した表紙は見るからに妖しく、「エロティシズムと残酷の綜合研究誌」（！）にふさわしい出来ばえを示していただろうが、いざページをめくってみて、私としてはやや違和感をおぼえるところもなくはなかった。わりに安手の印刷のせいもあるだろうが、ひとつには巻頭のグラビア特集「男の死」である。

三島由紀夫の扮する「聖セバスチャンの殉教」と「溺死」の裸体写真はなにやら重苦しく、澁澤さんと堀内さんの仕掛けた軽みにそぐわない気がした。澁澤さん自身がどこにいるのか一目ではわからないつぎの写真「サルダナパルスの死」はまあご愛嬌だとしても、あとに来る「オルフェの死」の中山仁（俳優）、「決闘死」の三田明（歌手）といったモデルの人選となると、どう見ても澁澤さんの着想らしくは思えない。たしかに篠山紀信、奈良原一高、細江英公、深瀬昌久、早崎治という豪華メンバーによる写真そのものはどれも立派で、唐十郎、そして前述の土方巽が登場するにおよんで激しいフォトジェニーを発揮することになるが、古代ギリシア・ローマとキリスト教をごちゃまぜしたうえに「溺死」「情死」「横死」「決闘死」といったこじつけふうのタイトルをならべる趣向はどうもピンと来なかった。前評判からして遊び半分のユーモアを予想していた私には、おなじグラビアでも野中ユリのコラージュ「吸血鬼A」などのほうがよほど「血と薔薇」らしく思われた。

あとでそんな感想を澁澤さんに伝えたところ、「いっこうにさしつかえない」というような笑顔のまま、事情をすこし説明してくれた。「男の死」はもともと彼自身のプランではなく、三島由紀夫の持ちこんできたものらしい。敬愛する三島さんにいわれて巻頭特集にし、これも三島さんの推薦でタレントの中山仁、三田明の写真を加えて「商業ベース」を狙ったとのことだ。こういうのも遊びのひとつではあるし、けっこう評判はいいんだぜ、と澁澤さんはおもしろがっていた。奈良原一高さんによる「サルダナパルスの死」の写真で、裸の女性たちにとりかこまれた澁澤さんがにやりと笑って写っているのは、そんな彼のスタンスの表現になっていたかもしれない。

この創刊号は各所で話題になったが、直後の「図書新聞」紙上に、日本文学研究で知られるエドワード・サイデンステッカー氏による生真面目な「血と薔薇」批判が載り、これがまたおもしろおかしかった。「血と薔薇」にはカタカナの固有名詞や観念語が多く、薔薇などという西洋伝来の植物名をタイトルに入れているのは、日本の外来文化摂取の「根なし草」性をあらわしている――といった論旨をふくみ、さほど核心をついていたわけではないけれども、澁澤さんはよろこんで同紙に反論「土着の「薔薇」を探る」（『澁澤龍彦集成Ⅶ』）を寄せた。その文章がふるっていたことを憶えている。百科事典を引いてみたら、薔薇の原産地はすべて東洋であり、日本原産の薔薇まであるのだからといって、つぎのごとく挑発的に洒落のめしているのがいい。

「ヒットラーは純血のアーリア人種を夢想していたが、薔薇の純血種が日本にあろうとは、アナクレオンでも御存知あるめえ、てなものである。」

ヒトラーからアナクレオンまで引きあいに出したりしていて絶妙だが、総じて「血と薔薇」の姿勢にはこういう挑発的なところ、伝法なところ、遊び半分のところがあって、それは堀内さんによるカットの選択やレイアウトの方式などにもなんとなく感じられた。翌一九六九年元旦に出た第二号の表紙の、創刊号とは打ってかわった芦川羊子の貞操帯装着写真などもその口で、中学・高校生ならともかく、こんな表紙を見て思わず笑いだささぬ読者は少ないだろう。実際、おなじ芦川羊子の演じる巻頭グラビアの「鍵のかかる女」（立木義浩撮影）にはじまって、クロヴィス・トルイユ画選、特集「フェティシズム」や「未来のイヴ」や「殺人機械」や「英泉」にいたるまで、第二号はとくにヴィジュアルのページがおもしろかったように思う。

ところでその第二号刊行の一か月後の「平凡パンチ」誌に、「〝血と薔薇〟の世界にエロスを追求する澁澤龍彥」（同前、「インタヴュー補遺」に引用）というへんてこな記事が登場した。筆者はたしか「東大新聞」にいた池田信一。「1・18。ついに決戦安田城！」の情景描写にはじまる全共闘ふう軽薄体の文章で、北鎌倉の澁澤邸を訪ねていろいろ発言を引きだしている。

「〝三派〟がお好き」だという「澁澤サン」が、「生殖のためにセックスするヤツなんざ、快楽主義者の風上にもおけねェ——」といってから、「だって、そうでしょ。民青は許しがたいよ。戦後も二十四年だというのに、まだわかんないのかねェ。あいつら、バカだよ、ドン感だ」と語ったりする記事なので、澁澤龍彥がほんとにこんな口調で喋ったかどうかは疑わしいものの、まさにこの時期の気分を反映してはいる。当時まで吹き荒れていた大学闘争——とくにその末期におこった東大安田講堂の機動隊による「陥落」という事件は、貞操帯装着写真をかかげる「血と薔薇」の第二号と、その反社会性において相通じるところが感じられていたのである。

およそこんなふうにして、マスコミへの澁澤龍彥の「露出度」は高くなっていった。その間におそらく生涯にただ一度だけ、澁澤さんはテレビに出演したこともある。加藤郁乎の勤めていた日本テレビの深夜人気番組「イレブンＰＭ」の生放送に、その加藤さん、種村さん、池田満寿夫さんとつれだってのっそり出てきたのだが、司会の大橋巨泉が事情に通じていなかったうえに、ゲストたちはすでにしたたか飲んでベロベロになっていたから、何をいっているのかさっぱりわからなかった。内藤三津子さんによると、この出演はあまり宣伝効果がなかったというが、それでも「いっこうにさしつかえない」ことだったにちがいない。

第三号は同年の三月一日に出ている。これまた打ってかわってブロンズィーノの妖しい男性像（ルーヴル蔵）を借用した表紙で、特集「愛の思想」と銘うっている。「血と薔薇コレクション」でデルヴォー、トルイユにつづき、おそらく日本に初紹介されたピエール・モリニエの裸体画などは強烈だが、この号は図版も少なめで、ややおとなしくハイブロウな印象があった。版元の「呼び屋」社長・神彰の経営上の失敗から、澁澤龍彥による「血と薔薇」は結局この号までで終り、「廃業宣言」が関係者に配られることになるのだが、澁澤さん自身はそれでも「いっこうにさしつかえない」という風情だった。まさしく「三号雑誌」になったといって大笑いしていたし、そろそろ退《ひ》き時だとすでに思っていたふしもある。

そもそものはじめから、「『血と薔薇』宣言」によって「インファンティリズム（退行的幼児性）を讃美する」ことを主張していた澁澤さんには、子どもの遊びのようにしてこの雑誌の編集を愉しんでしまおうという構えがあって、そんなものが「商業ベース」と折りあうはずもなく、遊びを長びかせる理由もなくなったのだろう。いわゆる闘争の季節はすぎさろうとしていたし、「サド裁判」の判決の日が近づいていた。ひとつのエポックが終ろうとしていることを、澁澤龍彥はとうに予感していたのである。

★

さて、あとは「血と薔薇」の責任編集をおりてからの事態の進行を、既出の「年譜」からかいつまんでふりかえるにとどめよう。

――一九六九年四月、現代思潮社の社主・石井恭二が四谷に「美学校」を開校し、錚々たる講師陣を集めた。澁澤龍彥も当然のように招ばれ、四回ほど慣れない講義をしている。教壇にすわって二十分間、黙っていたかと思うと、やおら「敷衍」と黒板に書き、読めるか？　と受講者に尋ねたというような伝承もある。

「血と薔薇」の編集と発刊が進行しているあいだにも、それと併行して現代思潮社の活動への協力がつづいていたことを、ここで明記しておく必要があるだろう。すこし前の一九六七年五月に、同社の新企画「古典文庫」の第一冊目『魔女』（ジュール・ミシュレ）が出ているが、その後ぞくぞくとラディカルな「古典」を刊行しつづけるこの大企画に澁澤さんは噛んでおり、各巻末にある「「古典文庫」発刊に際して」の執筆に加わってもいた。彼の生涯を通じて広義の「編集」の仕事は一系列をなしていたのだが、のちの「世界文学集成」試案（同前、別巻2）にもつながるのだろう「古典文庫」のプランへの意欲は並々ならぬもので、長い目で見れば「血と薔薇」の仕事も、その間の一挿話にすぎなかったと考えることさえできる。

——五月ごろ、「芸術新潮」編集部にいた前川龍子が、はじめて北鎌倉の家に原稿をとりにきた。六月にはやはり現代思潮社から『稲垣足穂大全』全六巻の刊行がはじまるが、この企画にも澁澤龍彦がかかわっていたことはいうまでもない。

——十月十五日、「サド裁判」の最高裁判決がくだり、マルキ・ド・サド『悪徳の栄え・続』を出版した現代思潮社の社主・石井恭二には罰金一万円、訳者の澁澤龍彦には罰金七千円の刑。以後しばらくのあいだ、多くの新聞雑誌に関連記事があらわれ、澁澤龍彦の「露出度」はまた高くなった。

——十月二十四日、前川龍子と結婚。北鎌倉の家の雰囲気がやや変る。

ここにいう「サド裁判」の終結、そして結婚（再婚）——この公私二つの出来事こそは、澁澤龍彦にとって同年の最大の事件だったのだろう。事実、「私の一九六九年」という記事のはじめとおわりに、彼はこんなことを書いている。

「私の一九六九年は、十年がかりのサド裁判のようやく決着のついた年として、長く記憶に残るであろうが、それは要するに公的な事件であり、年表に書きこまれるための事件のようなもので、私の内面生活が、それによって昂揚したり、影響されたりするというようなことは全くなかったのである。」

「いずれにせよ、観念こそが武器と思っていた私たちの六〇年代は、いま、ようやく終ろうとしているような気がする。」（『澁澤龍彦集成Ⅶ』）

この短い文章のなかに、ほかでもない一九六九年に頓挫させられた「血と薔薇」の件がひとことも語られていないのは、いまから見ると興味ぶかいことである。もっとも、もし語られていたとしてもそれはやはり、「観念こそが武器と思っていた私たちの六〇年代」の終焉を象徴するところの、ひとつの挿話としてにすぎなかっただろう。

ところで結婚(再婚)というもうひとつの出来事のほうは、ここにいう「内面生活」にこそかかわるものだった。翌一九七〇年三月、澁澤龍彥はそれまでの著作を取捨選択してまとめた『澁澤龍彥集成』全七巻を、桃源社から出しはじめる。さらに八月三十一日、新夫人・龍子さんとともにはじめてのヨーロッパ旅行に出発。羽田空港に見送りに来た友人たちのなかには、ひときわ目立つ「楯の会」の制服をまとう三島由紀夫の姿があった。

その長旅を終えて、十一月三日に帰国。三週間後の十一月二十五日、三島由紀夫が「楯の会」のメンバーとともに市ヶ谷の陸上自衛隊に押しかけ、総監室のバルコニーで演説したのち、割腹自殺をとげる——。

こんなふうに時代は転回し、澁澤龍彥の作家としての「内面生活」にも、ある変化が生じていた。いわゆる「独身時代」の終焉と『澁澤龍彥集成』の完成、はじめてのヨーロッパ旅行のさまざまな体験、そして三島由紀夫の死は、おそらくなんらかの解放感を彼にもたらし、ひそかな変貌を自覚させるきっかけになったように思える。

いったん「胡桃の中の世界」に閉じこもるふりを見せながら、観念から形象へ、抽象から具体へ、庭から旅へ——と、視野を移しひろげてゆくことになるその後の歩みは、当の『胡桃の中の世界』（一九七四年）の文庫版あとがき（十年後の一九八四年に執筆）に回顧されている。「ここには埃っぽい現実の風はまったく吹いていない。七〇年代以後の私の仕事の、新しい出発点になったのが本書であるような気もしている」と。

★

他方、そこから逆に見た場合、「血と薔薇」のころの澁澤龍彦はどんなだったのだろうか。「埃っぽい現実の風」の吹き荒れていた六〇年代の末に、彼はこの雑誌に発表したものだけでなく、じつにさまざまな興味ぶかいエッセーを書いているけれども、その多くは、「血と薔薇」第三号をもって天声出版を去った名編集者・内藤三津子の創設になる薔薇十字社から、選文集『黄金時代』（一九七一年）という形にまとめられて出た。

古代ギリシア・ローマのいわゆる「黄金時代」神話ばかりでなく、ルイス・ブニュエルのシュルレアリスムの映画『黄金時代』（とくに岩山の上で司教たちが骸骨になってしまう象徴的なシーン）にちなむ題名であったことはたしかだが、一方で、この「六〇年代ぎりぎりの」時期をこそ「黄金時代」と呼んでみたい——というふくみがなくもなかった。

初版あとがきの末尾に引かれているあのノヴァーリスの、「子供のいるところにこそ、黄金時代がある」という言葉は、まさにインファンティリズムを謳歌する「血と薔薇」の時代を回顧するものだった——といえば深読みにすぎるだろうか。

「政治の季節が終り、三島由紀夫がしきりに死の予行演習をしているのを横目に見ながら、私はこれらのエッセーを書いた」（既出の『黄金時代』文庫版あとがき）という澁澤龍彥は、その「政治の季節」と無邪気にまた巧妙にかかわりながら、「血と薔薇」第一号によって三島由紀夫の「死の予行演習」にも一場を提供し、インファンティリズムによるひとつの「黄金時代」を体現したのだ——といっていいえなくもないのである。

最後になったが、「血と薔薇」第三号に私の書いた小文が載っていることについて、ひとこと付言しておこう。一九六七年ごろ、私は澁澤さんにすすめられてくだんの「古典文庫」のためにシャルル・フーリエの大著『四運動の理論』の翻訳をはじめ、「血と薔薇」のころにはそろそろ完成に近づいていたはずだが、六八年の「五月革命」前後にパリで発刊されだした『フーリエ全集』の一冊として、厖大な未刊行原稿『愛の新世界』なるものが百五十年ぶりで日の目を見たという話をしたことがある。彼はそれまでしきりに「血と薔薇」になにか書け、といっていたので、じゃあ、それを紹介してほしいということになり、第三号の特集「愛の思想」がその場に選ばれたのだ。したがって注文主はこの場合、内藤三津子さんではなく澁澤さん自身だった。

厖大なフーリエ体系の紹介にしては与えられた紙数も少なく、尻切れトンボの原稿になってしまったのは心のこりだが、その記事が「中央公論」誌の目にとまったようで、のちに同誌上に『愛の新世界』の抄訳百枚ほどが掲載された。それをさらに増補修正したものが、いまではシリーズ「澁澤龍彥文学館」の第一巻『ユートピアの箱』（筑摩書房刊）に収録されている。「血と薔薇」の遊びが遠く今日にまで尾を引いているということの、これも小さな一例であったかもしれない。

二〇〇五年十月十五日

イタリアとの出会い

一九七〇年の八月三十一日、澁澤龍彦は新夫人の龍子さんといっしょに、生涯ではじめての海外旅行、ヨーロッパ周遊の旅に出かけた。それも三か月を超える長旅である。私はたしか画家の谷川晃一さんや野中ユリさんに誘われて、羽田空港まで見送りに行ったことを憶えている。

空港のロビーにはすでに、澁澤さんの御母堂や土方巽さん、堀内誠一さん、そのほか幾人かの友人たち、編集者たちなどが来ていた。こんにちの目で見ると、ひとりの作家・フランス文学者の見送りにこんなたくさんの人が集まってくるなど、ちょっと考えられないことかもしれない。けれどもあのときは事情が違っていた。

外国を旅すること自体がまだめずらしかったし、大仕事に感じられていた、ということもひとつある。だがそれ以上に、澁澤さんの海外旅行ということが一種の事件だった。例のサド裁判の被告となり、過激な「異端」文学者として活躍していた一九六〇年代の澁澤龍彦というのは、同時に出不精な「密室」型の典型のように思われていたからである。

そもそも澁澤さん自身、長いこと、「俺は外国へなんぞ行かないよ、リヴレスク、ブッキッシュ（書物偏重）で通すんだからね」などとうそぶいていたものだった。

そんなわけで、見送りの人数がいよいよふえたということだろう。あの澁澤龍彦が書斎を出て、いったいどんな顔をして飛行機に乗るのだろうか、という興味も一方にはあったのだ。

それでなにげなく観察していると、澁澤さんはいくぶんはずかしそうではあっても、案外ふつうの顔をしている。「いやあ、とうとうヨーロッパへ行くことになっちゃって……」とかなんとかいいながら、白っぽい夏物の綿スーツを着て、すこしばかりの緊張と晴れがましさをただよわせているところは、ほかの旅行者とさほど異なっていたわけではない。こちらもそれに合わせてか、なんとなく晴れがましい、愉しげな気分になっていたものである。

ところがそのうちに、三島由紀夫があらわれた。しかもその登場ぶりは、かならずしもふつうではなかった。

「楯の会」の制服を着こんで、制帽をかぶって、せかせかと近づき、澁澤さんの前に直立したかと思うと、大声でなにか喋りはじめた。

どうやら旅行中の注意、アドヴァイスなどをしているらしいのだが、見送りの三島さんのほうがなんだか緊張しているように思えた。だいたい友人のヨーロッパ旅行の見送りに制服・制帽でやってくること自体、どう考えてもふつうではない。

これはもちろん澁澤さんにとっても、印象にのこる出来事だったようだ。それかあらぬか、この旅のあいだの日記（『滞欧日記』第一部）のなかで、いくども三島由紀夫の名を書き記している。

それも、あるテーマをもつ絵に関連してのことだ。すなわちサン・セバスティアン（聖セバスティアヌス）。三島由紀夫のこだわりつづけていたこの聖者――ローマ皇帝の護衛兵でありながらキリスト教徒となり、最期は木にしばりつけられて体中を弓矢でつらぬかれて死んでいった殉教者――のむごたらしい図像をヨーロッパの美術館で見るたびに、澁澤さんはどうやら、三島由紀夫のことを思いだしていたらしいのである。

いまにして思えば、一種の予感が先行していたのかもしれない。というのは、だれもが知っているように、三島由紀夫はその年の十一月二十五日、ということは澁澤夫妻がヨーロッパから戻ってきてしばらくののちに、「楯の会」の部下四人をともに市ヶ谷の陸上自衛隊東部方面総監部へ押しかけ、バルコニーで演説をしたあと、総監室で自死することを選んだからである。

彼は聖セバスティアヌスにはならずに、みずから割腹し、介錯されて果てたのだった。

この三島由紀夫が澁澤龍彥にとって、敬愛する年長者のひとりであり、大きな恩義のある友人であったことはいうまでもない。そんな人物が例の制服・制帽姿で羽田空港にあらわれたとき、こちらはおそらく胸さわぎをおぼえていたのだ。のちに澁澤龍彥はいう、あれは「別れ」を告げに来てくれたのではなかったか、と。それで旅行中、聖セバスティアヌスの絵を見ては三島由紀夫のことを思いだしていたのである。

一見イタリアとはそれほど関係のなさそうな出来事について、私がまず書いておこうと思ったのはほかでもない。一九七〇年というこの忘れがたい年に、はじめてのヨーロッパ旅行と大切な友人の自死という事件を体験してしまったことが、まさに澁澤龍彥の転機を象徴しているように思えるからである。

この年をさかいに、澁澤龍彥という作家はどこかしら変った。簡単にいえば、三島由紀夫の演じた「別れ」の場には、それまでの自分――ことさらに「異端」的な位置を好んでいた自分――との「別れ」のきっかけがふくまれていたのではないか、ということである。

もちろん、「豹変」したというわけではない。すでに一九六〇年代のなかばから、具体的には一九六四年に出たエッセー集『夢の宇宙誌』のころから、澁澤龍彥はなにか新しい自分を発見しつつあった。そしてそれに出会うためには、書斎から出て、もっとひろびろとした世界をへめぐる必要があるということを、うすうす感じはじめていたようである。

たしかに三島由紀夫の死を知ったとき、澁澤龍彥はすこしばかり心みだされ、追悼文にもその感じをただよわせている。けれどもそれが同時に、何かがふっきれる機会にもなっていたということを忘れてはならないだろう。

澁澤龍彥の新しい出発のきっかけ、それはまさに、彼がヨーロッパを実地に見たということ――いや、あえていえばイタリアをはじめて体験したことではなかったろうか、と私は思うのである。

★

一九九二年の夏、澁澤龍彥が亡くなって五年ほどたったころ、龍子夫人のところから私のもとへ、四冊のノートブックがとどけられてきた。澁澤さんがあの初旅行以来、四度にわたるヨーロッパ旅行のあいだに書きつづけていた、一種の旅日記である。

私はそれらをすべて読み、校訂し、一冊の書物に仕立てることをまかされた。後半に詳しい注や写真を加えたかたちで、一年後、それは『滞欧日記』と題して刊行されることになった。

もともと発表を予定されていなかった日記なので、公表するべきかどうか、はじめはやや懸念があった。だが読みすすむうちにその懸念も解けた。これはじつにおもしろい、彼のエッセーとさほど変るところのない、不思議な客観性をそなえた日記だったからである。

七〇年の第一回目の旅については、その行程が私の興味をひいた。澁澤さんはKLM機でまずアムステルダムに入り、ついでドイツ諸都市、プラハ、ウィーン、ブリュッセルへ飛び、パリで長くすごしてから、さらにスペインへ行き、なにかしら解放感を味わう。まさに北から南への旅程。北ではどうやら「すでに書物で知っていたことの確認」にとどまっていたものが、南では予想外の体験を、書物では知りえなかった自然や風土との出会いの体験をともないはじめたのである。いわば「南」を発見したこと——その点についてはもう何度も別のところで書いたので、ここでは触れない。

とにかく澁澤龍彥はそこからスイスを経由して、もうひとつの「南」であるイタリアへとたどりついた。その旅程ではまだ「確認」の要素が強かったが、しかし、たとえば、最初の訳書であるジャン・コクトーの『大胯びらき』以来あこがれていたマッジョーレ湖の「三姉妹」と呼ばれる島々、とくにイゾラ・ベッラ（美しい島の意）へ行ったときには、

「庭に出ると、ますます素晴らしい。バロックと言っても、だだっぴろいシェーンブルンやニュンフェンブルクとは全く違って、テラス式に小じん《〔ママ〕》まりとしている。〔……〕島中に繁茂する植物群、まさにバビロンの架空園を思わせる美観なり。石のテラス、らんかんに身を寄せて、しばし眺め入りたり。」

もうひとつ、これもまたかつてアンドレ・ピエール・ド・マンディアルグの書物で知り、それを下敷きにしてエッセーをものしたこともあるボマルツォの庭園では、

「草の上に腰をおろすと、秋草が咲き乱れている。のどかな庭なり。ドングリのような石の像あり。そしてドングリの実が落ちているのは、奇妙な暗合なり。入口から向って左に、小川が音を立てて流れている。その岸に、しばし立てり。」

と書き記している。

こういったくだりに、私はいささか感動をおぼえた。かつてはたしかにブッキッシュであり、なにごとにつけ書物経由で語ろうとすることの多かった澁澤さんが、その書物を通じて知った「眷恋の地」を実際におとずれたとき、もはや書物とは無縁の、自然との出会い、偶然の暗合への反応を示しているということに、なによりも貴重なものを感じたからである。

ブッキッシュ、リヴレスク、書物偏重という傾向はその後も自覚されつづけ、やがて新しいタイプの博物誌的エッセー『胡桃の中の世界』などに持ちこまれてゆくのだが、それ以前に、こういう遭遇や暗合の感覚が蓄積されていたこと自体に注目しなければならない。

澁澤さんはイタリアを去ってから、一日だけアテネに立ち寄り、十一月のはじめに北鎌倉へもどった。そしてしばらくののちに、あの三島由紀夫事件の報に接した。あのとき、もしもすでにヨーロッパを、とくにその「南」を――あえていえばイタリアを、そしてその自然と風土を体験していなかったとしたら、澁澤さんの対応はどうだったろうか。かなり違うものになっていただろう、と思うのは私ひとりではあるまい。

すなわち、束の間ではあれ観念を離れ、感覚の解放を味わったということは大きい。澁澤龍彦のような書斎人にとってはとくにそれがいえる。あの三島事件のあと、彼がすぐさまピエール・ド・マンディアルグの小説『大理石』の翻訳に着手し、翌年に出版することができたというのは、その間の事情に関連して暗示的である。

というのは、はたしてその四年後の一九七四年五月、ふたたび敢行したヨーロッパ旅行の目的地として、彼はイタリアのみを――しかも『大理石』の主要な舞台である南東部のプーリア地方と、そして未知の土地であるシチリア島とを選ぶことになったのである。

★

さてここから先は、もう解説など不要だろう。没後出版の『イタリアの夢魔』という本はまさにイタリアをめぐるエッセーだけで成り立っているアンソロジーだから、澁澤龍彥がこの魅惑的な土地で何を得、何を発見し、どんな変化のきっかけを手にしたか――ついでにいえばどんなふうにして一九六〇年代の影をふりすてていったか――を、逐一追ってゆけるはずだからである。

最後にひとつ、つけ加えておくべきことがあるとすれば、つぎの点だけだろう。

澁澤龍彥がその生涯のはてにのこした小説作品『高丘親王航海記』の構想やイメージを育てていたのも、ひとつにはこれらのイタリア旅行の体験を通じてであったろう、ということである。

あるいはこういってもいい。ここにまとめられているイタリアをめぐる文章の数々を通して、澁澤龍彥はあらかじめひとつの『高丘親王航海記』を試みていたのかもしれない、ということである。

とすれば、このアンソロジーのタイトルのなかの「夢魔」という言葉は意味深長で、少なくともプラスのニュアンスに受けとらなければならない。生前に出た映画批評集『スクリーンの夢魔』を下敷きにした命名だが、そこに読めるのはこの作家に生来そなわっていた、そして一九七〇年という象徴的な年をさかいに開花した、ひとつの快夢、甘美で不思議な夢の物語の数々である。

一九九八年二月

後記

『澁澤龍彦論コレクション』の第Ⅱ巻には、私の二冊目の澁澤龍彦論だった単行本『澁澤龍彦の時空』に加えて、それをあとから補うような三本のエッセーを、「エロティシズムと旅」というタイトルのもとに収めた。全体にできるだけ修正をほどこしてあることはいうまでもない。

第Ⅰ巻に入っている最初の『澁澤龍彦考』が出たのは一九九〇年二月だったが、『澁澤龍彦の時空』が出たのは八年後の九八年三月である。どちらも河出書房新社刊。その間に九三年からは、同社の「一大事業」として、『澁澤龍彦全集』全二十四冊と『澁澤龍彦翻訳全集』全十六冊とが、ほぼ毎月刊行されていた。『澁澤龍彦の時空』の発行日は、後者を締めくくる「別巻１」とおなじ一九九八年三月二十五日になっている。

ということは、このエッセー集がじつは二つの『全集』の「完結記念出版」であったことを意味する。事実、カヴァーの帯文にもそう銘うたれていた。

装幀もまた二つの『全集』とおなじ菊地信義氏によるもので、デザインも色調も両『全集』を巧みにアレンジしていた。菊地氏とはすでに『翻訳全集』の月報で対談（この『コレクション』の第V巻に収録）をしていたこともあって、『澁澤龍彥の時空』はやはり、両『全集』とともに思いだされてくる自著である。

両『全集』の刊行されていた足かけ六年のあいだ、私は四人の編集委員（ほかに種村季弘・出口裕弘・松山俊太郎の三氏）のひとりとして、河出の優秀な担当編集者・内藤憲吾氏、ついで安島真一氏の助けを得ながら、毎月せっせと巻末の「解題」を書き、ときには校閲もし、三百枚近い「年譜」（別巻2）まで編んでしまった。各巻の「補遺」や別巻1の「拾遺」なども私ひとりの担当だったから、厖大な単行本未収録テクストや、初期の習作や未定稿や、創作ノートや手紙や日記手帖といったものまでふくめて、澁澤龍彥のほぼ全作品を読み通していたことになる。

『澁澤龍彥の時空』はその間の副産物だったともいえそうだ。実際、初出一覧を見てもわかるように、収録エッセーのすべてが九一年から九七年のあいだに書かれ、発表されている。両『全集』の解題から選んで加筆したものがいくつか入っているのも、できれば「記念出版」にふさわしく時系列的な内容を盛りこんでほしい、という注文をうけたからである。

一方では平凡社の豪華本『澁澤龍彥空想博物館』『澁澤龍彥空想美術館』や『澁澤龍彥事典』をはじめとする各社の関連書や雑誌特集の監修・編集・執筆も引きうけていたために、テーマ別の解説エッセーも数多く書いていた。結果として、この本はしぜんと澁澤龍彥の「時間・空間」をうかびあがらせる内容になっていった、ということでもあるだろう。

ただ一篇のみ、前著『澁澤龍彥考』の出る前の八九年末に書いたもっとも古いエッセー、『裸婦の中の裸婦』について」を、今回ここから外して、第Ⅰ巻の巻末に移動させてある――そのことを明記しておく。

★

やや煩瑣になった気もするが、『澁澤龍彥の時空』の成立事情は以上のとおりである。このようにして見ると、『全集』『翻訳全集』の出ているあいだ、月刊誌の連載さながらに解題を書き、それ以外の関係刊行物の仕事もしていたわけだから、多忙をきわめていたように思われるかもしれない。だが実際にはそれほどでもなかった。案外、亡友ともういちどはじめからつきあいなおしているような感覚で、気楽にやっていたように回顧されてくる。

ひとことでいうと、澁澤龍彥の「時空」をたどりなおすことが、なんともいえず愉しく感じられていたのである。

そのうえ、澁澤龍彥にかかりきりというわけでもなく、同時期に世界各地を旅してまわり、紀行エッセー集を何冊も書いていたし、本来の仕事といってよいシュルレアリスムの活動もずっとつづけていた。そういう日々のすべてが、澁澤龍彥を読む体験と連絡していたような気さえする。不思議なものである。

そういうわけで、本書のカヴァーには、旅先のシチリアで撮った写真のなかでも、やや動きのあるものを選んでいる。澁澤龍彦「考」から「論」へと進むはずだったものが、厖大な資料の出現のためにふたたび宙づりになり、またもや「旅」がはじまったということかもしれない。

増補エッセー集「エロティシズムと旅」のなかでも、はじめの一篇「エロティシズムをめぐって」だけは、ごく最近になって書いたもので、中公文庫『エロティシズム』の新装版の巻末解説にあたる。刊行日の近い本書への収録を、こころよく許可してくださった中央公論新社編集部に、ここで御礼を申しあげておく。

なお、『澁澤龍彦論コレクション』全五巻の内容と方針については、第Ⅰ巻の末尾に凡例を収めてあるので、必要な場合にはそちらを参照していただけたらと思う。

二〇一七年九月十日　巖谷國士

初出一覧——いずれも本書収録にあたって大幅に加筆修正した

I

家について

高輪に生まれる　北鎌倉——最後の家
新文芸読本『澁澤龍彦』（河出書房新社、一九九三年四月）に発表。後者の発表時のタイトルは「最後の家——北鎌倉」。

川越の四年間　血洗島の大きな屋敷　滝野川の少年時代　鎌倉と「城」のはじまり
『澁澤龍彦事典』（平凡社、一九九六年四月）にそれぞれ「川越」「血洗島」「滝野川」「鎌倉」として発表。

博物館について

澁澤龍彦の博物誌的生涯
『澁澤龍彦空想博物館』（平凡社、一九九五年七月）巻末エッセー。

個別展示室
同右、各章扉。

美術館について

澁澤龍彦空想美術館案内
『澁澤龍彦空想美術館』（平凡社、一九九三年六月）巻末エッセー。

三十人の画家——美術エッセーから
同右。

II

空間と時間
『澁澤龍彦をもとめて』（美術出版社、一九九四年六月）に「七年後に」として発表。

「澁澤龍彦」が誕生するまで
「朝日新聞」（一九九五年七月十九日付）。

シュルレアリスムとの出会い
澁澤龍彦文学館11『シュルレアリスムの箱』（筑摩書房、一九九一年二月）の巻末に「「箱」の起源——解説にかえて」として発表。

はじめての訳書
『澁澤龍彦翻訳全集』第1巻（河出書房新社、一九九六年十月）「大胯びらき」解題として発表。

トロツキーと澁澤龍彦
『澁澤龍彦翻訳全集』第6巻（一九九七年四月）「わが生涯」解題として発表。

庭園について
「太陽」（一九九二年十二月号）に発表。のちに巖谷國士『反ユートピアの旅』（紀伊國屋書店、一九九二年十一月）に「庭園について――澁澤龍彦の旅」として収録。

エッセー集の変遷
『幻想の画廊から』　『澁澤龍彦全集』第8巻（河出書房新社、一九九四年一月）解題。
『黄金時代』　『澁澤龍彦全集』第10巻（同、一九九四年三月）解題。
『胡桃の中の世界』　『澁澤龍彦全集』第13巻（同、一九九四年六月）解題。
『記憶の遠近法』　『澁澤龍彦全集』第15巻（同、一九九四年八月）解題。
『太陽王と月の王』　『澁澤龍彦全集』第17巻（同、一九九四年十月）解題。
『マルジナリア』　『澁澤龍彦全集』第20巻（同、一九九五年一月）解題。

アンソロジーとしての自我
「幻想文学」第50号（一九九七年七月）。

III

没後七年
「毎日新聞」（一九九四年五月七日付）に「澁澤龍彦没後7年」として発表。

澁澤龍彦の書斎
「日本経済新聞」（一九九四年五月八日付）。

城について
『澁澤龍彦事典』（前出）に「城」として発表。

四冊のノート
澁澤龍彦『滞欧日記』（河出書房新社、一九九三年二月）巻末の「解説」。

マッジョーレ湖
『澁澤龍彦事典』（前出）に発表。

相撲
同右

玉ねぎのなかの空虚
「AZ」第35号（一九九五年五月）に「たまねぎのなかの空虚」として発表。

エロティシズムと旅　増補エッセー集

エロティシズムをめぐって
澁澤龍彦『エロティシズム』（中央公論新社、新版、二〇一七年九月）の巻末に「解説」として発表。

「血と薔薇」の周辺
澁澤龍彦責任編集『血と薔薇コレクション3』（河出文庫、二〇〇五年十月）の巻末に「解説「血と薔薇」の時代」として発表。

イタリアとの出会い
澁澤龍彦『イタリアの夢魔』（角川春樹事務所、一九九八年三月）の巻末に「解説」として発表。

『洞窟の偶像』全集15 ……………138, 285

『東西不思議物語』全集15 ……………283

『毒薬の手帖』全集3 ……………………257

『都心ノ病院ニテ幻覚ヲ見タルコト』全集22
…………………………………………… 12, 17

『ドラコニア綺譚集』全集19
………………………12, 60, 82, 216, 219-221, 226

『人形愛序説』全集12 ……………………65

『ねむり姫』全集19
………………………………216, 225, 226, 283

『華やかな食物誌』全集20 …………64, 211

『悲惨物語』(サド) 翻訳全集3
…………………………………………… 131, 166

『秘密結社の手帖』全集6 ………………257

『フローラ逍遙』全集21
………………………50, 58, 205, 219, 240-243

「文章家コクトー」全集1補遺
………………………………………… 155, 159, 161

「ヘリオガバルス」(アルトー) 翻訳全集10
補遺 ………………………………………237

『偏愛的作家論』全集11 ………………144

「撲滅の賦」(→『エピクロスの肋骨』)
…………………………………………………55, 151

『ポトマック』(コクトー) 翻訳全集11
…………………………150, 154, 157, 163, 235

『ホモ・エロティクス』全集7
……………………………………155, 300, 305

『魔法のランプ』全集18 ………………157

『マルキ・ド・サド選集Ⅰ～Ⅲ』(彰考書院版) 翻訳全集1～2 ……………………131

『マルジナリア』全集20 …………211, 212

「三崎のサカナよ……」全集別巻1
…………………………………………………… 123

『夢の宇宙誌』全集4
26, 31, 33, 34, 36-40, 47, 55, 62, 63, 65, 79, 86, 96, 102, 177, 180, 192, 196, 200-202, 205, 210, 211, 222, 223, 253, 257, 266, 287, 300, 301, 326

『妖人奇人館』全集10 …………………197

『ヨーロッパの乳房』全集12
………………………………55, 59, 68, 71, 98, 103, 105, 182, 183, 185, 186, 242, 264, 266, 269

『裸婦の中の裸婦』全集22
………………………………63, 79, 94, 99, 101

「ルドンの『聖アントワヌの誘惑』」全集3補遺 ………………………………………… 106

「ルネサンス・アラベスク」全集3補遺
……………………………………………87, 88, 90

「錬金術的コント」(→『エピクロスの肋骨』) 全集1 ………………………………233

『わが生涯』(トロツキー) 翻訳全集6
……………………165, 167, 168, 172, 174, 175

『私のプリニウス』全集21
………38, 44, 50, 205, 212, 213, 215, 218-220

『胡桃の中の世界』全集13
………39, 40, 42-44, 46, 52, 53, 55, 61, 66, 70, 74, 180, 199, 201, 202, 205, 221-224, 320, 329

『黒魔術の手帖』全集2 …………………257

『幻想の彼方へ』全集14
………………………79, 85, 106, 110, 112, 195

『幻想の画廊から』全集8
……………………………………………… 79, 80, 95, 96, 99, 106, 107, 111, 112, 195, 196, 257

『幻想の肖像』全集13
…79, 85, 86, 88, 90, 92, 93, 95, 99, 100, 105, 195

『幻想博物誌』全集16
…………………………39, 55-57, 205, 219, 220

『犬狼都市（キュノポリス）』全集3
……………………………………279, 287, 292

『恋の駈引』（サド）翻訳全集1
……………………………………131, 154, 291

『さかしま』（ユイスマンス）翻訳全集7
……………………………………………… 136

「サド侯爵の幻想」全集別巻1
………………………………124, 154, 172, 291

「〈サド裁判〉公判記録」全集別巻2
……………………………………………… 175

『サド復活』全集1 ……………131, 139, 170

『思考の紋章学』全集14
……………43, 44, 55, 59, 62, 70, 102, 203, 221

『地獄絵』全集12 …………………………73

「澁澤龍彦自作年譜」全集12補遺
…7, 10, 12, 56, 126, 146, 148, 149, 151, 152, 156

『澁澤龍彦集成』Ⅰ〜Ⅶ　全集9〜10
9, 24, 94, 152, 182, 197, 198, 309, 315, 319, 320

『澁澤龍彦　夢の博物館』（→『イマジナリア』）全集20 ……………88, 90, 102, 103, 260

「ジャン・コクトーのアカデミー・フランセーズ入会演説」全集1補遺 …………155

『城』全集17 ………………………………256

『城と牢獄』全集17
…………………………144, 208, 210, 237, 257

『神聖受胎』全集2
…………………36-38, 133, 168, 171, 173, 220

『新編ビブリオテカ澁澤龍彦』全10巻
…………………………………………204, 205

『スクリーンの夢魔』全集15 …………330

『世界悪女物語』全集4 ……………195, 283

「世界文学集成」試案　全集別巻1
……………………………………141, 142, 318

『滞欧日記』全集別巻1
…………………………76, 79, 87, 91, 92, 95, 98, 113, 184, 190, 260, 263, 264, 268, 270, 325, 327

『太陽王と月の王』全集17
……………………………………48, 239, 241

『大理石』（ピエール・ド・マンディアルグ）翻訳全集12 …………142, 143, 311, 329

『高丘親王航海記』全集22
…25, 47, 51, 53, 67, 68, 189, 212, 216, 244, 263, 267, 278, 279, 281-283, 285-287, 292, 307, 330

『超男性』（ジャリ）翻訳全集14 ………285

澁澤龍彥著作索引（五十音順）

本書で言及されている澁澤龍彥の著作のうち、単行本は『　』で、単行本に入らなかったものは「　」で示し、
それぞれの著作の『澁澤龍彥全集』『澁澤龍彥翻訳全集』における収録の巻を記した。

『悪徳の栄え』正・続（サド）翻訳全集5 ……167, 171, 175, 300, 318

『悪魔のいる文学史』全集11 ……200

『イタリアの夢魔』（→『ヨーロッパの乳房』など）没後出版 ……330

『異端の肖像』全集7 ……124

『うつろ舟』全集21 ……21, 55, 241, 281, 283

『エピクロスの肋骨』全集1 ……21, 55, 151, 233, 242, 292

『エルンスト』全集9 ……110

『エロスの解剖』全集6 ……300

『エロチシズム』（デスノス）翻訳全集3 ……131

『エロティシズム』全集8 ……299, 300, 305, 306, 309

『エロティシズム』（『ジョルジュ・バタイユ著作集7』）翻訳全集13 ……302, 304

「エロティシズム断章」全集3補遺 ……36

『黄金時代』全集10 ……62, 72, 197, 198, 199, 310, 321

『大胯びらき』（コクトー）翻訳全集1 ……131, 144-147, 149, 150, 152-159, 164, 233, 235, 269, 288, 328

『貝殻と頭蓋骨』全集13 ……46, 54, 106, 110

『怪奇小説傑作集4』翻訳全集11 ……233, 237

『快楽主義の哲学』全集6 ……254, 300

「革命家の金言――サン・ジュスト箴言集」全集別巻1 ……124, 291

『唐草物語』全集18 ……59, 88, 207, 219-221, 226

『玩物草紙』全集16 ……11, 14, 28, 48, 59, 67, 206, 242

『記憶の遠近法』全集15 ……17, 36, 47, 48, 67, 69, 89, 207-209, 239

『機械仕掛のエロス』（→造形美術とエロティシズム）全集15 ……94

『狐のだんぶくろ』全集20 ……11, 12, 16, 48, 206, 274

装幀・本文レイアウト　櫻井久（櫻井事務所）

協力　澁澤龍子
河出書房新社
中央公論新社
角川春樹事務所

＊本書の引用文のなかには、今日の人権意識に照らして不当・不適切な語句や表現がある場合がございますが、作品の発表された時代的背景にかんがみ、そのままとしました。

巖谷國士（いわや・くにお）

一九四三年、東京に生まれる。東大文学部卒・同大学院修了。仏文学者・批評家・作家・旅行家・明治学院大学名誉教授。二十歳で瀧口修造と澁澤龍彦に出会い、以来シュルレアリスムの研究と実践をつづける。十五歳年上の澁澤龍彦とは親しく交友し、唯一人の「共著者」となる。澁澤龍彦の『全集』『翻訳全集』の編集や記念展をリードし、多くのエッセーやトークを捧げてきたが、本来の活動領域も広く、文学・美術・映画・漫画の批評から紀行・博物誌・庭園論・メルヘン創作、また展覧会監修・講演・写真個展などに及ぶ。主著に『シュルレアリスムとは何か』（ちくま学芸文庫）『〈遊ぶ〉シュルレアリスム』（平凡社）『封印された星　瀧口修造と日本のアーティストたち』（同）『森と芸術』（同）『旅と芸術　発見・驚異・夢想』（同）『幻想植物園』（PHP研究所）ほか。ブルトン『シュルレアリスム宣言』『ナジャ』（岩波文庫）、エルンスト『百頭女』（河出文庫）、ドーマル『類推の山』（同）などの名訳でも知られる。

澁澤龍彦論コレクションII

澁澤龍彦《しぶさわたつひこ》の時空《じくう》／エロティシズムと旅《たび》

二〇一七年十月六日　初版発行

著　者　巖谷國士

発行者　池嶋洋次

発行所　勉誠出版株式会社

〒101-0051　東京都千代田区神田神保町3-10-2

TEL：03-5215-9021（代）　FAX：03-5215-9025

〈出版詳細情報〉http://bensei.jp/

装　幀　櫻井久（櫻井事務所）

印刷・製本　中央精版印刷

ISBN978-4-585-29462-7　C0095

没後30年記念出版

澁澤龍彦論コレクション

全5巻

i……澁澤龍彦考／略伝と回想……◎本体三二〇〇円（＋税）

ii……澁澤龍彦の時空／エロティシズムと旅……◎本体三二〇〇円（＋税）

iii……澁澤龍彦 幻想美術館／澁澤龍彦と「旅」の仲間……◎本体三八〇〇円（＋税）

iv……澁澤龍彦を語る／澁澤龍彦と書物の世界〔トーク篇Ⅰ〕……◎本体三八〇〇円（＋税）

v……回想の澁澤龍彦（抄）／澁澤龍彦を読む〔トーク篇Ⅱ〕……◎本体三八〇〇円（＋税）

巖谷國士

Iwaya Kunio……〔著〕

澁澤龍彦という稀有の著述家・人物の全貌を、巖谷國士という稀有の著述家・人物が、長年の交友と解読を通して、ここに蘇らせる。